文化传承和古代文学研究

李　鸣◎著

吉林出版集团股份有限公司
全国百佳图书出版单位

图书在版编目（CIP）数据

文化传承和古代文学研究 / 李鸣著 . -- 长春 : 吉林出版集团股份有限公司 , 2024.4
ISBN 978-7-5731-5111-7

Ⅰ . ①文… Ⅱ . ①李… Ⅲ . ①中国文学 – 古典文学研究 Ⅳ . ① I206.2

中国国家版本馆 CIP 数据核字 (2024) 第 111060 号

文化传承和古代文学研究
WENHUA CHUANCHENG HE GUDAI WENXUE YANJIU

著　　者　李　鸣
责任编辑　宋巧玲
封面设计　张秋艳
开　　本　710mm × 1000mm　　1/16
字　　数　210 千
印　　张　12
版　　次　2024 年 8 月第 1 版
印　　次　2024 年 8 月第 1 次印刷
印　　刷　天津和萱印刷有限公司

出　　版　吉林出版集团股份有限公司
发　　行　吉林出版集团股份有限公司
地　　址　吉林省长春市福祉大路 5788 号
邮　　编　130000
电　　话　0431-81629968
邮　　箱　11915286@qq.com
书　　号　ISBN 978-7-5731-5111-7
定　　价　72.00 元

前　言

中华优秀传统文化是中华民族千百年来发展的基石，当前实现中华民族复兴，离不开人们对中华优秀传统文化的弘扬和发展。只有不断学习中华优秀传统文化，我们才能把握中华民族的命脉，实现民族复兴。中华优秀传统文化是一个范围很广的概念，是在中华民族的悠久历史中产生并经过实践不断发展起来的各种历史文化遗存。中华优秀传统文化对我国人民的思维方式、道德伦理、审美观念、行为规范等都有着广泛而深刻的影响，是中华民族特有的文化理念。古代文学是中华优秀传统文化的一部分，古代文学的产生和发展过程与中华优秀传统文化的发展步调基本一致。古代文学与中华优秀传统文化相同，也有着极为丰富的内容，涵盖历史、哲学、艺术、宗教、伦理等各个方面，汇集了古人思想感悟的精华，有着宝贵的文学价值和精神内涵。

古代文学是中华民族历代文人智慧的结晶，也是中华民族人文精神的象征。古代文学的精神内涵十分丰富，涉及民族精神、爱国主义精神以及个人的道德修养。从古代文学中，我们可以窥探到古人的高尚品德情操和生命意识、审美意识等。古代文学在其传承、发展的过程中，影响了一代又一代的人，是中华民族的人文精神支撑，对中国人的思想、意识、价值观念和行为规范有着深远的影响。中国人可以通过学习古代文学提升自我的文学素养，培养自身的优良品质，可以在感受古代文学魅力的同时培养高级审美意识，进而体会中华优秀传统文化的独特之处。古代文学既是文学遗产，也是极具民族性的精神财富。

本书第一章为古代文学历史发展概述，分别介绍了先秦时期的文学、魏晋南北朝时期的文学、隋唐五代时期的文学、宋元时期的文学、明清时期的文学五个方面的内容；第二章为古代文学的观念和理论，主要介绍了三个方面的内容，依次是古代文学的观念、古代文学的理论、古代文学理论与思想的融合发展；第三章为古代文学的传播研究，分别介绍了五个方面的内容，依次是古代文学的产生与传播理论、《诗经》的传播、《楚辞》的传播、“六经”的传播、乐府诗的传播；第四章为古代文学的审美研究，依次介绍了古代文学审美的演变、古代文学审美形态及其发展、古代文学审美价值与审美特征、古代文学审美的主体意识与审美理想、古代文学在当代的美学价值五个方面的内容；第五章为古代文学的跨学科研究，主要介绍了四个方面的内容，分别是古代文学观念的教育基础、古代文学研究的跨学科探索、古代文学的教育价值、古代文学研究与比较文学探索；第六章为优秀传统文化精神的传承，分别介绍了在文化事业与产业发展中弘扬和传承优秀传统文化精神、推进人的综合发展与弘扬传承优秀传统文化精神的有机结合、古代文学教学对优秀传统文化精神传承的意义与进展、古代文学教学中优秀传统文化精神传承的策略、古代文学在当代的教育价值和文学价值传承。

在撰写本书的过程中，作者参考了大量的学术文献，得到了许多专家、学者的帮助，在此表示真诚感谢。由于作者水平有限，书中难免有疏漏之处，希望广大同行和读者批评指正。

目　录

第一章　古代文学历史发展概述……1
第一节　先秦时期的文学……2
第二节　魏晋南北朝时期的文学……8
第三节　隋唐五代时期的文学……13
第四节　宋元时期的文学……28
第五节　明清时期的文学……43

第二章　古代文学的观念和理论……57
第一节　古代文学的观念……58
第二节　古代文学的理论……68
第三节　古代文学理论与思想的融合发展……86

第三章　古代文学的传播研究……89
第一节　古代文学的产生与传播理论……90
第二节　《诗经》的传播……93
第三节　《楚辞》的传播……97
第四节　“六经”的传播……103
第五节　乐府诗的传播……107

第四章　古代文学的审美研究……115
第一节　古代文学审美的演变……116
第二节　古代文学审美形态及其发展……118

第三节　古代文学审美价值与审美特征 131
第四节　古代文学审美的主体意识与审美理想 137
第五节　古代文学在当代的美学价值 146

第五章　古代文学的跨学科研究 149
第一节　古代文学观念的教育基础 150
第二节　古代文学研究的跨学科探索 152
第三节　古代文学的教育价值 155
第四节　古代文学研究与比较文学探索 157

第六章　优秀传统文化精神的传承 161
第一节　在文化事业与产业发展中弘扬和传承优秀传统文化精神 162
第二节　推进人的综合发展与弘扬传承优秀传统文化精神的有机结合 166
第三节　古代文学教学对优秀传统文化精神传承的意义与进展 170
第四节　古代文学教学中优秀传统文化精神传承的策略 174
第五节　古代文学在当代的教育价值和文学价值传承 176

参考文献 183

第一章　古代文学历史发展概述

本章主要介绍古代文学历史发展概述，从 5 个方面进行了阐述，分别是先秦时期的文学、魏晋南北朝时期的文学、隋唐五代时期的文学、宋元时期的文学、明清时期的文学。

第一节　先秦时期的文学

先秦文学是指从远古到秦统一六国（公元前221年）之前的文学，这一阶段是中国文学的光辉起点和重要奠基阶段，在中国文学乃至整个中国文化的形成过程中占有非常重要的地位。中华文化源远流长，中国文学的源头可以一直追溯到远古时期。产生于早期人类社会生产和劳动过程中的歌谣和神话传说，被视作最早出现的文学样式。歌谣和神话在人们口中代代相传，因时间久远产生变异，后人也只能用文字记下一鳞半爪，且很难复原其最初的面貌。这些远古歌谣和神话，被我们称为传说时期的文学。

文字的发明创造是人类进入文明社会的主要标志。随着甲骨卜辞和殷商青铜“铭文”的不断出土，人们探讨上古文学有了可信的资料。甲骨卜辞和商周的青铜器铭文是现今所知最早的记事文字，标志着中国书面文学的开始。诗歌是中国最古老的文学形式之一。先秦诗歌经历了漫长的发展过程，口头歌谣、甲骨卜辞和钟鼎铭文中的韵语、《易经》卦爻辞的韵文都可以被看作早期诗歌，它们经过发展演变，最终形成了成熟的诗作。从西周初年到春秋中叶的500年间，是四言诗发展的黄金时代。通过采诗和献诗的方式，人们搜集了大量来自民间和宫廷贵族的歌谣，后经太师和乐工整理，成就了我国第一部诗歌总集《诗经》。《诗经》是中国古典诗歌发展史上的第一个里程碑，它的出现标志着我国最早发生、发展的文学样式诗歌从口头到书面、从民间到宫廷发展阶段的完成。先秦的诗坛在《诗经》之后沉寂了一段时间。到了战国后期，在南方楚文化的沃土上，在南北文化合流的基础上产生了“楚辞”这一带有鲜明楚文化特色而又富有时代气息的新诗体。《诗经》和《楚辞》成为我国文学史上巍然屹立的两座高峰，分别代表了我国古代诗歌写实主义和浪漫主义两种创作方法和艺术风格的源头，给后代文学带来了深远的影响。

甲骨卜辞是中国散文的最早形式。之后，伴随着文字的出现，先秦散文产生、发展并逐渐走向成熟，在巫史文化的基础上逐渐形成了历史散文，如《左传》《国语》《战国策》等，内容丰富多彩，语言形象生动，文中运用多种文学手法，已经基本具备了叙事文学的特征，从而奠定了我国叙事文学的基础。春秋战国时期，“士”这个新兴的社会阶层开始走上政治舞台，文化学术思想空前活跃，形成了“百家争鸣”的局面，在此基础上产生了先秦诸子散文。诸子散文不同于一般叙事性的历史著作，它脱离了刻板的记录和叙述，主要以文字来表达作者的思想感悟和情感，可以说，它是包括散文在内的各种文体的发展基础，为文学作品提供了一种新的思路和形式。早期的《论语》《老子》都是简短的个人言论记录，基本上属于语录体阶段；《墨子》《孟子》《庄子》开始出现对话形式的文字或者较长的议论；到了《荀子》《韩非子》，相关文学作品不仅有了逻辑严密的论证说理，且论题中心突出，文章分析透彻，词锋锐利，法度井然，这标志着先秦论说文的成熟。值得注意的是，先秦历史散文的叙事过程和诸子的论说事理创造和保存了大量寓言故事，这些寓言故事采用比喻和象征的手法，把社会生活中的经验和哲理寄寓在简短、生动的故事中，既闪烁着古人智慧的火花，又引人入胜。

一、先秦时期文学的发展

（一）先秦文学的初创

先秦文学形成于中国文化的创造期。对先秦文学进行研究，必须将它置于广阔的历史文化背景下。先秦文学中的问题，无一不涉及广泛的文化问题。所以，离开了文化视角，则该研究就无从切入和深入。

古代神话丰富多彩，只因年久散佚，未能完整地保存下来。它们散见于《山海经》等古籍，“精卫填海”“女娲补天”“后羿射日”“刑天与帝争神”等比较著名。神话作为原始的社会意识形态，反映了当时人们的生活和精神文化。神话能以壮丽奇伟显示出其所具有的高度审美价值。

相传，夏禹的儿子大约在公元前 21 世纪时建立了夏朝。古文献所载的有关夏朝的历史多属传说性质，且很少。甲骨卜辞的发现，证明我国至少在殷商社会中期就已有了初步定型的文字。商代和周初的铜鼎铭文、《周易》中的卦爻辞等，可以说是我国散文的萌芽。

商文化中引人注目的一点是文字的使用。清末民初，人们发现了大批刻有文字、用于占卜的甲骨，说明在甲骨文出现的时期，汉字的重要特点——音、形、义三要素已经形成。但是，甲骨文并非最原始的文字，在此一两千年前就有了简单的文字符号。甲骨文虽然很简略，却是关于占卜结果的完整记录。从文学角度来说，文字为书画文学提供了基本条件。

关于西周时代的文学，我们所能见到的就是《诗经》里的一些篇章，其作者多不可考，内容丰富，反映了当时的社会生活风貌。

（二）先秦文学上的百家争鸣

公元前 770 年，历史进入大动荡、大分化的春秋战国时代。那是一个动乱的时代，也是一个文化繁荣的时代。

从西周初年到春秋中叶的 500 年间，是四言诗发展的黄金时代。通过采诗和献诗的方式，一些人搜集、整理了我国古代的第一部诗歌总集《诗经》。它的内容十分丰富，特别是其中的民歌，反映了人们对剥削压迫的反抗、揭露了统治者的丑恶嘴脸等。《诗经》的艺术成就也很高，如整齐的章句、优美生动的语言，都是前所未有的。它开创了我国古代文学的写实传统。就四言诗来说，《诗经》几乎前不见古人，后不见来者。无论民歌还是文人诗的四言，都不曾超越它。

《尚书》是一部古代文诰和讲演录的综合集子，《虞书》和《夏书》只能被视为后人追记，《周书》则可全部被视为西周至春秋时期文诰的真实记录。《春秋》对春秋时期各国历史做了简要记载，是现代人研究春秋历史的重要资料。《春秋》和《论语》的记事记言，语言都简明、平浅。《诗经》《尚书》《易经》《春秋》被后世认为是儒家的经典著作，在中国文化思想史上产生了巨大影响。

战国时代是一个大混战的时代，也是一个思想文化迅猛发展、人才辈出的时代。战国形成了百家争鸣局面，一些著名的思想家、政治家、历史学家的言论也是重要的散文作品。因为政治主张、思想性格不同，这些作品的表现手法和语言风格也各异。

《庄子》里的文章汪洋恣肆，想象丰富。《荀子》《韩非子》在文章结构和说理方面也各具特色。春秋时期的《春秋》是极简单的历史事件编年纲目，《左传》则表现出显著的进步。

战国后期出现了我国第一位伟大的爱国诗人——屈原。战国后期，以屈原为代表，创造并兴起了“楚辞”。

《楚辞》的产生也和战国时代的散文一样，它是《诗经》以后的一次诗体大解放。它把《诗经》的四言方块诗改为参差不齐的骚体诗，是我国第一部浪漫主义诗歌总集。

《楚辞》的出现，使诗坛奇文陡起，在我国古代诗歌史上揭开了崭新的一页。在屈原以前，我国诗歌是口头流传的集体创作，屈原的出现改变了文坛上的这一现象。

二、先秦时期文学经典作品

（一）诗歌总集《诗经》

中国文学有着悠久的历史，《诗经》是中国文学最重要的源头之一，收录了自西周初年至春秋中叶的诗歌作品。诗的来源有以下几种：来自“献诗”，公卿列士在周天子听政之时献诗给天子，起着讽谏或赞颂的作用；来自“采诗”，周王朝或各诸侯国的乐官到民间搜集百姓中流传的诗歌；一部分诗歌由王朝的乐官等“专业”创作者完成。这些诗歌在《诗经》当中有不同的归类：“风”是各地民歌，“雅”是周人的正声雅乐，“颂”是宗庙祭祀之乐，其中有一部分是舞曲。《诗经》中的风、雅、颂在内容、审美风格上不完全一致。

我们常说的《诗经》，指的是《诗经》中的“国风”。“国风”当中的爱情诗颇为多姿多彩，都是“天地元声”，无矫揉、颓靡之象。

《风》相对《雅》《颂》来说，语言更接近口语。

通常，学者们会注意到《诗经》的“史诗品格”。《大雅》中有《生民》《公刘》《绵》《皇矣》《大明》5 篇，历来被学者当作周人的史诗。

《生民》讲述的是周人的始祖后稷的生平故事。姜嫄在野外行走，好奇地踩到天帝的足迹，其后就怀孕生了后稷。后稷长大之后，教会族人耕种。后稷的曾孙带领族人迁徙到了由，周族此时的实力已经十分强大。《公刘》写公刘由邰迁豳（在今陕西旬邑一带）开疆创业，整篇突出地塑造了公刘这个人物形象。他深谋远虑，具有开拓进取的精神。《绵》描写了周人的祖先古公亶父率领周人自豳迁岐，定居渭河平原，奠定了周人兴盛的基础。《皇矣》先写西周为天命所归，古公亶父经营岐山、打退昆夷的情况，再写王季的继续发展和他的德行，最后重点描述了文王伐密、灭崇的事迹和武功。《大明》叙述的重点是武王伐商，这是一场以少胜多的战争——“殷商之旅，其会如林”，大有“以大压小”之势；“牧野洋洋，……会朝清明”，写的是武王面对大军时的紧张，预示着周族军队所向披靡，将取得最后胜利。

上述篇章，构成了周族英雄创业的史诗。

（二）史学著作《左传》

《左传》亦称《春秋左氏传》，作者左丘明是史传文学的一名革新家。《左传》之名始于《汉书·艺文志》：“左氏传三十卷。”

《左传》和《国语》思想倾向基本一致，但《左传》有新的发展，其民本思想更加鲜明。《左传》记事表明了民重于天、民重君轻等观点，比《国语》的思想有进步。

《左传》在形式上突破了单一模式，吸收了《尚书》和《春秋》的技巧，做到了在编年体中将记言与记事有机地融为一体，其叙事详明、有趣。

《左传》开创了中国编年体写作的新纪元，有人把《左传》奉为文章之祖。

《左传》描述的是一个纷杂的社会，它将错综繁复的王侯以及诸多异常的变乱表述得条理分明，使密谋、暗算昭然若揭。《左传》描述社会主要矛盾的线索是社会的政权变更与政治关系的变化。作者在记叙谋杀、行刺、政变和战争中，使叙述得到了充分的发挥。例如，晋灵公谋杀赵盾、齐崔抒之乱、楚灵王之死、吴公子光刺王僚等，证明了《左传》作者的成功。

《左传》善于描写战争，体现出高超的叙事艺术。作者对当时一些著名战役，如宋楚泓之战、秦晋崤之战、齐晋鞌之战、吴楚柏举之战等，均有出色的描写。《左传》的战争描写结构完整、运笔灵活，能着眼于战争的前后左右；作者以历史家的卓越识见，重点描述战争的来龙去脉，因而其故事波澜起伏。这样的战争描写，后所难及。

《左传》的语言是历代文人学者推崇的典范，该书作者通过运用精练、婉转的技巧，描摹了符合人物身份的个性化语言。同是论战，曹刿发论委婉尽致，充分显示了“远谋”的乡下人处处小心谨慎的心理；子鱼发论坦率直陈，敢于当面批驳宋襄公的谬论，符合一个公侯贵族的口吻。《左传》最为精彩的是行人的辞令。行人凭借讲究的言辞折服对方，显示了他们能言善辩的特征。

《左传》的叙述语言词约意丰。例如,《宣公十二年》记晋军败于楚，作者只写:“中军……舟中之指可掬也。”先上船的人以刀乱砍后来争攀船舷者的手，一个小小的镜头，显示出晋军仓皇败逃之全状；作者记入冬后楚军将士受冷冻，“王巡三军，拊而勉之，三军之士皆如挟纩”。作者比喻贴切，将楚王慰勉与三军将士的愉悦蕴含其中。“言近而旨远，辞浅而义深……反三隅于字外。”

《左传》是中国最早、叙事详细的完整著作，是第一部完备的编年体史书。它的创新为封建时代历史著作的撰写奠定了基础。《左传》之后，东汉简悦《汉纪》、宋司马光《资治通鉴》等皆为编年体历史巨著。后来,《史记》开创了纪传体。编年叙事和纪传体叙事是我国历史著作的两种基本体裁。

《左传》在体制、容量、手段诸方面，具备了长篇叙事文学的雏形。它的艺术成就是开创性的，因此，它在中国文学史上占有重要而突出的地位。《左传》对后世文学产生的影响，是其他历史著作无法相比的。

（三）史料汇编《战国策》

《左传》描绘了春秋时期中国大地上发生的丰富多彩的故事，而《战国策》描绘了战国时期纵横捭阖的时代风貌。

《战国策》属于史料汇编，原有《国策》《国事》《长书》等，全书分十二国策。十二国为秦、齐、楚、燕、韩、赵、魏、西周、东周、宋、卫、中山。该书没有一个统一的作者，各部分都是出自史官之手，现在流传的版本由汉代学者刘向整理而成。

《战国策》记载了战国时游说之士的策谋和言论。很多信史被司马迁使用，但有夸大虚构之处。这是一部优秀的散文总集，文笔优美、语言流畅，善于运用寓言故事和生动的比喻来阐述道理，文学意味极其浓厚。汉初许多政论家如贾谊等人都受其影响。

战国时期，社会的动荡更加激烈，周天子没有任何控制权，社会进入一个全凭战争实力来决定国家命运的时代。《战国策・序录》:“仲尼既没之后……上下失序。至秦孝公……苟以取强而已矣。夫篡盗之人……兴立为强。是以传相放效……流血满野，父子不相安……湣然道德绝矣。晚世益甚……盖为战国。”

道德仁义随着铁制农具的出现而逐渐失落，武器制造水平迅速提高，较大的诸侯国加快了领土扩张的步伐。新兴的地主阶级悄然取代奴隶主阶级，奴隶主阶级也不甘心退出历史舞台。周王室的影响已经荡然无存，仁义道德观念在刀光剑影中解体。当时出现了百家争鸣的局面。强调实力、加强外交，成为各国君主的首要课题。

经过春秋末期的激烈兼并，当时的社会出现了最强大的七个诸侯国，还有五个稍大的国家——西周、东周、宋、卫、中山。七个大国是万乘之国，另外五个是千乘之国。

前面七国属于第一集团，后面五国属于第二集团。秦国最先重用政治家商鞅变法图强，军事实力迅速强大，不断侵占邻近国家的领土，扩展本国的疆土。

六国不甘心这样被强秦侵略，联合抗击秦国。一些以外交能力见长的谋臣、策士穿梭于各国之间。“横则秦帝，纵则楚王”，我们从这句话便可看出当时外交策略和结果的重要。

“横”指以秦国为基准，打乱六国联盟的外交策略。秦和六国中任何一国的地理位置基本上都是东西走向，称“连横”。

“纵”指山东六国联合起来，共同对付强大而有侵略野心和领土要求的秦国，以六国联盟的力量遏制秦国。山东六国大体分布在中原大地的南北，属于纵向。

纵横家成了这一时期历史舞台上最出色的“演员”。在众多纵横家中，苏秦和张仪两人最著名，为那段历史增加了许多丰富多彩的故事。

第二节　魏晋南北朝时期的文学

一、魏晋南北朝文学发展概述

从东汉政权崩溃到隋统一，前后历时约400年。这一时期，统治阶级内部矛盾异常尖锐，社会处于动荡不安和长期分裂之中。

东汉后期，朝政分裂、社会动荡，百姓的生活陷入水深火热之中，大多数农民只能在这种局势下选择流亡。中平元年（公元184年），在苦难生活的压迫下，广大农民选择了投身到起义运动中，试图以反抗换取生存的机会。但是，这些起义运动却被地方势力镇压，地方武装势力也借此机会各自占据一方。在这种社会形势下，社会经济和生产都受到了很大的影响，社会发展也停滞不前，人们的思想在重压之下得到了解放。许多文人墨客通过文学作品来抒发内心的感受，表达对当前社会苦难的哀叹。在这些文学作品中，我们可以直观地感受到当时社会的压抑和百姓生活的困苦。

魏晋时期是我国完整七言诗产生的时期，也是古代文学发展的黄金时期，不仅有着热爱文学的曹操父子，他们作为统治者还大力发展了七言诗，并聚集了一批文人，以建安七子、蔡邕为代表。这一时期的文学作品形象真实地反映了东汉末年的动乱。在当时的社会背景下，这些作品给人以悲壮、凄凉、愤慨之感。这种情真意切的创作风格对后世的文学创作产生了很大的影响，后世称其为“建安风骨”。

正始时期，曹氏统治集团日趋衰落。为了扫除篡魏的障碍，司马氏父子用血腥的手段杀戮异己，致使“天下名士少有全者”。崇尚虚无、不问世务和行为放诞逐渐成为士风。此时的代表作家是阮籍和嵇康。他们的创作主要是对恐怖政治的揭露，在诗风上则表现出虚玄的倾向。为了全身避祸，他们的诗风常趋向隐晦曲折。

泰始元年（公元 265 年），司马炎篡魏立晋，西晋统一之初，曾出现过短暂的繁荣。但没过多久，晋武帝司马炎死去，司马衷继位，内部分裂，外族统治者趁机入侵中原，西晋王朝覆亡。建武元年（公元 317 年），司马睿建立东晋王朝。这时，各种社会矛盾仍在激化，战乱和政变时有发生。

两晋时期，文学的审美发生了转变。人们开始对文学作品的形式有了新的追求。不同于东汉末期诗歌的情真意切，两晋时期的诗歌更注重形式美。在东晋时期，玄言诗受到人们的追捧，这类诗歌的特点是脱离现实生活，多以老庄和佛教哲理为内容。基于这一诗歌形式，文人们又发展出田园诗的创作风格。

南朝的社会环境更加稳定。不同于汉朝和两晋时期的动荡，南朝的社会经济开始稳步发展，人们的生活也逐渐安稳下来，他们也不再需要通过诗歌去记录社会现实、寄托哀伤情感，特别是帝王和士族，在这一时期都过着安逸享乐的生活，他们的娱乐生活也更加丰富。因此，这一时期的文学发展也较快，大量的文学作品被创作出来。而且，在这一时期，文学开始与哲学、史学等进行分割，文学的形式美更被文人注重。在谢灵运等文人的影响下，山水诗逐渐取代玄言诗，成为一种新的流行风格，人们开始运用自然景色提升诗歌的表现力，诗歌的文学性也进一步增强。之后，鲍照创造了杂言诗体，改变了传统七言诗的用韵方式，七言歌行逐渐发展开来。

中国诗歌的韵律形式是从齐永明年间开始被提出的，主要是以周颙、沈约提出的“四声八病”说为标志。自此，中国的诗歌脱离了传统的自由的古体，走向韵律规整的近体，人们开始讲究韵律的使用，要求韵的工整。这一时期的诗歌被称为“永明体”新诗。梁、陈时期，绮艳轻靡的诗风流传开来，宫体诗盛行，主要描写女色，内容狭窄，但某些作品仍有一定的艺术性。

北方先后建立了 16 个政权，史称“十六国”。魏太武帝拓跋焘统一北方，中国北方的经济与文化才得以恢复与发展。开皇元年（公元 581 年），杨坚篡夺北周政权，建立隋朝，分裂了 200 多年的南北方才又重新归于统一。

五胡十六国时期，很少有文学作品流传下来。北魏统一后，逐渐出现了一些作家。庾信的诗风从绮艳转为刚健，这表现了南北诗风融合的趋势，受到唐代诗人的高度重视。

南北朝乐府民歌是一座高峰。南朝和北朝长期对峙，南朝和北朝民歌呈现出迥然不同的风貌。南朝民歌几乎全是情歌，表现了人们对爱情生活的热烈追求。它们体制短小，风格婉转柔美。在作品数量上，虽然北朝民歌不及南朝民歌，但突出地表现了北方民族尚武的精神面貌。

小说的发展与古代的神话和历史传说的产生、发展密不可分。玄学和宗教是古代人们的主要精神支撑。从战国时期开始，民间就有信巫的习俗。东汉，佛教传入并发展，汉末道教产生。随着历史的演变，我国的宗教信仰和神话传说越来越丰富。魏晋时期，人们对于鬼神之说深信不疑，鬼神故事成为人们茶余饭后的谈资，并受到文人的注意。文人对于所看、所听、所感加以记录并品评，逐渐形成了逸事小说。刘义庆的《世说新语》是逸事小说的代表作品，作者通过零散的随笔记录，叙述了当时的一些精彩故事，而这些故事也是汉末至东晋士族阶级的生活写照。逸事小说为我国小说的发展开辟了先河。

赋也是我国古代文学中的一种独特文学形式。汉朝的赋主要采用的是对话形式，不受韵律和句式对仗的限制，具有很强的叙事性，强调的是内容上的真实。魏晋之后，赋在形式和内容上有了一定的变化，不再以单纯的叙事为主，而是更注重情感的抒发，以往的对话形式逐渐消失，转变为讲究对偶和韵律的骈体文形式。如此一来，赋的艺术性增强，而其内容的丰富性降低。

三国时期的散文逐渐向清峻通脱的方向发展。晋代的散文清新隽爽，反映了当时士大夫超脱现实的作风。晋末陶渊明使这种文风更加朴实、自然，接近生活。

南北朝时期，北朝出现了 3 部著名的散文作品。《水经注》描述了雄奇、秀美的山川景色，文笔清丽、秀逸;《洛阳伽蓝记》善于叙述故事，笔致婉曲、冷峻;《颜氏家训》真切地反映了当时的社会习俗和民生疾苦。

文学批评在魏晋南北朝时期得到了高度发展。魏晋时期，玄言盛行，学术思想呈现出比较自由、活跃的局面。在当时品评人物风气的影响下，又逐渐形成了品评文章的风气。

《典论·论文》是中国最早的一篇讨论文学问题的专论。《文赋》第一次全面地探讨了作家创作的过程、技巧等基本问题。南朝宋文帝设立了文学馆，把文学与儒学、玄学、史学区别开来。齐梁时期，随着“声律说”的产生，作家越来越讲究艺术技巧。在当时的文学创作中出现了片面追求华美形式的倾向。在这种情况下，一些文人创作了《文心雕龙》《诗品》两部文学批评巨著。这两部巨著对后世的文学批评产生了重大的影响。《文心雕龙》代表着中国古代文学理论发展的高峰，在中国文学批评史上具有划时代的意义。

二、魏晋南北朝时期的诗歌

（一）南北朝时期的乐府民歌

南北朝乐府民歌是继汉乐府民歌之后的又一次民歌创作高潮。

1. 南朝乐府民歌

南朝乐府民歌（又称南歌）内容较狭隘，多表现男女相思恋情，风格婉转、清丽。

南朝乐府民歌有独特的艺术成就。“吴歌”和“西曲”影响了五言绝句的形成，文人大量运用双关隐语，大体上构成双关。

《西洲曲》是南朝民歌中的优美篇章，以连珠格的形式写了恋人的连绵相思，堪称绝唱。

2. 北朝乐府民歌

北朝乐府民歌（又称北歌）在数量上少于南朝乐府民歌。这些民歌产生于北方，主要反映北方各民族的生活。在内容上，北歌反映的社会生活面较南歌广阔；在风格上，北歌豪放、慷慨，没有南歌的缠绵、凄恻之风。《木兰诗》是北朝民歌中最杰出的作品，写的是一个叫木兰的女子代父从军的故事，歌颂了木兰的爱国精神，证实了女子与男子同样具有报效国家的能力。

《木兰诗》是一首长篇叙事诗，全诗叙事井然，形象鲜明；质朴的叙述中间插入几句对仗工整的律句，简约、华美；最后四句的比喻出语神奇，照应全篇女儿代父从军的主题。

（二）谢灵运与谢朓的山水诗歌

晋宋时代，秀丽的江南山水孕育了山水诗。谢灵运是第一个大力写作山水诗的诗人。

谢灵运，南朝宋诗人，性豪爽，躁进狂傲，以谋反罪被杀。其诗歌与颜延之齐名，世称“颜谢”。

谢灵运的不少作品是悠游园林的纪游之作，他善于用精致、工整的语言刻画山水的美景，从形状、姿态、声音等多方面对自然山水进行立体性刻画。他的诗语言富艳、词采华赡、名句络绎。与玄言诗相比，他的诗能使人有耳目一新之感。

谢朓，与谢灵运并举，二人被称为“大小谢”，是永明新体诗的重要作家。

谢灵运喜欢反复描写，务求穷形尽相，用词典雅庄重；谢朓往往略貌取神，风格比较清新流畅。谢灵运诗似工笔山水，谢朓诗则兼带写意。谢朓还善于发端，开首即置以名句，如“朔风吹飞雨，萧条江上来”等。

三、魏晋南北朝时期的骈文、散文和小说

魏晋南北朝时期，出现了“文笔之排”。所谓“文”是指文学性的作品，所谓“笔”是指实用性的应用文。沈约善诗，有所谓“沈诗任笔”之说。诗赋力求辞藻华丽，讲求对仗、排偶和声律，骈文也就应运而生。

骈文又称骈体文、骈俪文，特点是句法工整，讲究平仄声律。魏晋时文章已见骈化倾向，南北朝时骈文大盛。

江淹，南朝梁文学家，历仕宋、齐、梁三朝，善诗文，诗风遒劲。他的《恨赋》《别赋》广为传诵。《恨赋》描述了6个典型历史人物的遗恨，《别赋》描述了身份不同的人“黯然销魂”之别。

庾信是这一时期骈文骈赋成就最高的作家，他的骈文最能体现这一文体的特征。这一时期，实用性的书札也喜用诗化的骈俪语言。

北朝诗文多受南朝影响，《洛阳伽蓝记》《水经注》最为著名。前者记洛阳伽蓝（梵语佛寺）的兴盛景象，文字偏骈偶；后者为模山范水，语简意盛。两者对后来山水游记文有较大影响。

值得注意的是，在魏晋南北朝时期，《典论·论文》《文赋》《文心雕龙》《诗品》的贡献主要是在文学理论和文学批评方面。

《典论·论文》提出了“四科八体”的文体论和“诗赋欲丽”论；《文赋》提出了“诗缘情而绮靡”说；《文心雕龙》对文学创作、文学批评等各个方面都提出了系统的见解；《诗品》提倡诗歌的自然直寻和滋味论。这些著述反映了魏晋南北朝时期文学的觉醒，对后代文学理论批评有重要影响。

魏晋南北朝时期出现了志怪小说和志人小说。志怪小说就是记述神灵、鬼怪和殊方异物的小说，一些作品反映了当时的社会生活和文化，最著名的是《搜神记》。志人小说又称逸事小说，记载人物的言谈举止、逸闻趣事。我们能够通过志人小说窥见当时的社会风气和面貌。最著名的志人小说是《世说新语》。

魏晋南北朝时期是我国古代小说的发轫时期，志怪小说对唐宋传奇等都有影响；志人小说《世说新语》的影响更为深远，代有模仿之作。

第三节　隋唐五代时期的文学

一、隋代和唐代的诗歌

隋代在历史上前后只统治了30多年，隋代的作家大半是南北朝旧人，受南朝文风影响极深，加上隋炀帝大力提倡梁陈宫体，因此，浮艳淫靡文风仍然泛滥文坛。但隋初的一些诗歌，尤其是边塞诗歌显示了南北文学合流的一点新气象、新风气。在隋代诗人中，由北朝入隋的薛道衡、卢思道、杨素等人的边塞诗体现了南北诗风合流的精神，他们的诗写得比较清新、质朴。

唐代是我国封建社会的鼎盛时期，文学创作全面发展、高度繁荣。尤其是诗歌的发展，唐代在我国诗歌史上是一个高度成熟的黄金时代。

关于唐诗的分期历来说法不一，现在一般公认的是四分法。初唐诗歌指从唐高祖武德初年（公元 618 年）到睿宗先天元年（公元 712 年），约百年，这是唐诗的准备阶段；盛唐诗歌起于唐玄宗开元初年（公元 713 年），到唐代宗大历五年（公元 770 年），约 60 年；中唐诗歌起自唐代宗大历六年（公元 771 年），止于唐文宗大和元年（公元 827 年），此时的诗歌创作出现了不同的色彩和风格，开始向多元化发展；晚唐诗歌从唐文宗大和、开成年间到唐亡（公元 907 年），约 70 年。

初唐是唐诗走向高潮的一个必不可少的准备阶段，诗歌在宫廷内外的相互影响和相互带动下向前发展。初唐的诗歌创作主要是以唐太宗及其群臣为中心展开，以上官仪为代表的宫廷诗人，其诗以歌功颂德为目的，内容局限于宫廷生活，在艺术上单纯追求形式美，风格表现为“绮错婉媚”。当时多有仿效者，这种诗被称为“上官体”。上官仪对律诗的发展也有一定贡献，他将六朝以来诗歌中的对偶方法归纳为“六对”和“八对”，这对以后律诗的正式形成起到了奠基作用。

继上官仪之后，出现在武则天、中宗两朝的宫廷诗人有号称“文章四友”的李峤、苏味道、崔融和杜审言，以及并称“沈宋”的沈佺期、宋之问等。“文章四友”中成就较高的是杜审言，他是杜甫的祖父，平生几乎以全力写近体诗，其作品内容比较充实。

沈宋的主要成就在于使律诗形式趋于成熟，从此律诗正式定型，为众多诗人所采用，对后来的词、曲都有影响。

初唐时期的王绩、“四杰”、陈子昂等，在诗歌创作上努力突破宫廷艳情诗风，并取得了一定成就，推动了诗风的革新。

唐开元、天宝年间，国力强盛，经济繁荣，涌现出大批天赋极高、流芳千古的诗人。他们将讲究声律辞藻的近体与抒写慷慨情怀的古体合而为一，创造了声律、风骨兼备的优秀诗篇，并且形成了几大具有独特风格的诗人群体。

李白是唐代文化孕育出来的天才诗人，其非凡的自信和自负，狂傲的独立人格，豪放洒脱的气度和自由创造的浪漫情怀，充分展现了盛唐诗人的时代性格和精神风貌。

李白，字太白，号青莲居士，祖籍陇西成纪（今甘肃静宁西南），自称李广之后、凉武昭王九世孙。其祖上谪居碎叶（唐属安西都护府，今吉尔吉斯斯坦北部托克马克附近），于唐初潜回蜀地，居家于四川绵州昌隆（今四川江油）。

张九龄，字子寿，韶州曲江（今广东韶关西南）人。张九龄是开元朝贤相，其诗早期平庸，后诗风为之一变，对扭转初唐浮靡风气做出了较大贡献。《感遇》12 首与陈子昂的《感遇》38 首内容较接近，风格也相似，均为托兴寄意之作，但张九龄的诗表达得更为直率。张九龄的五言古诗成就突出，五律亦不乏佳作，如《望月怀远》等，写得情意深长、自然清新。

贺知章，字季真，自号四明狂客，越州永兴（今浙江萧山）人。他以文词知名，与张旭、包融、张若虚合称“吴中四士”，与李白、张旭等共称“饮中八仙”。他的七绝写得精致从容，最为他赢得声誉的是《咏柳》和《回乡偶书》。

孟浩然，字浩然，号孟山人，襄州襄阳（今湖北襄樊市襄阳区）人。孟浩然 40 岁前一直在鹿门山读书隐居，40 岁时赴京应进士不第，但于诗坛颇得盛名。孟浩然一生中的绝大部分时间为隐居或漫游，其诗歌主要是隐遁生活的反映或旅途景物风光的摹写。他写下了大量山水田园诗，继陶渊明、谢灵运之后，开盛唐山水田园诗的先声。

孟浩然田园诗的代表作是《过故人庄》，该作品写景清新秀丽，写情深挚浑厚，写农家生活则简朴可爱，能将读者带进一种幽雅恬静的氛围中。其他如《夏日南亭怀辛大》中的“荷风送香气，竹露滴清响”、《游精思观回王白云在后》中的“樵子暗相失，草虫寒不闻”等，都是传世的名句。

王维，字摩诘，号摩诘居士，进士及第，授太乐丞，终官尚书右丞，世称“王右丞”。王维是盛唐田园山水诗派的代表作家，与孟浩然并称“王孟”。王维的诗以 40 岁为界分前、后两期。前期诗歌充满积极向上的进取精神，具有较强的政治热情，对于社会不平敢于揭露和抨击；后期诗歌趋于消极，这是由于在政治上遭受打击后，其思想、行动失去了斗争性，只好从田园山水中寻求寄托和慰藉。

杜甫，字子美，自称少陵野老，汉族，河南巩县（今河南巩义西南）人。杜甫曾任左拾遗、检校工部员外郎，因此后世称其“杜工部”。杜甫生活在唐朝由盛转衰的历史时期，其诗多涉及社会动荡、政治黑暗、百姓疾苦。

杜甫是我国文学史上伟大的现实主义诗人。他的诗像一面镜子，广泛而深刻地反映了安史之乱前后唐代社会由盛而衰这一历史转折过程的真实面貌，因而被称为“诗史”。又因为这些诗的思想性和艺术性都很高，所以，人们尊杜甫为“诗圣”。

晚唐不是唐诗的高峰期，但也有许多著名的诗人。

杜牧，字牧之，行十三，京兆万年（今陕西西安）人。他的先祖杜预，西晋人，注《左传》，文武双全；他的祖父杜佑，三朝宰相，曾作《通典》，为中国典章制度名篇。杜牧生时家境已衰，但其堂兄官至宰相。杜牧自幼认真读书，家中藏书甚富。他博读经史，学研兵法，练习诗赋古文，在社会上渐有名声。青年时代，他便写出《阿房宫赋》，名震文坛。他于26岁进士及第，后因秉性耿直，不愿卷入牛、李两党派系斗争，故长期遭受排挤，在江南一带做幕僚，思想消沉。他于36岁内迁京官，又受排斥，出任黄、池、睦州刺史，后入为司勋员外郎，终官中书舍人。著有《樊川文集》。

杜牧诗歌的主要成就在于近体诗，但他的古诗也写得很好。如长篇五古《感怀诗》有500余字。他以古文的笔法写诗，气势矫健，为常人所不及。杜牧的长篇五古还有《张好好诗》，对一名歌妓的遭遇深表同情，其真迹今存故宫博物院。他的长篇五古《杜秋娘诗》，通过描写一名女子一生的不幸，反映官场的倾轧。

二、唐代的散文

唐代散文是继汉代散文之后的又一高峰。初盛唐时期，散文主要沿袭南朝传统，以骈体文为主。其中，“初唐四杰”的骈体文注重感情的充沛和内容的务实，使骈体文出现了新的宏伟气象。在初盛唐骈文占统治地位的情况下，也有不少人尝试着用散体创作，如魏徵就首先在政论中开始了由骈转散的变革。其《谏太宗十思疏》等奏议，学习先秦古文多用排比的句法结构，大量使用隔句相对的排比句式，但文中穿插了不少单行散句，且不拘声律、文风朴实、极少用典，因而创造出一种骈散相间的章表体。隋唐之际的隐士王绩也写了不少言志抒怀的散文，显示了散体文所具有的写景叙事和抒情言志的功能。

中唐时期，古文运动的出现促进了散文的发展，散体古文一改骈体文的风格和体制，并逐渐盛行，以韩愈和柳宗元的理论古文为代表，将散文在唐朝的发展推向了高潮。自古以来，骈体文在古代文学中一直有着极高的地位，是我国古代文学的主要形式。散文即古文，是一种以散句为主的文学体制，没有格式的要求，也没有声律、用典、对偶的限制，是完全不同于骈体文的一种形式。与骈体文的工整、规范不同，散文追求的是一种更自由的创作方式。“古文”作为一种文体概念，由韩愈最先提出。由于韩愈大力提倡，又有一批追随者支持，从唐贞元至元和的二三十年间，古文逐渐压倒骈文，占据了文坛的主要地位，这就是唐代的古文运动。唐代的古文运动是借助儒学复古运动开展起来的，是一次恢复儒学的运动。但是，韩愈的真正目的是反对统治文坛数百年之久的骈文而进行文体、文风的改革，因而，从本质意义上说，这又是一次文学革新运动。不过，晚唐时期散文逐渐式微，再次被骈体文取代。

韩、柳的古文革新在中唐形成了巨大声势，是在一定历史条件下文体与文学发展的历史潮流，并非某一人之力所能为。早在北朝北周时，北周太祖宇文泰曾提倡过古文，欲以《尚书》诰制体（散文体）代替骈文。隋文帝也曾反对华艳文风，下令严禁以华艳文辞写作公文。初唐时，陈子昂高唱“复古”，标举“风骨”和“兴寄”，打击浮艳骈文。天宝以后，萧颖士表示应重视“经术”，李华主张文章应本于“六经”之志，又有独孤及、柳冕、梁肃等强调文章应该“宗经”“体道”等，以上都可被看成韩愈古文运动的先声。然而，这些人除了重道方面的片言只语外，还缺乏完整系统的古文理论；而且，在古文创作上，没有一批数量可观、艺术水准较高的文章可同传统骈文抗衡。因此，复兴古文的历史重任自然就落到了韩愈、柳宗元的身上。

韩愈，字退之，河南河阳（今河南孟州南）人，郡望昌黎，故世称韩昌黎。韩愈 3 岁而孤，由兄嫂抚养成人。贞元八年（公元 792 年）进士及第。贞元十九年（公元 803 年）任监察御史，因上书言事，被贬为阳山令。宪宗时，累官至太子右庶子，随宰相裴度平淮西吴元济，以功迁刑部侍郎。因谏迎佛骨触怒宪宗，被贬为潮州刺史。穆宗时，召为国子监祭酒，历兵部、吏部侍郎及京兆尹。谥文，世又称“韩文公”。韩愈在古文创作的实践中有着巨大的成就，其散文形式多样，内容丰富，题材广泛。他在我国散文史上是继司马迁之后的又一位大家。

韩愈的散文包括议论文、记叙文和抒情文三大类。其议论文有哲学论文、政治论文和文学论文三种；哲学论文如《原道》《原性》等，其中《原道》是作者崇尚儒学、攘斥佛老的代表作，可被视作古文运动的宣言书；政治论文有《师说》《杂说》《进学解》《原毁》《讳辩》等,《师说》正面指出师的作用及从师的重要性，这是针对当时社会耻于从师的流俗有感而发创作的，表现了韩愈的“抗颜”精神，具有相当的进步意义。

其文学论文的代表作有《答李翊书》《送孟东野序》等。前者主要阐明作家如何提高思想道德水准和艺术创作水准，后者则提出了“不平则鸣”的著名论点，这些都是韩愈古文理论的重要组成部分。

韩愈的叙事散文分传记散文和应用散文两类，前者的代表作是《张中丞传后叙》，这类文章继承了我国《史记》等传统散文的优良文风，以塑造人物形象为主，往往做到曲尽其态、栩栩如生。后者的代表作是《柳子厚墓志铭》，这类碑志类文章，常用于对死者的歌功颂德。《柳子厚墓志铭》对柳宗元的人品、政绩、文学辞章做出了恰如其分的评价，表达了两人间的深厚友情，是一篇很有价值的文章。

韩愈的抒情散文也有很高的成就，重要代表作有《祭十二郎文》，此文被前人誉为“祭文中的千年绝调”；又有《送李愿归盘谷序》，因讽刺现实痛快淋漓，被苏轼称为“唐代第一篇文章”。

韩愈是我国古代语言巨匠，其散文语言极具创造性，在他的笔下，产生过许多新的语汇。另外，韩愈虽然反对骈文，但他的文中又时时融合骈俪句法，使文章既流畅自然，又有音韵美和节奏美，读来朗朗上口。韩愈散文的风格是雄奇奔放，气势磅礴，曲折尽意，流畅明快，有《孟子》的文风。

柳宗元，字子厚，河东解县（今山西运城西南）人。早年即显才华，21 岁中进士，26 岁中博学鸿词科，曾任蓝田尉、监察御史里行。顺宗即位后，参加王叔文革新集团，任礼部员外郎，积极从事政治革新。事败，贬为永州司马，10 年后调柳州刺史，死于任上。世称“柳柳州”或“柳河东”。

柳宗元的散文主要有寓言小品、山水游记、人物传记、政论文论等几大类，成就最高的是前两类。柳宗元的寓言小品具有强烈的战斗精神。他继承了先秦诸子著作中寓言的传统，并将寓言发展成为独立的文学样式。他善于通过洗练的语言塑造生动的形象，对社会黑暗和腐朽的时风进行辛辣的讽刺。他的文章篇幅短小，寓意深刻。《三戒》是其代表作。他对我国寓言文学的发展做出了重要贡献。

柳宗元是我国山水游记散文的重要奠基人，其山水游记清新秀丽，语言精炼，刻画准确细致，常常是动中有静、静中有动，使人读后如亲临其境。他对山水的描写不是纯客观的，而是渗透着他遭受贬谪的幽愤心情，因此，其作品具有幽静凄清的特点。他的主要代表作是《永州八记》。这一组文章不仅文笔隽秀，而且寓情于景，借外物写内心，抒发了柳宗元被贬时的郁闷情绪，颇具《离骚》笔法。

柳宗元的部分人物传记颇具特色，即写实与寓言相结合，如《捕蛇者说》和《种树郭橐驼传》，均可被视作真实和虚构的混合体。他的其他人物传记也不乏精品，如《段太尉逸事状》《童区寄传》《梓人传》等。

柳宗元的论说文主要是阐述他朴素的唯物主义思想和进步的政治主张，揭露和批判封建专制主义的黑暗，如《天说》《封建论》等。他的文论有《答韦中立论师道书》等"八书"，都是用来阐明古文理论的。柳宗元的散文风格雄深雅健、简明峻洁，类似西汉文章。

柳宗元具有朴素的唯物主义思想。由于遭受贬谪，他有机会接触社会、接触人民，因此，他的散文的思想性比韩愈的深刻得多。如果说韩愈在理论上给古文运动做出较大的贡献，那么柳宗元则是以他优秀的散文为古文运动的蓬勃发展奠定了基础。韩柳古文理论的具体内容主要有以下几个方面：

（1）文以明道，注重实用

文以明道是韩愈古文理论的中心论点。他在《争臣论》中说："君子居其位，则思死其官；未得位，则思修其辞以明其道。"又说："愈之所志于古者，不惟其辞之好，好其道焉耳。"（《答李秀才书》）韩愈所说的"古道"，指的是正统的儒家之道。他解释说："斯吾所谓道也，非向所谓老与佛之道也。尧以是传之舜，舜以是传之禹，禹以是传之汤，汤以是传之文、武、周公，文、武、周公传之孔子，孔子传之孟轲，轲之死，不得其传焉。"（《原道》）这就是"道统"，而韩愈正是以继孟轲之后的道统继承者自居的。韩愈提倡的古道是以儒家仁政为主，以除弊救时为宗旨，具有鲜明的现实针对性。柳宗元也在其《答韦中立论师道书》中明确声明："始吾幼且少，为文章，以辞为工。及长，乃知文者以明道。"在他们看来，道是目的，文是手段；道是内容，文是形式。"古文"是传"道"的工具。

（2）不平则鸣，穷言易好

韩愈从自身的坎坷遭遇和生活感受出发，提出了文学创作是“不平则鸣”的产物，把明道与批判社会不公、抒发郁愤结合起来，这无疑是中国古代封建社会中一个富有民主精神和反抗精神的重要命题。它是对文学积极干预现实、对不合理现象愤怒抗争的鼓励和肯定。与此相联系，韩愈还在《荆潭唱和诗序》中提出了“穷苦之言易好”的可贵论题。韩愈“不平则鸣”“穷而后工”的思想，对宋以后许多文学家产生了很大的影响。

（3）闳中肆外，气盛言宜

韩愈、柳宗元都非常重视作家的内在修养。柳宗元强调，“文以行为本，在先诚其中”（《报袁君陈秀才避师名书》），“文章，士之末也，然立言在乎”（《与杨京兆凭书》）。韩愈更具体指出，作家的内在修养包括儒学修养和艺术修养两方面。柳宗元也以亲身体会说明了这一问题：“吾每为文章，未尝敢以轻心掉之，惧其剽而不留也；未尝敢以怠心易之，惧其弛而不严也；未尝敢以昏气出之，惧其昧没而杂也；未尝敢以矜气作之，惧其偃蹇而骄也。”（《答韦中立论师道书》）韩、柳强调作家应加强修养，保证文以明道的原则得以贯彻执行。

（4）含英咀华，词必己出

韩、柳倡导与创作古文，反对骈文，并非对形式主义的拟古和粗暴简单的否定，而是自觉地遵循文学自身的发展规律，对前人积累的艺术经验去粗取精，含英咀华，将其有价值的积极成果加以吸收，融入自己的创作实践。对骈文，他们舍弃其僵化的形式，而在句式、声韵、词藻等方面继承了它的艺术技巧，这大大增强了文章的表现力。韩愈更强调应该学习古人“师其意，不师其辞”（《答刘正夫书》），要求“唯陈言之务去”（《答李翊书》），扬弃陈词滥调，大胆创造适于表达自己思想的新词汇。在张扬复古的大潮中，柳宗元尊重古人但又不迷信古人，并能针对文坛上出现的不良偏向提出批判，难能可贵。

韩、柳在中唐古文革新中提出的一系列理论主张，不仅保证了古文创作能始终在明确理论和原则的指引下健康发展，而且为丰富我国古代文学理论的宝库做出了杰出贡献。韩、柳既理论引导，又率先垂范，以杰出的古文创作成就，树立了新文体的威望，开拓了散文的应用范围，奠定了以“唐宋八大家”为代表的散文传统，对我国文学的发展产生了深远的影响。

在韩、柳的影响下，古文运动不乏参与者，如元稹、白居易、张籍等。他们以古文运动的精神作文、写诗、编传奇，使古文运动的影响得到进一步扩展。中唐以后，韩愈、柳宗元的门人弟子或者片面发展“明道”主张，或者过于追求怪奇，使唐代古文与现实生活的距离又拉远了。虽然晚唐的皮日休、陆龟蒙和罗隐等人创作了许多具有讽刺性的杂文小品，但其规模、气势和所具有的文学魅力已远远不如中唐古文。到北宋时，以欧阳修为首的“六大家”（其他五位是曾巩、王安石、苏洵、苏轼、苏辙）与唐代的韩、柳共同组成了“唐宋八大家”，最终完成对骈文的革新，使散文真正成为文坛的主流。

三、唐五代时期的词

（一）词的名称、起源与发展

词是曲子词的简称，就是歌词的意思。清宋翔凤《乐府余论》说：“以文写之则为词，以声度之则为曲。”这表明它是一种配合音乐歌唱的诗体。

曲子词是唐五代时词的通称，词是后起的名称。此外，它又叫诗余、乐府、长短句等等。诗余之称大约始于南宋，宋宁宗庆元年间编的一部词选，就叫《草堂诗余》。宋翔凤《乐府余论》说：“谓之诗余者，以词起于唐人绝句。则词实诗之余，遂名曰诗余。”这种说法并不符合词产生的实际情况，诗余的名称也不十分恰当。词既然是一种入乐的歌诗，所以有人又称之为乐府。宋人贺铸的词集就题为《东山寓声乐府》。但是，严格地说，这里所说的词与乐府诗尽管有着相似之处，但在配乐上，它们有着很大的区别。词所配合的音乐是燕乐，燕乐是从西域传入的一种音乐，主要用琵琶演奏，又叫谦乐、宴乐，是在宴会上演奏的。而乐府诗所配的音乐是雅乐（汉魏以前的古乐）和清乐（清商曲，汉魏六朝以来的“街陌歌谣”）。词是由乐定词，根据词调的要求填词，而乐府诗是选词以配乐。把词称为长短句，是着眼于句式。宋人词集题为长短句的有秦观的《淮海居士长短句》。长短句固然是词的一种形式上的特点，但它和诗的主要区别并不在这里。杂言诗的句子也是参差不齐的，但并不是词。因此，可以看出，将词称为长短句并不能体现它区别于其他体裁的主要特点，词与诗真正的区别应该在配乐上。

关于词起源于何时，目前学术界还没有取得一致的看法。宋王灼《碧鸡漫志》

卷一说："盖隋以来，今之所谓曲子者渐兴。"宋张炎《词源》卷下也说："粤自隋、唐以来，声诗间为长短句。"他们都认为隋代就开始有词了。《碧鸡漫志》卷四引《脞说》："水调《河传》，炀帝将幸江都时所制。"后蜀何光远《鉴诫录》卷七："《柳枝》者，亡隋之曲。炀帝将幸江都，开汴河，种柳，至今号曰隋堤，有是曲也。"而《河传》和《柳枝》都是后来常见的词牌。这样看来，说词最早产生于隋代，似乎是可以成立的。

中国文学的体裁多起源于民间，词也不例外。在敦煌发现的曲子词，共190多首[①]，绝大多数是民间的作品。这是现存最早的唐代民间词，大都作于唐玄宗至五代。敦煌曲子词的内容相当广泛，有歌颂皇帝功德的，如《感皇恩》；有宣扬菩萨灵验的，如《苏莫遮》；有表现对府兵制不满的，如《阿曹婆词》；也有反映边疆复杂情况的，如《菩萨蛮》："敦煌古往出神将，感得诸蕃遥钦仰。效节望龙庭，麟台早有名。只恨隔蕃部，情恳难申吐。早晚灭狼蕃，一齐拜圣颜。"艺术性较高的是那些反映妇女生活和心情的曲子词，如《望江南》："天上月，遥望似一团银。夜久更阑风渐紧，为奴吹散月边云，照见负心人。"

有的反映了妓女的悲惨命运，如《望江南》：

"莫攀我，攀我太心偏。我是曲江临池柳，者（这）人折去那人攀，恩爱一时间。"

还有一首《菩萨蛮》表现了爱情的坚贞不渝：

"枕前发尽千般愿，要休且待青山烂，水面上秤锤浮，直待黄河彻底枯。白日参辰现，北斗回南面，休即未能休，且待三更见日头。"

中唐时期，文人学习民间词，创作了一些优秀的作品。张志和的《渔歌子》五首表现了诗人的生活情趣。其一：

"西塞山前白鹭飞，桃花流水鳜鱼肥。青箬笠，绿蓑衣，斜风细雨不须归。"

韦应物的《调笑令》写边塞风光，很有画意：

"胡马，胡马，远放燕支山下。跑沙跑雪独嘶，东望西望路迷。迷路，迷路，边草无穷日暮。"

王建的《宫中调笑》以宫怨为题材，也是一首名作：

---

① 刘尊明，曹济平，王兆鹏．全唐五代词 [M]. 北京：中华书局，1999：39.

“团扇，团扇，美人病来遮面。玉颜憔悴三年，谁复商量管弦？弦管，弦管，春草昭阳路断。”

白居易和刘禹锡在词的早期发展史上占有重要的地位。他们的作品比较多，艺术上也更成熟。刘禹锡在贬官期间学习巴楚一带的民歌很有成绩，他的词清新活泼，很有民歌的风采，如《竹枝》九首其二、其九：

“山桃红花满上头，蜀江春水拍山流。花红易衰似郎意，水流无限似侬愁。”

“山上层层桃李花，云间烟火是人家。银钏金钗来负水、长刀短笠去烧畲。”

白居易的《忆江南》三首浅显平易、流畅自然，和白诗的风格是一致的。其一：

“江南好，风景旧曾谙。日出江花红胜火，春来江水绿如蓝，能不忆江南！”

他的《花非花》迷离、朦胧，开启了晚唐词风：

“花非花，雾非雾，夜半来，天明去。来如春梦几多时，去似朝云无觅处。”

他的《浪淘沙》六首更多地带有民歌的情调，其四：

“借问江潮与海水，何似君情与妾心？相恨不如潮有信，相思始觉海非深。”

而他的《长相思》则已完全是词的格调了：

“汴水流，泗水流，流到瓜洲古渡头。吴山点点愁。思悠悠，恨悠悠，恨到归时方始休。月明人倚楼。”

相传为李白所作的两首词，并不见于古本《李太白集》，很可能出于晚唐人之手。其中，《忆秦娥》：

“箫声咽，秦娥梦断秦楼月。秦楼月！年年柳色，灞陵伤别。乐游原上清秋节，咸阳古道音尘绝。音尘绝！西风残照，汉家陵阙。”

《忆秦娥》具有鲜明的晚唐风格，通过词所表达的意境，我们仿佛看到了作者正身处长安茫然地四下眺望，眼前的景象勾起作者零零散散的回忆，作者心中的感慨油然而生。这首词既有时间和空间上的悠远绵长之感，又有历史与现实的交织，作者伤怀古今，表达对逝去的文明的追怀和留恋，而这种伤感的情怀与作者当下的茫然相结合，给人一种悲壮沉思、哀婉孤独之感。作者寓情于景，通过对长安景象的描写传达出内心的萧瑟之情。

传为李白的《菩萨蛮》也写得十分苍劲：

“平林漠漠烟如织，寒山一带伤心碧。暝色入高楼，有人楼上愁。玉阶空伫立，宿鸟归飞急。何处是归程？长亭更短亭。”

（二）温庭筠与《花间集》

温庭筠是唐代写词最多的一个人。他的词集名《金荃词》，已佚。诸家选本，《花间集》收66首，《全唐诗》附词收59首。《金奁集》收62首，刘毓盘辑《金荃词》一卷（《唐五代宋辽金元名家词集六十种辑》)，共得76首。他的词几乎全是写爱情、相思，又多用女子声吻，色彩浓艳，辞藻华丽，充满浓烈的脂粉气。前人说他的词风“香而软”，抓住了他的特点。例如，他的代表作《菩萨蛮》：

“小山重叠金明灭，鬓云欲度香腮雪。懒起画蛾眉，弄妆梳洗迟。照花前后镜，花面交相映。新帖绣罗襦，双双金鹧鸪。”

《菩萨蛮》写一个女子刚刚睡醒，正在梳洗打扮。女子娇滴滴、慵懒的情态，活现在纸上。“照花前后镜，花面交相映”像一个特写镜头，词人是用这种艳丽的图画去粉饰统治阶级醉生梦死的生活。

温词在艺术上有独到之处。温庭筠的作品表达有着独特之处，他往往采用片段式的情感来进行抒发，这种若隐若现的情感表达方式做到了合理的留白，给读者以想象的空间，让人回味悠长，从而使读者有深刻的情感共鸣。温庭筠对于情感的表述虽然不连贯，却十分细腻。他擅长通过细致入微的描写将读者引入深处，从而传达细腻的情感；同时，他的遣词造句也十分高超，可以说是既有情感上的深刻，又有形式上的审美。如《菩萨蛮》：

“玉楼明月长相忆，柳丝袅娜春无力。门外草萋萋，送君闻马嘶。画罗金翡翠，香烛销成泪。花落子规啼，绿窗残梦迷。”

词的抒情主人公是一个年轻的女子。在暮春的黎明时分，她送走情人，懒懒地踱回玉楼，陷入沉思之中。昨夜的相会、今晨的送别，柳丝、草萋、马嘶、鸟啼，种种印象纷至沓来，一片迷惘。词人截取她意识活动中的几个片段，抓住她的心理特征，细致、准确而又不着痕迹地把她的情绪表现出来，恰到好处。清周济说：“针缕之密，南宋人始露痕迹，《花间》极有浑厚气象。如飞卿则神理超越，不复可以迹象求矣；然细绎之，正字字有脉络。”（《介存斋论词杂著》）真可谓温庭筠的知音。

温词总的看来是浓艳的，有的词浓得化不开，艳得令人目眩。但是，他也有清新疏淡之作，如《梦江南》：

“梳洗罢，独倚望江楼。过尽千帆皆不是，斜晖脉脉水悠悠，肠断白蘋洲。”

五代后蜀赵崇祚辑录了晚唐五代时期温庭筠、皇甫松、韦庄、薛昭蕴（纬）、牛峤、张泌、毛文锡、牛希济、欧阳炯、和凝、顾夐、孙光宪、魏承班、鹿虔扆、阎选、尹鹗、毛熙震和李珣 18 家词 500 首，编为《花间集》10 卷。这是我国最早的一部文人词集。这 18 家除温庭筠、皇甫松、薛昭蕴（纬）、和凝以外，其余都是五代蜀人或入蜀词人。他们的词风大体上一致，后世称为花间词人。在中原战乱频仍之际，西蜀相对安定，所以集中了一批文人。而西蜀的统治阶级在相对安定的局面中弦歌宴饮，过着奢侈淫靡的苟安生活。于是，那种镂玉雕琼、裁花剪叶、描写女人姿色风情的词，为适应歌台舞榭的需要而被大量地创作出来。欧阳炯《花间集》序说："杨柳大堤之句，乐府相传；芙蓉曲渚之篇，豪家自制。莫不争高门下，三千玳瑁之簪；竞富樽前，数十珊瑚之树。则有绮筵公子，绣幌佳人，递叶叶之花笺，文抽丽锦；举纤纤之玉指，拍按香檀。不无清绝之辞，用助娇娆之态。自南朝之宫体，扇北里之倡风。何止言之不文，所谓秀而不实。"花间词就是在这样的社会风尚里产生的。陆游《跋花间集》说："方斯时，天下岌岌，生民救死不暇，士大夫乃流宕如此。可叹也哉！或者亦出于无聊故耶！"这是对花间词的中肯批评。唐诗从南朝宫体中解放出来，取得空前的成就，到这时仿佛又回到了南朝宫体的老路上去。花间词人大都步温庭筠的后尘，浓艳香软而不能自拔。诸如"云鬟半坠懒重篸"（顾夐《酒泉子》），"慢回娇眼笑盈盈"（张泌《浣溪沙》），"握手送人归，半拖金缕衣"（孙光宪《菩萨蛮》），简直就是南朝宫体诗的翻版。

韦庄与温庭筠齐名。《花间集》收入韦词 48 首，刘毓盘辑为《浣花词》一卷，共 55 首，收入《唐五代宋辽金元名家词六十种辑》中。温词浓艳，韦词清艳，语言也比较疏朗自然，如《菩萨蛮》：

"人人尽说江南好，游人只合江南老。春水碧于天，画船听雨眠。垆边人似月，皓腕凝霜雪。未老莫还乡，还乡须断肠。"

又如《女冠子》：

"四月十七，正是去年今日。别君时，忍泪佯低面，含羞半敛眉。不知魂已断，空有梦相随。除却天边月，没人知。"

周济评韦庄词曰："端己词，清艳绝伦。初日芙蓉春月柳，使人想见风度。"(《介存斋论词杂著》) 况周颐《历代词人考略》卷五曰："韦文靖词，与温方城齐名，熏香掬艳，眩目醉心，尤能运密入疏，寓浓于淡，花间群贤，殆鲜其匹。”

顾夐，官至太尉。《花间集》收其词 55 首。况周颐曰：“顾夐艳词，多质朴语，妙在分际恰合。”（《历代词人考略》）他的《诉衷情》便是艳中有质的作品：

“永夜抛人何处去？绝来音。香阁掩，眉敛，月将沉。争忍不相寻？怨孤衾。换我心，为你心，始知相忆深。”

王士祯《花草蒙拾》评末三句曰：“自是透骨情语。”

李珣，字德润，祖先为波斯人，家居梓州。以秀才豫宾贡，事蜀主衍。国亡，不仕。《花间集》录询词 37 首。《历代词人考略》卷五曰：“李秀才词，清疏之笔，下开北宋人体格。”“五代人小词，大都奇艳如古蕃锦，惟李德润词有以清胜者。”如《渔歌子》：

“荻花秋，潇湘夜，橘洲佳景如屏画。碧烟中，明月下，小艇垂纶初罢。水为乡，篷作舍，鱼羹稻饭常餐也。酒盈杯，书满架，名利不将心挂。”

李珣的《南乡子》很有地方色彩，如：“暗里回眸深属意，遗双翠，骑象背人先过水。”“避暑信船轻浪里，闲游戏，夹岸荔枝红蘸水。”“行客待潮天欲暮，送春浦，愁听猩猩啼瘴雨。”“带香游女偎伴笑，争窈窕，竞折团荷遮晚照。”

（三）李煜与南唐词人

在战乱频仍的五代，偏安江南的南唐经济比较繁荣。中原士人有不少到这里来避乱，南唐统治者又爱好文学，因此，南唐成为词的中心。陈世修在《阳春集序》中说：“金陵盛时，内外无事，朋僚亲旧，或当燕集，多运藻思，为乐府新词，俾歌者倚丝竹而歌之，所以娱宾而遣兴也。”可见，南唐词也像花间词一样，是为适应统治阶级酣歌醉舞的享乐生活的需要而繁荣起来的。

冯延巳是五代南唐词人里时代较早、创作较多的一个人。他字正中，广陵（今江苏扬州）人。李昪以为秘书郎，使与李璟游处，南唐中主（李璟）时官至同平章事。有《阳春集》，存词 100 多首。他的词作突出对人物心理的窥探，一改花间词的传统风格，摒弃对于外在的容貌神态、装饰衣着的描写，使其词作并非流于描写的华丽，而是更突出氛围的幽深绵延，如《鹊踏枝》：

“谁道闲情抛掷久？每到春来，惆怅还依旧。日日花前常病酒，不辞镜里朱颜瘦。河畔青芜堤上柳，为问新愁，何事年年有？独立小桥风满袖，平林新月人归后。”

“几日行云何处去？忘却归来，不道春将暮。百草千花寒食路，香车系在谁家树？泪眼倚楼频独语，双燕来时，陌上相逢否？撩乱春愁如柳絮，悠悠梦里无寻处。”

冯煦《阳春集序》云：“俯仰身世，所怀万端；缪悠其辞，若显若晦。揆之六义，比兴为多。……翁何致而然耶？周师南侵，国势岌岌。中主既昧本图，汶暗不自强，强邻又鹰瞵而鹗睨之。而务高拱，溺浮采，芒乎芴乎，不知其将及也。翁负其才略，不能有所匡救，危苦烦乱之中，郁不自达者，一于词发之。”说冯词有政治寄托，未免于穿凿。但他词里那种哀愁，联系他宰相的身份和当时南唐的处境来看，与他对国事的忧虑是分不开的。

冯延巳的词不仅长于打情，也长于写景状物，如“风乍起，吹皱一池春水”（《谒金门》），“红杏开时，一霎清明雨”（《鹊踏枝》），“绿树青苔半夕阳”（《采桑子》），“江上晚山三四点”（《归自谣》），“双燕飞来垂柳院，小阁画帘高卷”（《清平乐》）。冯延巳很善于把握客观景物的特征，以构成鲜明的意象。

冯延巳在词史上有重要的地位。刘熙载说：“晏同叔得其俊，欧阳永叔得其深。”（《艺概・词曲概》）况周颐说：“《阳春》一集，为临川、珠玉所宗，愈瑰丽，愈醇朴。南渡名家，沾丐膏馥，辄臻上乘。”（《历代词人考略》）王国维说：“冯正中词，虽不失五代风格，而堂庑特大，开北宋一代风气。”（《人间词话》）

南唐中主李璟即位之初还能有所作为，后来荒于政事，不得不奉表称臣于后周，岁贡万物。他存词 4 首，他的词带有浓厚的感伤情调。他的代表作是《摊破浣溪沙》：

“菡萏香销翠叶残，西风愁起绿波间。还与韶光共憔悴，不堪看。细雨梦回鸡塞远，小楼吹彻玉笙寒。多少泪珠何限恨，倚阑干。”

南唐后主李煜，字重光，元宗第六子，在位十五年。开宝八年（公元 975 年），宋将曹彬攻破金陵，煜出降；明年至京师，封违命侯，过着囚徒般的生活。太平兴国三年（公元 978 年）七夕，他被宋太宗派人毒死，年四十二。李煜工书，善画，通晓音律，是唐五代词人中成就最高的一个。

李煜亡国前后的词呈现出不同的面貌。其前期的词主要是对宫廷生活的反映，虽然在艺术上已经显示了一定的才能，但是内容空虚、作风淫靡，和花间词并无多大区别。如《一斛珠》：

“晓妆初过，沉檀轻注些儿个。向人微露丁香颗。一曲清歌，暂引樱桃破。罗袖裛残殷色可，杯深旋被香醪涴。绣床斜凭娇无那。烂嚼红茸，笑向檀郎唾。”

后期由于身份和生活的变化，李煜的词风也发生了显著的变化。这时，他的词完全脱去了宫廷生活的气息，而主要表现一个亡国之君的悲伤。如《虞美人》：

“春花秋月何时了？往事知多少。小楼昨夜又东风，故国不堪回首月明中。雕栏玉砌应犹在，只是朱颜改。问君能有几多愁？恰似一江春水向东流。”

又如《浪淘沙》：

“帘外雨潺潺，春意阑珊。罗衾不耐五更寒。梦里不知身是客，一晌贪欢。独自莫凭栏，无限江山。别时容易见时难。流水落花春去也，天上人间。”

李煜的词借助对客观事物的描写来表述情感，将作者丰富的感情寄托于事物之上，使本身无情的事物有了特殊的意义，而读者也可以通过这种描写联系自身情感，产生一定的共鸣，通过李煜词中的景物来体会自身的感情，即使这两种感情并不相同。李煜的词作大多消极沉闷，其内容主要是李煜通过对眼前景象的描写来哀伤过去，追忆从前的帝王享乐生活。

前面说过，冯延巳开始由偏重描写转向偏重抒情，用词来抒写个人的生活感受和感情；李煜沿着以词抒情的道路向前走，终于使词成为个人抒情的方便形式，使词取得了类似抒情诗的地位。王国维说：“词至李后主而眼界始大，感慨遂深，遂变伶工之词而为士大夫之词。”（《人间词话》）这是最中肯之论。

第四节　宋元时期的文学

一、宋代的诗和词

（一）宋代的诗

宋诗在唐诗极盛难继的情况下显示出自己的风格特色。宋诗现存20多万首；《宋诗纪事》质量上虽稍逊唐诗，但独具特色。宋人好以才学为诗，以典故为诗，风格瘦劲。

辽和金分别是契丹和女真族在我国北方建立的政权。辽代尚文轻武，其文化受汉族文化影响。辽代作家很少，作品多模拟唐宋。金代文学较辽代发达，其文化也受汉文化影响。元好问诗、词、文和诗论兼工，他的丧乱诗沉郁悲痛，颇为感人。

（二）宋代的词

词是于唐、五代兴起的一种配乐歌唱的新体诗。中唐以后，文人创作渐多，晚唐五代趋于繁荣，宋代极盛。

词最早产生于民间，题材相当广泛，或表现忠君爱国，或反映女子不幸的遭遇等，其中不乏歌功颂德之作。

唐初已出现文人词作，但这些还只是由诗入词的过渡作品。词的发展直到中唐才真正有了转折，开始出现较多的文人词。

晚唐是词的成熟期，很多词专集问世，使词的艺术表现力得到进一步的提高。但是，大多数作品缺乏民间词那种清新质朴的风格。唐代词人中写词最多的是温庭筠，词开始成为一种独立的文学样式。温庭筠在词史上对五代、两宋婉约词的发展产生了较大的影响。

五代十国时期，作家和作品大量出现，成就超过同时代的诗文。五代词坛的中心是西蜀和南唐。西蜀词坛以“花间派”为代表。后蜀赵崇祚编成《花间集》，“花间派”由此得名。花间派词人除温庭筠、皇甫松等少数人外，都是西蜀文人，如韦庄。温词浓艳华美，韦词疏淡明秀。

南唐词的成就高于花间派，西蜀、南唐词，尤其是后者，对北宋词坛影响深远。北宋初期的词作，基本上承袭五代词风；风格上由五代词的浮艳开始走向清丽，这是因为作者多为达官贵人，词的内容缺乏积极意义。晏殊出身高贵，历官显要，其词内容不外流连诗酒。但他的一些描写离情的个人抒怀之作，能以清新、淡雅的语言写出含意较深的意境。欧阳修词与晏殊齐名，并称“晏欧”，其内容写伤春惜别者居多，题材甚窄。他的一些抒写政治上遭受挫折的感慨之作，显示出北宋前期小令的抒情特点，而其描写自然风光的词开始突破词的传统题材和表现手法。

范仲淹是宋初政治革新家，词不多，但词风刚健。他用词来反映边塞生活，表现开阔而深沉的意境。《渔家傲》通过对长河落日、边声四起、孤城紧闭等边塞景象的描写，表现出戍边将士的忧国之心。全词开豪放派之先河。

柳永是北宋第一个专力写词的作家，词的风格由含蓄转向铺叙，是词创作的一次革新。

柳永词的内容主要描写城市风光、山川景物，反映市民生活。其中，以《望海潮》最为著名，描写杭州街市的繁华和湖山的壮美，引人入胜;《八声目州》描写羁旅行役，抒发漂泊失意的伤感，在离愁别绪的描写中，寄托了他怀才不遇、穷愁潦倒的悲愤之情，从侧面反映了当时社会下层知识分子的苦闷;《雨霖铃》抒写作者的缠绵感情。艺术上，柳词形成了自己的特色：擅长用赋的手法，层层铺叙；语言平易浅近，擅长提炼俚语和俗语。词中多有佳句，古今传诵，经久不衰，有“凡有井水处，皆能歌柳词”之誉。

张先是突破过去词风外壳的又一词人，他的词虽不如柳永词新颖，却也使用了新曲和慢词，并以清新的笔致作出极细微的描写。

词发展到北宋后期，婉约和豪放的不同风格更加鲜明。虽然苏轼对词进行了多方面的革新，但词人并没有沿着这条道路前进，并形成了写情、写愁和崇尚格律的倾向。这时期的主要作家有晏几道、秦观等。晏几道是晏殊第七子，他的词在内容上多写男女悲欢离合和对往日生活的回忆。秦观早年多写爱情题材，著名的《鹊桥仙》歌颂了纯真的爱情；他后期的词主要抒写被贬谪的情思和漂泊失意的愁苦。秦观的词在艺术上有较高成就，作者往往通过对凄迷景色的描写，烘托伤感情绪。其词与柳永词风格相近，被人奉为“婉约之宗”。贺铸的词内容丰富，以婉约为主，兼具豪放之作。他的一些咏史、怀古、抒愤之作则是豪放词风。周邦彦是北宋词坛上最有影响的词人之一，工于描写，擅长铺叙，用语清新。

二、宋代典型的文学人物

（一）苏轼

苏轼出生在一个比较清寒的知识分子家庭，受家庭的影响，他刻苦学习，青年时期就具有广博的历史文化知识。

苏轼的一生是在激烈的政治斗争中度过的。他成长的时代正是社会危机急剧发展的时代。嘉祐二年（公元 1057 年），21 岁的苏轼与弟辙同中进士。嘉祐六年

（公元 1061 年），苏轼制科中第，步入仕途。熙宁二年（公元 1069 年）末，神宗任命王安石为相，正式实行变法。这一时期的创作以“进策”等政论文成就最高，但未免书生气过重。

激烈的斗争使苏轼感到不能再留在汴京，于是改任杭州通判。此时，他政治热情不减，创作热情很高，尤以诗歌成就为最。熙宁七年（公元 1074 年），他的创作也步入繁盛期。熙宁九年（公元 1076 年），王安石新法逐渐失去积极意义，投机者展开统治集团内部争权夺利的报复。元丰三年（公元 1080 年），苏轼被贬为黄州团练副使。苏轼的文学创作进入全盛期。

哲宗元祐元年（公元 1086 年），苏轼被召回朝廷，并于短期内连连升迁。但此时他与司马光政见不合，于元祐四年（公元 1090 年）再次自请离朝。这一时期，因穷于竞争，他的文学成就相对较低。

绍圣元年（公元 1094 年），苏轼又被视为旧党，一贬再贬。建中靖国元年（公元 1101 年），哲宗死，苏轼得以内迁，这时期苏轼的文学成就要高于上一时期。

苏轼的一生得意时少，失意时多，政治上并无太大作为。苏轼一生从主张改革、反对改革到维护某些新法的变化，反映了庶族地主阶级的两重性。在新、旧两党之间，他得不到任何一方的支持。

苏轼思想的显著特点是“杂”。各家思想对他都有同样的吸引力。苏轼在生活、政治方面有着不同的思想特征。在生活上，苏轼受佛家和道家思想的影响，追求一种超然物外、与世无争的境界，这种境界成就了其独特的生活态度，给人以洒脱、安然之感；他充分接受各个种类的思想文化，面对不同的事有着自己独特的处事态度。虽然在政治方面他较为推崇儒家思想，但是他“法相因则事易成，事有渐则民不惊”的主张与老子的“无为而治”有着异曲同工之处。

苏轼与欧阳修并称“欧苏”，他也是“唐宋八大家”中的佼佼者。他的散文从前代的作品中汲取艺术营养。苏轼擅长写议论文，早年写的史论有较浓的纵横家习气，但也有许多独到的见解，见解新颖而深刻，富有启发性。随着阅历的加深，其作品中纵横家的习气逐渐减弱，内容上有的放矢，言词沉着。

史论和政论虽表现了苏轼非凡的才华，但议论文更能体现苏轼的文学成就。这些文章形式更为活泼，议论更为生动。它们以艺术感染力加强逻辑说服力，所以具备美文的特质。

苏轼的叙事纪游之文，叙事、抒情、议论三种功能更是水乳交融。苏轼的辞赋和四六体也取得了很高的成就。他的辞赋更多地融入了古文的疏宕萧散之气，在古文的基础上进行突破创新，形成了自己的独特风格，并在文学意义上获得了一定的成就，特别是以《赤壁赋》为代表，沿用古文的传统格局，加之个人的思辨思想和论述，又结合对于景色的出众描写，可以说是实现了叙事、说理、情景描写三方面的完美结合。

苏轼在四六体中也同样体现出行云流水的风格,《谢量移汝州表》更是真切感人，是四六体中难得的性情之作。

在苏轼的作品中，诗歌数量最多，内容也最丰富。苏轼的诗歌具有很强的批判精神，他通常会将对贫苦百姓生活的所见所感写入作品中。如《送黄师是赴两浙宪》写南方水灾侵袭下的百姓,《吴中田妇叹》写农民受天灾和苛政的双重灾难。苏轼通过对当时社会种种景象的描写，表现民众的苦难和受到的种种压迫，从而表达自己对封建思想、制度的深恶痛绝。而且，苏轼乐观的性格和善于思考、总结的人生态度，使得他的作品多带有哲理性和思辨思维，读者可以从他的作品中读到他的所见所闻、所感所想，能够领悟到许多的人生哲理。苏轼擅长通过描写眼前的客观景物或叙事来表达他的思考内容，因此，从他的作品中我们不仅可以得到诗歌的美的享受，他的作品还能引发我们的深刻思考。这也是苏轼善于观察、发现、思考、总结的表现。

苏轼受佛家和道家思想的影响，为人处世有着刚柔并济、阴阳调和的智慧，因此，从他的作品中，我们可以感受到感性和理性的碰撞以及两种对立风格的完美融合。苏轼的作品不单单是单纯的气势恢宏或婉转柔美，而是两种风格的和谐交融，这也构成了他独特的“清雄”风格。

苏轼的词突破了词必香软的樊篱，为词体的长足发展开拓了道路。他对词的革新有很大的贡献，无论意境还是风格，都高于前人。他认为诗词同源，本属一体，诗与词的艺术本质和表现功能应是一致的。扩大词的表现功能是苏轼改革词体的主要方向。

在题材内容的开拓上，凡在诗歌中可以表现的写景、怀人等，苏轼在词中无不加以摹写，这大大拓展了词的题材内容，如《江城子·乙卯正月二十日夜记梦》。

在文学史上，不以词悼亡是苏轼的创举。作者以梦回忆往昔之美好，梦里梦外又融汇着现实之忧愤，更显情感的真挚深沉。

苏词也常常表现对人生的思考。苏轼虽深切地感到人生如梦，但力求自我超脱，保持着顽强乐观的信念。苏轼的文学作品常常给人以引人入胜、发人深思之感，他在面对山水和自然景物时，经常会产生一系列的思考，而他又会将这一思考过程通过文字表述出来。因此，在读苏轼的作品时，我们会看到他对自然山水的描绘、他的思考，或是对人生的感慨，或是对历史的反思，都能引发读者的强烈共鸣，让读者跟随他的思路理解他的作品，同时让读者产生个人感悟。

苏轼的词作打破了传统词作要配合音乐的限制，一改往日的词作风格，将诗的表现手法与词的形式完美融合。他的词作注重感情的抒发和哲理的表述，表现手法更加洒脱、自在。所以，苏轼作词时常常挥洒纵意。苏词像苏诗一样，具备丰沛的激情和变化自如的语言风格。虽现存的大多数词的风格仍与婉约柔美之风较接近，但已有相当数量的作品可体现出奔放豪迈的新风格。在两宋词风转变过程中，苏轼是关键人物。强化词的文学性、弱化词对音乐的依附性，后来的南渡词人和辛派词人就是沿着此路进一步开拓发展的。

（二）李清照

李清照多才多艺，能诗词，善书画，19 岁时嫁给赵明诚。夫妇俩诗词酬唱，意趣相投。靖康之变，李清照逃奔江南。宋高宗建炎三年（公元 1129 年），赵明诚病逝，李清照孤身一人奔逃避难。

李清照的创作道路代表着宋朝婉约词派的发展变化。李清照的辞章，题材保持着自我抒情的统一性，但前后发生了明显的变化。

李清照的词前期以婉丽凄清、新颖轻巧为主要风格特征，大多写少妇相思离别的淡淡哀愁，以及优美如画的自然景色，格调显得活泼流畅，比后期作品更富生趣。她前期的词大多数是写自己对爱情离别相思之情的感受。过去大多是男性以女性口吻写这一类词，所以，她的词就显得格外真挚细腻、委婉动人。

李清照后期的词突破了北宋婉约词风，在思想内容和艺术风格上都发生了剧变。李清照的笔下倾泻出一首首沉哀绝痛的乐章，能让读者感受到鲜明的时代气息。李清照晚年所赋的名词《声声慢》，弦弦掩抑，白描的手法彰显了词人创意出奇的艺术技巧。这首词将具体情事完全隐去，只是铺叙孤独寂寞的精神状态。

在词的艺术方面，李清照有自己比较完整的看法。从其词论中能够看出她的追求，特别强调了词在艺术上的独特性，与诗歌相区别；语言上要求典雅而又浑成。她的诗现存10余首和一些短篇，写得很豪迈，都是涉及南渡后民族与国家大事的慷慨悲愤之作，这种题材和风格在她的词中极少出现。

三、两宋时期的诗歌

（一）北宋时期的诗歌

宋初诗坛出现了三个流派：白体、晚唐体、西昆体。其中，最早出现的是白体，代表作家是李昉、徐铉等。关心国事是他们诗歌的主要内容。《感流亡》表现了对于百姓苦难的深切同情;《村行》在景物描写中寄寓深情，意境清新，在手法上明显受到白居易的影响，语言通俗，体现了作者“易晓易道”的文学主张。

晚唐体与白体基本同时，其作品以写湖山景色为主，风格淡雅。林逋是其代表作家。

西昆体代表作家有杨亿、刘筠、钱惟演。他们以诗为戏，以诗为乐，缺乏现实内容；艺术上喜用典故，语僻难晓，在当时就受到了革新家的有力批判。北宋中期，统治阶级内部在政治上出现了革新与守旧的斗争。西昆体诗风成为被扫荡的对象，诗人同时崛起，以现实主义的内容和畅达朴实的诗风配合了要求。梅尧臣的诗具有丰富的现实内容,《陶者》《村豪》等深刻揭示了阶级对立的社会现实，这些作品都有较强的思想性。苏舜钦的诗歌风格有着一个明显的转变过程，这也是他人生态度和性格的转变过程。他前期的诗歌以描述现实为主，通过对当下社会现象的描述进行批判，旨在引发人的思考，带有强烈的政治风格。到了后期，他的诗歌作品多寄情山水，通过对自然风光的描写来表达内心情感。

欧阳修创造了平易、流畅的风格，内容上以抒怀、写景、咏物为主。他的一些抨击现实和咏史的作品，能表现一些重大主题，或表达他对苦难人民特别是妇女悲惨遭遇的深切同情。在写法上，他继承了韩愈的特点，常用赋笔和散文章法。

王安石的诗歌作品与杜甫有着异曲同工之妙，突出了写实的风格，通过对现实事物的描写，揭露封建社会的腐朽，反映百姓的疾苦生活，属于现实主义风格，少有情感的隐晦抒发，在表现手法上更加直白，内容更加充实。王安石的诗歌作品也与他本身的经历有着很强的关联，早期有着政治色彩，多以现实题材为主，语言风格强烈，而后期更加沉稳和缓，多了几分意境之美。

北宋后期活跃于诗坛的是一批受苏轼影响的作家，但这些诗人又有自己的独创。黄庭坚被奉为江西诗派的创始人，其诗法严谨，得到了后来很多学者的追随。黄庭坚和苏轼并称“苏黄”。黄庭坚写诗，讲究修辞造句，力求新奇，有意造拗句，诗风瘦硬峭拔。他的一些赠答、遣怀之类的抒情诗是广为流传的佳作。在政治上遭受打击后，坎坷的遭遇使他得到了某些真实的生活感受，诗作意境变得清新，在宋诗中堪为上乘。

除黄庭坚外，以陈师道成就最高。他以苦吟著名，诗风平易，有些作品抒发了真实感情。

（二）南宋时期的诗歌

南宋初期的诗歌仍然受江西诗派的影响，政治形势使诗歌逐渐走出江西诗派的路子。

陈与义是南宋诗人。他前期主要抒写闲情逸致，题材不广，社会意义不大；在饱尝了漂泊流离之苦后，写出了不少思念故国的诗作。陈与义诗沉郁悲壮的风格，很像杜甫晚年的作品。

中期的杨万里在诗歌创作上，初学江西诗派，后转以王安石及晚唐诗为宗，终则脱却江西晚唐窠臼，自成一体，被称为“诚斋体”。他另辟蹊径，进而形成了独特风格，以写自然景物和日常生活为主，风格幽默诙谐，最能体现“诚斋体”的特点。杨万里也有感慨国事和反映民生疾苦的诗作，《初入淮河四绝句》感慨极深，《悯农》《秋雨叹》表现了对田父和船工的同情。

范成大诗歌的内容大致可分为以下三种：一是反映尖锐的民族矛盾，如《清远店》《州桥》等；二是揭露官府横征暴敛之作；三是田园诗，《四时田园杂兴》60 首，既写田园风光与农民劳动，也写官府剥削与农民辛酸，扩展了我国田园诗的内容含量与思想意义。

南宋中期以后出现的是“永嘉四灵”和“江湖派”。永嘉四灵推崇唐人贾岛的五言律诗，取材于自然，以清新平易之笔抒写个人的生活情趣，诗歌内容流露出一种悠闲的情致。

“江湖派”是南宋晚期的一个诗歌流派。后人把这些作家称为“江湖派”诗人。他们的诗中有比较浓重的家国之忧、民虞之叹。文天祥是宋末诗人中最具代表性的。他前期的诗歌既有忧国忧民的感情，也有渴望施展抱负的表现；后期诗歌以抗元为中心主题，有鲜明的时代特色。

四、辽金时期的文学

（一）辽金文学概述

辽是契丹族于公元 916 年在中国北部建立的地方少数民族政权，后为金所灭；金是公元 1115 年女真族在中国北部建立的地方少数民族政权，存在 120 年。

辽代的经济和文化落后于中原和南方，文坛荒寂，成就不大；上层人物中出现了一些能诗善文者，如道宗皇后萧观音的《回心院词》10 首等。金的文学成就大大超过了辽国，大体可分为：初期文坛诗作缺乏民族特色；金代中期，文坛上涌现出一大批诗人，是其文学发展的全盛期；金代后期，蒙古族崛起，故“忧时伤乱”成了这一时期的重要主题。

金代还出现了文学家王若虚。王若虚主张平易自然，反对雕琢奇险。院本——杂剧艺人演出的脚本在金代已大量涌现。诸宫调这种民间说唱艺术在金代已有很大发展，《西厢记诸宫调》艺术成就很高，对后世的影响也相当深远。

（二）元好问

元好问是我国金末元初最有成就的文学家和文学批评家，是金元之际在文学上承前启后的人物。其诗、文、词、曲，各体皆工，以诗作成就最高；其词为金代一朝之冠；其散曲虽传世不多，但在当时影响很大。

元好问的诗刚健，其文弘肆，其词沉郁，今存诗 1361 首，内容丰富。元好问的写景诗表现了山川之美，脍炙人口；诗体裁多样，尤擅七言。

元好问之文继承了唐宋大家传统，他为金代文学批评之巨擘，在文学批评史上影响颇大。

今存元好问词 377 首，他当为金代词坛第一人。今存散曲仅 9 首，具有开创性。《续夷坚志》为金代现存的优秀短篇小说。

五、元代的文学

（一）元代社会文化对文学发展的意义

第一，国家统一、疆域辽阔，经济快速发展，文学环境更为自由开阔。元朝实现了统一，其领土范围大大扩大，包含了现在的欧洲和亚洲的部分地区，疆域辽阔、政治稳定是社会发展的前提。元朝的商品经济发展迅速，百姓安居乐业，交通发达，极大地促进了当时各个地区的贸易往来，特别以北京、杭州为中心，北方和南方的经济都得到了迅速的提升。随着人们贸易互动的频繁和人口的增加，各种类型的文化也在发展，人们对于娱乐的需求也在增加，文学不再是只有士族阶级可以接触到的高雅文化，通俗文学开始产生、发展，文学渗入百姓的生活之中，多种文学形式出现，例如杂剧、散曲、南戏、话本等。这些都是在民间盛行的文学艺术形式，丰富了大众的文化生活。

第二，民族关系更加复杂，民族矛盾尖锐，文学作品的现实主义精神更加鲜明。

第三，文士不受重视。因为蒙古族对于中原传统文化缺少一定的了解和认识，所以，在元朝建立后科举考试被搁置，科举之路被封锁导致许多文人志士失去了施展才华的机会和晋升的渠道。当时的人们对于传统文学也缺乏一定的重视。结合当时的社会经济环境，文人开始转向通俗文学创作，通俗文学成为文人的谋生手段，有些文人在戏剧创作上留下很多经典作品，成为当时的戏剧大家，如关汉卿、王实甫等，客观上促进了戏曲、话本等通俗文学的繁荣，提高了杂剧的作品质量，使杂剧更具文学性。

第四，多民族之间文化融合，共同发展。元朝是一个多民族共存的朝代，蒙古族入主中原之后，少数民族文化与中原文化产生了碰撞，各民族文化之间互相交流，因此形成了文学多元化的局面，文学得到解放并开始蓬勃发展。可以说，多种文化的结合使古代文学有了新的生机，少数民族作家也在当时涌现，展现出一种刚劲、洒脱、质朴的文学风格。

（二）元代文学发展概述

元代文学的成就主要表现在元杂剧、散曲、南戏和诗文的创作上。元曲占据了元代文学作品的半壁江山，是元代主要的文学形式，也是元代的标志性文学体裁。杂剧和散曲统称为元曲，元曲的发源地在北方，并主要在北方流行，因此，杂剧和散曲也被统称为北曲。杂剧和散曲略有不同，杂剧主要是以戏剧的方式呈现，在发展演变中也有一定的变化，前期的代表作家主要有关汉卿、王实甫、马致远、白朴、纪君祥、康进之等，后期代表的作家主要有郑光祖、乔吉等。散曲与元杂剧不同，是元代出现的新兴文学体式，以清唱为主要表现方式，也有着浓烈的地方特色。散曲有两种形式，一种是单支曲的形式，被称为小令；另一种是由两支以上宫调相同的曲子连缀而成的组曲，称为套数，也称散套。元曲是元代北方的主要文学形式，而南方则以南戏为主，也就是我们常说的南曲戏文。南戏发源于浙江温州地区，因此，它也被称为“温州杂剧”或“永嘉杂剧”。南戏以南方语言配合南方音乐作为主要表演形式，代表作品有高则诚的《琵琶记》《荆钗记》《拜月亭》等。

元代主要以曲为重，诗、词、文的发展均受到阻碍，甚至开始走向衰落。元代诗文主要是受前期宋、唐的影响，诗的主要代表人物有刘因、卢挚、萨都剌、杨维桢等；词主要延续宋词的风格，分为宗苏轼、辛弃疾和宗周邦彦、姜夔两派；散文受到韩愈和欧阳修的影响较多。元代还诞生了大量的少数民族诗文作家，如契丹诗人耶律楚材、蒙古族诗人阿鲁威、维吾尔族诗人贯云石等，都有汉文作品传世，在文学史上有一定的影响。

（三）元代的杂剧、散曲、南戏和诗文

1. 元杂剧

（1）元杂剧是经济文化的产物

①国家统一安定，为戏剧发展奠定了物质基础。市民的娱乐要求促进了杂剧的创作和演出。元杂剧是一种有广泛群众基础的综合性舞台艺术，在此时得到了快速的发展和繁荣。

②元代文禁较松，贴近现实生活的戏剧作品得到了相对自由的发展。蒙古族人疏于对文化的建设和统治。元杂剧中各种题材的作品都得到了自由的创作和表演。

③科举长期废弛，大量文人充实了杂剧的创作队伍。元代科举长期废弛，致使文人仕宦无望。一部分儒生混迹于勾栏行院，进行戏曲艺术创作，造就了大批优秀剧作家；重开科举后，一部分文人步入仕途，他们接触过下层百姓，了解民间疾苦哀怨，所以能创作出反映现实的剧作。

④统治者的爱好与提倡。元朝统治者汉文水平不高，无法充分欣赏汉文诗词。戏曲歌舞受到热爱歌舞的元朝统治者的喜爱。在元代，艺人的社会地位很高，皇帝在元旦及各种节令都会要伶人唱曲、歌舞和演剧。

（2）元杂剧是文学艺术发展的结果

①从原始社会到南北朝时期属于戏曲的萌芽期。春秋时期，宫廷中“俳优”的表演已经达到非常精湛的程度。秦汉时代的“角抵”等具有化妆表演的性质。

②戏曲的形成期是唐和宋金时期。参军戏是流行于唐宋的一种表现形式。参军戏为何标名“参军”，缘起于参军周延贪污，后赵石勒让俳优扮参军周延，另一人从旁取笑讽刺他。唐代参军戏调笑、诙谐的传统在北宋时被宋杂剧吸收。

宋杂剧只是戏剧的雏形。它分为艳段、正杂剧和杂扮。宋杂剧已有简单的故事性，但结构零散，表演随意性大。有学者认为，金院本和宋杂剧是同一种杂戏的两种称谓。金代在声腔体系上已经具备了元杂剧声腔的基本形态。

元杂剧在宋杂剧的基础上，吸收了诸宫调等说唱文学的成就，形成了融舞蹈、演唱、说白和故事情节为一体的戏剧形式。

（3）元杂剧的体制特点

①剧本结构：剧本的“题目正名”与基本内容相关，是对剧本剧情的简要概括，在正式演出前，剧团会贴“招子”，介绍剧本的“题目正名”吸引人来看。剧本一般按照开端、发展、高潮、结局的形式分为四部分，各部分之间由过场戏连接；在四部分之前会有一个序幕，也就是楔子。

②演唱体制：在元代前期，流行的宫调有五宫四调，通称“北九宫”。每折只采用一种宫调，四折的宫调不重复。在元代后期，杂剧开始出现南北曲合套的演唱方式。一般由一人主唱，其他角色只有说白。有的剧本打破了一人主唱的惯例。

③角色：元杂剧的主要角色分为正旦、正末、净、杂四大行当。末行扮演男性人物；杂行扮演陪衬性人物，男女均可。

④宾白：剧中称为“云”，有韵白和散白两类，韵白为诗句，散白为散文。剧本中称为“背云”“带云”“内云”等。

⑤科泛：简称“科”。“科”是指元杂剧剧本中关于动作、表情的舞台提示。

（4）元杂剧的分类

《太和正音谱》从题材上将杂剧分成神仙化道、隐居乐道、披袍秉笏、忠臣烈士、叱奸骂谗、烟花粉黛、神头鬼面等。这种分类方法存在标准不统一的问题。还有在此基础上结合文学题材的分类方法，将其归纳为历史剧、爱情剧、伦理道德剧等。

现代研究者一般按本色、文采分类来研究杂剧，通过讨论《西厢记》《拜月亭》《琵琶记》来规范元代戏剧。

元杂剧的发展历史大致可分为以下两个阶段：

第一，元杂剧前期。这是元杂剧的鼎盛时期，剧作家也主要是北方人。这一时期诞生了伟大的戏剧家关汉卿和著名的杂剧作家王实甫、纪君祥等。他们创作了《窦娥冤》《西厢记》《赵氏孤儿》等优秀的剧作。这些作家对人生有着深切的洞察与体认，成文非同凡响，所写的作品多以公案故事、水浒故事为题材，反映了社会现实的种种矛盾，具有浓郁的生活气息和高度的审美价值。

第二，元杂剧后期。这是元杂剧由鼎盛逐步走向衰微的时期。这一时期大部分作品的思想性和艺术性都不如前期，优秀作品有《倩女离魂》《两世姻缘》等。当时的统治者逐渐接受中原文化思想，剧作家多取材于家庭道德、才子佳人等主题，艺术上也愈来愈讲求曲词的华美典雅和情节的曲折离奇。南戏的迅速发展使元杂剧的衰落不可避免。

2. 元代散曲

（1）曲与词的艺术特点比较

第一，形式上的异同：皆长短句，能在参差中体现出整齐与规律。

第二，音韵上的异同：词与曲同是押韵的诗歌。

第三，风格上的异同：词与曲的风格都比较多样化。

元散曲作家有 200 多人，现存作品小令有 3853 首、套曲 457 套。

现今保存元散曲的集子，除少数主要曲家的专集外，尚有杨朝英《朝野新声太平乐府》《阳春白雪》，明郭勋《雍熙乐府》等选集。

（2）元散曲主要的作家作品

元代散曲始终与杂剧保持着同步的节奏。前期作家的活动主要集中在北方的大都，这些作家大致可分为以下几类：书会才人作家，具有放荡不羁的精神风貌与反传统的叛逆性格；平民及官吏作家，抒发对昏暗世道的强烈愤慨，流露消极情绪；达官显宦作家，表现传统士大夫的思想情趣。前两类作家继承了民间文学的现实主义精神，挥洒自如地写出了许多脍炙人口的作品，体现出理俗化的发展倾向。

元代后期，散曲作家的主体基本上由南方人或移居南方的北方人构成。与前期散曲创作相比，后期散曲的题材内容不断拓展，使文坛呈现并确立了诗、词、曲鼎足而立的新格局。前期散曲中那种激愤和幻灭的情绪已逐渐淡化，感伤情调成为时代的主流；后期由前期散曲的粗犷豪放逐渐走向清丽典雅，出现诗词化、规范化的倾向。

3. 宋元南戏

（1）南戏的兴起和发展

南戏起源于浙江温州，它的出现要早于元杂剧。元灭南宋后，南戏开始衰落，只在小范围内流行，但一直存在于南方的部分地区。

（2）南戏与元杂剧的体制差别

南戏的表演形式与元杂剧类似，但是南戏的角色行当更为丰富。因为南戏起源于南方，所以南戏所用的配乐大多是管乐，不同于元杂剧的弦乐，且南戏的配乐不做宫调限制，角色演唱形式多样，不限于主角主唱，可以有对唱、合唱等多种形式；南戏一场戏的长短根据内容的不同也有所不同，结构较为自由。

4. 元代诗文

元代是一个各种风格诗文互相影响的时期，早期的元代诗歌南北风格差异明显。南方受宋代诗文影响颇深，一般多为清新、婉约的风格，以表达思念、哀叹之情为主，重视内心愁绪的抒发，且表达起来较为含蓄；北方诗歌则更加豪迈奔放，旨在反映民族、社会矛盾，多为现实主义风格，且在表达情绪方面更加直接。

元代散文早期还是延续唐宋散文的风格特征，主要分为宗唐、宗宋两大派别。

在这一时期，邓牧的散文风格就显得更加独树一帜，他的散文以批判为主，而且一般带有政治色彩，在一定程度上展现了民主的思想。元代散文后期受到社会环境的影响，风格也逐渐变化，文人更多地开始偏向选择现实主义题材，散文风格逐渐犀利。

元代诗人中有一部分出色的少数民族诗人，他们为我国的文学史增加了独特的内容，丰富了我国古代文学的内容和思想。他们接受汉文化的熏陶，艺术也相当成熟。萨都剌以其特有的清新笔调，在诗中表现了他对汉族生活的独特理解。

（四）元曲中的批评文体

元杂剧的繁盛代表着元代文学的成就，所以，要考察元人的元曲批评，须先考察元杂剧的繁盛。

从作家队伍和作品数量看，元代有姓名可考的杂剧作家将近百人，流传至今的作品有 160 种左右，这足以说明元代杂剧的繁荣。

从元杂剧的表演来看，元杂剧主要的传播方式是演员的舞台演出。演员是否职业化、演员艺术水平的高低是衡量元杂剧繁荣与否的重要标志。通过《都城纪胜》《武林旧事》等书的记载，我们可以发现，早在宋代就有较大规模的杂剧演出，有些节目已非三两人所能胜任，而是需要专门的演出班底。

从主要演出场所看，瓦肆勾栏是有一定建筑规模的固定场馆。这在《庄家不识勾栏》等剧本中均有明确记载。在都市中做营生的杂剧戏班还要应付官场中的传唤。山西、河南等地的庙宇中搭建了杂剧演出的戏台，说明演戏和祭神活动有关联。

近代学者对元杂剧的分类也有多种看法，常见的有爱情婚姻剧、公案剧、社会剧和历史剧等。这种分类大抵约定俗成，说明了元杂剧表现内容的丰富。元代杂剧的繁盛带来了元人对杂剧的关注，使杂剧的批评有了直接的对象。

比较重要的杂剧批评家有胡抵通、赵孟頫、周德清等 7 人。他们多用序跋、诗文、散曲创作的批评形式。为他人的文章和文集作序，借此表明自己的文学观点，是一种比较传统的批评方式。还有一种批评的形态是以“著录”为主，主要记录和整理当代的现实，源于中国传统的目录学，这种批评的文体被称为目录体。

序文体批评和目录体批评都是元代文化的组成部分，这些批评是元代文化剧苑中一道亮丽的风景。

元杂剧的繁荣催生了元人的元曲批评，不管是什么文化，都是人的文化。要了解元曲批评，就要了解批评者的心理结构。

在元朝这个特定的时代，中国的封建文人第一次被逼到了生存的边缘，他们具有生存的边缘心态和价值的凸现心态。

第五节　明清时期的文学

一、明代的文学

（一）明代文学的发展概述

自朱元璋即位起，至明崇祯十七年（公元 1644 年）明亡时止，是中国文学的转型时期。

明初，统治阶级大力提倡程朱理学，禁锢了读书人的思想；采取高压手段，大兴文字狱。

在文化控制下，“台阁体”歌功颂德，一统文坛近百年。明中后期，思想界开始涌起一股反道学的思潮，“前七子”“唐宋派”等文学流派纷纷登场。这些文学流派丰富了文学理论宝库，促进了明代文学发展。一大批优秀作品出现，代表了明代文学的最高成就。小说、戏曲创作也日趋活跃，明确宣告了代表历史发展趋势的文学潮流的成功与胜利，中国叙事文学样式成为文学的主流。

在晚明文坛上，小品文盛极一时。另外，被称为明代文学“一绝”的明代民歌，为后世留下了一份宝贵的文化遗产。

明初到成化末年为明代文学的前期。这是文学史上一段相当漫长的衰微冷落时期。自由活跃的文学风气在明初的思想统治下戛然而止。高启唱出了由元至明的文人内心中的无穷悲凉。他对杨维桢保留着若干好评，但更主要的是继承了程朱理学的“文道合一”说。在诗歌方面最有影响的是以杨士奇、杨荣、杨溥的台阁体和以李东阳为代表的茶陵派。在戏剧方面，有以朱权、朱有燉为代表的皇家戏曲创作。无论是诗文还是戏曲，都在宣扬封建伦理道德。这时期较有特色的是文言小说创作，大都叙述得委婉、生动。

从明中期开始，文学创作开始发生变化。随着政治、经济和哲学思潮的发展，文学创作出现了一个崭新的局面。这种转变与文禁的逐渐松弛有关，而更重要的是社会经济形态的变化。在明中期，传统势力仍然是很强大的存在，文学的进展显得很艰难。

中期文学的复苏，表现于“吴中四才子”和“前七子”两个文学集团。他们的诗文创作在思想内容、艺术特色上都能冲破传统的束缚。他们是晚明文学解放的先驱，很值得重视。“前七子”大多科第得志，活动的中心在京师，其影响遍布全国。

明代中期，文学范畴内的俗文学开始兴盛，雅俗文学实现了完美的融合，共同作为当下文学的重要组成部分而受到人们的广泛关注。这一变化主要源于大众的文化需求逐渐增强，因此，文学不再是市民高不可攀的高雅文学，社会上有了更适合大众欣赏的俗文学。随着文学作品的激增和人们对文学的兴趣逐渐浓厚，出版印刷业也开始兴盛。主要从事诗文创作的作家也普遍重视俗文学。明代中后期，由于社会财富的急剧增长，权势与财富大致相对应的社会结构遭到严重破坏。权力阶层的欲望逐渐膨胀，开始通过不平等的制度大肆敛财，企图占据更多的社会财富。阶层的腐败影响了社会的运转，政治制度与社会发展的不平衡加剧了明王朝的灭亡。张居正虽在整顿财政、赋税和吏治方面起了一定效用，却无法从根本上解决问题，最后，政治腐败和大饥荒所激起的农民起义摧垮了明王朝的统治。

王阳明心学的发展及其影响日益扩大。不同程度地张扬个性，促进了个性解放和文学解放，“童心说”直接影响了“性灵说”，吹响了文学解放的号角。

公安派提倡“独抒性灵，不拘格套”，主张创新，扫清了复古派在文坛上的影响。竟陵派在学习公安派的同时，试图以幽深来补救肤浅之弊。到了明末，一些作家忧患时事，亲自参加抗清斗争，其诗文创作具有强烈的现实意义。晚明的小品文主要是一种短小、精悍的散文，或写山水，或抒一己之情等，抒发性灵，取得了令人瞩目的成就。

明代后期，短篇小说创作的兴盛体现于拟话本的繁荣，这类小说既有对宋、元话本的改编，也有新的创作。这类拟话本具有鲜明的时代特征，内容主要是反映市民阶层的生活。

在这一时期，人们对于文学的基本观念贯通于“雅”文学和“俗”文学两方面。这里，李贽起了一定的作用。李贽对于传统儒家经典不屑一顾，对于通俗文学大肆推崇，特别是对于《西厢记》《水浒传》这类经典通俗文学更是大加赞赏，给当时的文人以很大的影响。

（二）明代的诗歌和散文

1. 文人诗歌和散文

明代统治者为了钳制文人的思想和网罗人才，大兴科举。八股将文人的思想限制在程朱理学的范围内，这引起了一些文人的不满，他们走上了模拟复古的道路。无论是“茶陵派”，还是“后七子”，他们的复古的思想都是一致的，只是对象略有不同而已。

刘基和宋濂虽兼作诗文，但更以文闻名。在刘基、宋濂和高启三人中，以高启的诗歌成就最高。高启的诗歌亦擅长模拟，他能借拟古而振起元末纤弱、柔丽之风。最能体现他风格特征的是诗歌创作中近体的绝句、律诗和七言长篇歌行。

八股文的出现使文学完全成了文人猎取功名的工具，但它引起了文人的反感。于是，在文人之中出现了提倡复古的风气。他们反对“台阁体”八股文，企图以此恢复古典诗文的传统。前、后七子的创作中也有一些较好的作品，如何景明的诗作《岁晏行》、王世贞的诗作《击鹿行》均清新可读。前、后七子的模拟复古之风，遭到许多作家的反对。

提倡文章应该学习唐宋古文的作家群体是“唐宋派”，其中，归有光的成就最高。归有光反对“文必秦汉”，斥王世贞等为“妄庸巨子”。其散文朴素简洁，感情真挚。

2. 散曲

明代的散曲继承了元末散曲的遗趣，已经没有多少发展的余地。明初散曲家有汤舜民等人，他们在艺术上效仿元代散曲，无甚创造精神。明代中期以后的康海等都有散曲名篇。

康海和王九思都是“前七子”中的人物，他们的诗文成就不高，但戏曲和散曲较有名。

王磐更是以散曲著称。正德年间，宦官当道，骚扰民间，王磐的《朝天子·咏喇叭》的语言在泼辣中杂以幽默游戏之风。

冯惟敏是明代著名散曲家，其成就可比元代名家。他的散曲题材较为广泛，不少作品是感叹民生艰苦、讽刺社会现实的黑暗。

（三）明代时期的戏曲

1. 明代杂剧

明初的杂剧家较多，但作品的思想内容和艺术形式没有新的发展。《诚斋乐府》著杂剧 30 余种，内容不外才子佳人、风花雪月，仅供读者消遣娱乐而已。由朱有燉开始，杂剧逐渐打破了元代的体例和形式。

明成化、隆庆年间，一些杂剧家继续明初作家的尝试，进行了创造性的革新。

王九思和康海的戏曲都较有名。王九思的《中山狼》只有一折，形式仍是杂剧;《杜甫游春》较有名，但缺少故事情节，其内容有借古讽今的意思。

康海也有杂剧《中山狼》，取材于《中山狼传》，批评世人没有原则的温情主义。全剧结构严谨，情节集中，语言流畅，谨守元杂剧的体制规范。康王之后，杂剧的篇幅变得短小，曲调上也往往南北曲间用。这一时期和之后出现了不少杂剧作家。

徐渭，科场失意，生性不羁，明代杂剧当以他的成就最高，《四声猿》最为著名。《四声猿》是一组剧，包含四个故事。《狂鼓史渔阳三弄》讲祢衡在阴间击鼓骂曹，《玉禅师翠乡一梦》讲月明和尚度翠柳，《雌木兰替父从军》讲木兰替父从军，《女状元辞凰得凤》讲黄崇嘏中女状元。《四声猿》彻底打破了元杂剧的形式格套，表达了作者强烈的愤懑之情。

杂剧作家及其作品还有许潮的《兰亭会》《赤壁游》、徐复祚的《一文钱》、叶宪祖的《骂座记》等。随着时代的变迁，杂剧渐渐衰落，代之兴起的戏剧形式是传奇。

2. 明代传奇

明代传奇是与昆腔一起兴盛起来的。昆腔之前的明代戏曲音乐随着北曲的衰落而衰落。昆腔原为南曲的一种腔调，后昆山歌人魏良辅对之进行了整理改造，使之更为婉转、悠扬，迅速流行全国，在明清两代流传不衰。随着昆腔的流行，以昆腔演唱的传奇剧本也盛行起来。首先是《浣纱记》，其次出现了重趣和重律的临川、吴江二派。

梁辰鱼不仅善作散曲，且以戏曲著称，著有杂剧《红线女》、传奇《浣纱记》。《浣纱记》通过写范蠡和西施悲欢离合的爱情故事，歌颂了男女主人公的爱国主义精神和对爱情的忠贞。

《浣纱记》有骈俪化的倾向，结构也较松散。

《鸣凤记》是一部表现当代时事的剧作，描写嘉靖年间大臣与权奸严嵩父子之间的政治斗争，塑造了一批忠义朝臣的形象，揭露了当时政治现实的黑暗，歌颂了封建正统思想。作品的缺点是人物较多，头绪纷繁，结构也较松散。作品语言骈俪化，有些人物形象不够鲜明。昆曲到了万历年间达到鼎盛。

（四）明代的长篇和短篇小说

1. 明代的短篇小说

明中叶之后，市民文学逐渐显现其活力，属于市民文学的长篇和短篇白话小说逐渐盛行起来。

明代短篇文言小说中较为著名的是《剪灯新话》《剪灯余话》《觅灯因话》。这些作品虽然思想和艺术成就不高，但为蒲松龄的写作开辟了道路。

（1）冯梦龙和“三言”

“话”是故事的意思，指宋元间说话人演讲故事所用的底本，包括小说和讲史两大类。明代中叶之后，一些文人开始搜集宋元小说话本，这引起了文人创作拟话本的兴趣。短篇白话小说就是在此基础上逐渐发展起来的。明代白话短篇小说的繁荣表现为：收录编辑宋元以来的话本、创作拟话本。

冯梦龙，明代文学家、戏曲家。冯梦龙重视小说、戏曲和通俗文学，编辑收录了许多民歌时调。

“三言”是《喻世明言》《警世通言》《醒世恒言》三本短篇小说的合称。其中，较多的是话本，也有一些是明人的拟话本。其内容基本上反映的是市民阶层和劳动者反封建的思想意识倾向，大体有以下几方面的内容：

第一，描写爱情。最具代表性的有《杜十娘怒沉百宝箱》，描写了杜十娘为追求爱情，献出青春、生命，批判了封建家庭观念和金钱至上的思想；《卖油郎独占花魁》描写了卖油郎秦重以对花魁娘子的尊重、爱慕的诚挚之心，获得了圆满的爱情，体现了市民阶层的爱情观。

第二，揭露封建统治阶级内部的矛盾和斗争，如《沈小霞相会出师表》《卢太学诗酒傲王侯》等。封建统治阶级日趋腐朽是此类作品产生的现实土壤。

第三，歌颂忠诚友谊和侠义精神，如《施润泽滩阙遇友》《吴保安弃家赎友》等。这类作品有的歌颂友谊，有的赞扬侠义，不少故事反映了工商业者的思想意识，具有时代的特征。

第四，反映地主阶级家庭、家族之间的矛盾，如《张廷秀逃生救父》《滕大尹鬼断家私》等。这类作品表现了家庭、家族财产的继承和抢夺等内容，反映了封建地主所有制的必然衰亡。

"三言"的思想内容复杂，题材广泛，进步和落后的思想意识交织掺杂，思想内容错综复杂。"三言"反映了我国资本主义萌芽的社会生活和意识形态，反映了广大市民阶层的觉醒和对自由民主精神的追求。

"三言"继承了宋元话本的艺术特色，情节曲折，人物形象鲜明，又有自己的特点：篇幅加长，结构更为复杂，情节更加曲折；人物性格描写更加细致鲜明；细节描写更突出。许多故事通过语言和动作来表现人物性格。

"三言"的语言艺术也有自己的特点，有一般话本小说语言的通俗朴素，引用了民间的谚语、成语，语言更形象生动。"三言"在艺术上也有缺陷，如一些故事情节陈旧老套，少数作品充斥着情节脱离的诗词。

（2）凌濛初和"二拍"

拟话本是指模拟话本形式而创作的短篇小说，现在多指明代文人受宋元话本影响而创作的白话短篇小说。最著名的拟话本集是凌濛初的"二拍"。

凌濛初，浙江乌程（今浙江湖州）人，主要编撰了拟话本"二拍"，还编有《南音三籁》、杂剧《虬髯翁》等。

"二拍"是《初刻拍案惊奇》和《二刻拍案惊奇》的合称，乃凌濛初受"三言"影响而创作的拟话本作品。故事出自作者的耳闻目睹或前人的笔记、野史。"二拍"从不同角度对社会现实做了不同程度的反映。像其他话本、拟话本一样，"二拍"的思想内容是复杂的，主要包括以下几类故事：

第一，描写男女爱情和婚姻的故事。有很多较有进步意义的作品，歌颂了敢于打破传统的女性，或谴责负心的男子。

第二，反映资本主义萌芽时期商人贪婪的故事。这类故事是对当时资本主义萌芽时期商业资本家本质特征的反映。

第三，公案性质的故事。这类小说情节曲折，受市民阶层欢迎，反映了封建法制的虚伪黑暗，也有一些故事描写了对正义的伸张和对封建法制的揭露。

“二拍”在艺术上有情节曲折、人物性格比较鲜明的特点，文人创作的痕迹非常明显。“二拍”虽模拟“三言”，却在艺术上远逊于“三言”。

明代白话短篇小说集还有《石点头》《西湖二集》等。

2. 明代的长篇小说

明代的长篇小说在我国文学史上有重要地位。我国小说虽有较长的渊源，但多是短篇。在明代，长篇小说走向了成熟的阶段。明代长篇小说的代表有神魔经典作品《西游记》、市民生活题材的《金瓶梅》以及历史演义英雄传奇《三国演义》，这三种类型也是明代长篇小说的主要类型。

《三国演义》既是我国第一部长篇小说，也是我国第一部历史演义类小说，对于之后的长篇小说有着深远的影响。作者罗贯中，山西太原人，善乐府，流离四方，政治仕途不得志，遂致力于文学创作。

《三国演义》是罗贯中在总结前人著述的基础上加工创作而成的。晋人陈寿所撰《三国志》，经裴松之大量引用杂史作注，史料大为丰富。刘义庆作《世说新语》，大量引用了三国人物故事，三国故事遂大为流传。在唐代，三国故事的传说和讲史已盛行，北宋时更是深入民间。以三国故事为内容的杂剧、话本也盛行了起来。这些为罗贯中《三国演义》的创作奠定了坚实的基础。

水浒的故事也是首先在民间流传的。宋江等人在山东郓城梁山泊一带起义。

史书的记载虽然简略，但宋江起义的事迹经过人们的加工创造，其人物形象越来越复杂、鲜明，故事结构也更为宏伟、壮阔。水浒故事也成为说话、杂剧的重要题材。元杂剧中题涉水浒的有 20 多种，这些无疑更加丰富了水浒故事的内容情节和人物形象。元末明初，经作家的加工、润色，完整的《水浒传》就出现了。

关于《水浒传》的作者，相传，最后把故事加工成书的是施耐庵，罗贯中也参与了编修工作。关于施耐庵，历史资料留存很少。相传，他曾参加元末农民起义。

正是元末轰轰烈烈的农民起义，给了他水浒故事的灵感，于是他编写创作了《水浒传》。

《水浒传》又名《忠义水浒传》，明代嘉靖刻本和万历刻本均为100回，后来又有万历年间余象斗的120回本。天启、崇祯年间又出现了杨定见的120回本。

明末清初的金圣叹摒弃招安及招安后事，删改成70回本（实为71回）。《水浒传》真实地记述了宋江领导的农民起义的整个过程，揭露了封建社会统治者的荒淫、贪婪和无耻，揭示了官逼民反的事实。

《西游记》是我国首部长篇章回神魔类小说。虽然是以神魔为主体，但是，该小说折射了社会的许多问题和各种不同的人性，其内容是中国古典小说中最为庞杂的，它融合了中国传统文化中佛、道、儒三家的思想和内容，佛、道两教的仙人同时登场表演，庄严、神圣的神佛世界里也充满了现实社会的人情世态，显得亦庄亦谐、妙趣横生。这使该书赢得了各种文化层次的读者的爱好。

作者吴承恩，字汝忠，号射阳山人。他虽然饱读诗书、爱好文学，但是未能在科举考试中脱颖而出，在嘉靖年间补为岁贡生，后任浙江长兴县丞。

虽然《西游记》是一部神话小说，但是它取材于真实的历史故事。唐太宗贞观元年（公元627年），唐僧受命到天竺求取真经。当时年仅25岁的玄奘跋山涉水、一路西行，历尽艰难险阻最终去到天竺，也就是现在的印度。玄奘在印度学习了5年，对于佛学有了深入的研究和感悟。玄奘于贞观十九年（公元645年）带着满腹学识和657部佛经回到长安，为唐代的佛学发展带来了深远的影响，其所学内容也使我国的佛学内容更加丰富与完善。玄奘的弟子根据玄奘西行的见闻编纂了《大唐西域记》，其中不仅包括玄奘的西行始末，还有他在这一路上的各种见闻，记录了当时各国的一些风俗习惯、地理环境等情况。之后，玄奘的弟子慧立、彦琮又撰写了《大唐大慈恩寺三藏法师传》。这部著作则更多了一些神秘的神话色彩，也为后来《西游记》的出现奠定了基础。《西游记》决不仅仅是一部单纯的神话小说，还是当时社会百态的缩影，作者借神魔之事讽刺了当时社会的一些现实和人性。

《金瓶梅》成书于明朝万历年间，是我国第一部以市民日常生活为素材的人情小说经典之作，有“第一才子书”之称，在清代被列为禁书。世传的版本有两个：《金瓶梅词话》和《金瓶梅》。《金瓶梅》是《金瓶梅词话》的改编本。书中除西门庆外，还着重写了潘金莲、李瓶儿和庞春梅等。

《金瓶梅》作者的笔名是“兰陵笑笑生”，是明嘉靖间“一巨公”“大名士”。

《金瓶梅》主要是对《水浒传》中武松杀嫂一事进行了延伸，描写了西门庆等人的家庭故事，表现了人性的丑恶和社会现实，体现了当时民间的生活面貌；以市井人物为主要角色，通过多侧面、多层次的描写，将明代封建社会的黑暗腐朽暴露得淋漓尽致。

二、清代的文学

（一）清代文学的发展概述

明万历四十四年（公元 1616 年），努尔哈赤在东北地区建立了后金。崇祯十七年（公元 1644 年），李自成军攻入北京，明思宗朱由检自缢身死。清世祖福临继位，改元顺治，吴三桂助清入关，夺取中央政权。康熙二年（公元 1663 年），清圣祖玄烨完全清除了南明抗清势力。

为了巩固政权，安定社会秩序，清初，满族统治者实行了招民垦荒等恢复农村经济的措施；政治上，建立满、汉地主阶级的联合专制统治，社会逐渐恢复了繁荣。乾隆时期，农业生产的发展促进了手工业的发达，一度被摧残的东南沿海资本主义萌芽重新抬头。乾隆中期以后，土地兼并日益严重，大小官僚贪污成风。

乾隆末年和嘉庆、道光年间，农民起义相继爆发，清王朝陷入严重的政治危机。

欧洲殖民主义的侵入加深了社会危机；鸦片战争的爆发，揭开了近代资产阶级民主革命的序幕。

清王朝为了控制知识分子的思想，沿袭明朝旧制，不断扩充科举录取名额，开设博学鸿词科，竭力推崇程朱理学，束缚百姓的思想；大兴文字狱，企图用血腥的恐怖手段，镇压汉族知识分子在思想上和文化上的反抗。文化思想领域的斗争也更加激烈。

在反对封建专制的斗争中，出现了有民族意识和民主倾向的思想家，他们对封建君主专制制度进行了猛烈深刻的批判，提出了带有民主性的政治主张。当时的思想家的理论在许多方面突破了儒家传统观念的束缚。

（二）清代时期的戏曲

清代的戏曲，成就最高的时期是清初。清中期，地方戏曲开始盛行。鸦片战争前夕，地方戏曲得到了很大的发展。

钱塘洪昇和曲阜孔尚任并称“南洪北孔”，他们最优秀的剧作分别是《长生殿》和《桃花扇》。

东南沿海一带是戏曲演出最盛的地区。清初，吴县出现了以李玉为中心的思想倾向和艺术风格相近的作家，他们写出了成功的传奇作品。

清代戏曲描写重大历史事件和当前政治斗争的内容增加，儿女风情的相对减少，对现实主义的描绘加强。

李玉在明末作有《一捧雪》《人兽关》《永团圆》《占花魁》，俗称“一人永占”。《一捧雪》写明代权奸严世蕃迫害太仆卿莫怀古，通过政治迫害的复杂情节，反映了封建官场的险恶残酷。《占花魁》根据《卖油郎独占花魁》改编而成，反映的社会面更加广阔。明亡后，李玉作品的思想内容和艺术成就超过前期，最优秀的是《清忠谱》。

《清忠谱》是李玉原作，作品以明后期黑暗统治的斗争为题材。它赞美了东林党人周顺昌的清廉耿直，谴责了魏忠贤及其党徒的凶恶残暴，颂扬了下层百姓反抗暴政的精神。最有特色的是李玉对声势浩大的群众场面的生动描绘，头绪纷繁而有条不紊，层次分明而气氛紧张。

吴伟业和尤侗是“案头之曲”作家，他们的作品大都借历史故事表现个人的怀才不遇或故国之思。

清代出现了著名的戏曲理论家李渔。《闲情偶寄》是中国最早系统论述戏曲的著作。“词曲部”从结构、音律、语言等六方面论戏曲文学，“演习部”从选剧脱套等五方面论戏曲表演。李渔关于创作的理论主旨为：戏剧必须突出主题，前后照应，减少头绪；情节布置要入情入理；语言要有个性，有机趣。这些观点具有一定的美学价值。

《长生殿》写的是唐明皇与杨贵妃的爱情故事，剧本的初稿名为《沉香亭》，后来感到“排场近熟”，二稿更名为《舞霓裳》，最后定名为《长生殿》。作者在剧本的题材、主题等方面都做了细致、反复的推敲。

《长生殿》歌颂了唐明皇和杨贵妃至死不渝的爱情，又揭示了唐明皇沉醉爱情而荒废政事所带来的恶果。剧中描写的李、杨爱情，饱含着作者的爱情理想，剧本联系爱情描写所揭示的广阔社会背景、统治阶级内部矛盾具有普遍意义。尽管剧本的主题思想存在矛盾，但它仍然表现了作者进步的思想倾向。

《长生殿》具有鲜明的艺术特色，将现实主义与浪漫主义交织在一起。它的前半部分继承了元代白朴杂剧《梧桐雨》，以更多的批判态度揭露了封建统治者的昏庸腐朽；后半部分吸取了《牡丹亭》的浪漫主义手法，歌颂了精诚感动天地的爱情。作者把自己的理想和爱憎熔铸在人物形象之中，使作品拥有强烈的感情色彩。

《长生殿》不仅场面壮丽，而且曲词清丽、流畅，具有浓郁的诗情画意和抒情色彩。

《桃花扇》是一部“以传奇为信史”的历史剧，“有凭有据”地记录了南明弘光政权覆亡的历史。剧本表现的主题有着更广泛、更深刻的社会内容，结合明清之际的历史展开情节，“借离合之情，写兴亡之感”，达到了前所未有的艺术水平。作者试图通过这个剧本来探索、总结一个历史时期，这表现了孔尚任作为一个艺术家的气魄和胆识。

《桃花扇》集中反映了南明弘光政权的昏庸腐朽及其必然覆亡的命运。该作品以鲜明的爱憎态度，谴责权奸祸国殃民的罪行，赞扬贤明朝臣和下层人民的崇高品质，激发人们的民族意识和爱国思想。

剧中的人物，有姓名可考者有将近 30 人，作者把南明社会各阶层的代表性人物都写进戏里去了。作者善于运用写史笔法，且以他卓越的文学才能，对人物性格做了精细的刻画。因此，每一个出场人物都显得个性鲜明。

剧本在刻画人物时，既褒贬分明，又不绝对化。例如，对于杨龙友这个反面人物，否定他帮凶的一面，又肯定他倾向复社的一面。

剧本在语言的运用上有独到之处。剧中，曲词多用于绘景、抒情，说白用于交代和事实的说明。作品随着剧情的变化表现出不同的风格。作者尚雅避俗，曲词主张用典，信手拈来，不露堆砌痕迹；说白很重视语言的抑扬铿锵，剧本典雅的风格突出，但在泼辣、生动方面稍显不足。

清中期以后，雅部戏曲创作衰颓，在文人手里趋于僵死。典雅的辞藻难以被社会中下层民众接受。相反，地方戏曲因为更适合普通民众欣赏而得到了迅速发展。

地方戏曲的表达方式更加自由，内容丰富而且平易近人，具有更高的娱乐价值。

清朝初期，四种声腔开始融合，北方主要以秦腔为主，南方以徽调融合弋阳等声腔后逐渐定型。道光年间，产生了一种新的混合体——京剧，综合了中国古典戏曲多方面的艺术经验。这段时间的戏曲文学属于近代文学史的论述范围。

（三）清代时期的文学作品

1.《官场现形记》

《官场现形记》的作者是李宝嘉。小说从改良主义的立场出发，对清末官僚的迎合奉承、贪婪暴虐、媚外卖国等丑态、恶习做了大胆而详尽的揭露，具有较高的认识价值。

2.《二十年目睹之怪现状》

《二十年目睹之怪现状》的作者是吴沃尧。小说以主人公 20 年间耳闻目见的怪现状为线索，连缀起众多短小的故事，描绘出一幅幅行将崩溃的社会图卷。

3.《老残游记》

《老残游记》的作者是刘鹗。小说通过江湖医生老残的行踪见闻，反映了晚清社会吏治的黑暗残酷。作者站在封建统治阶级洋务派的立场上，批评清王朝的腐败。小说语言清新流利，构成了一幅幅优美的风景画和风俗画。

4.《孽海花》

《孽海花》的作者是曾朴。小说的前 6 回原为金天羽所写，后由曾朴修改并续写。小说以状元金雯青和妓女傅彩云的婚姻故事为线索，对封建统治阶级的腐朽和帝国主义的侵略野心做了揭露和批判。《孽海花》称得上是近代小说中思想和艺术成就都比较高的一部。

这时，杂剧和传奇都已接近尾声，地方戏曲大为盛行，《打渔杀家》《群英会》等都是较有成就的剧本。京剧还在传统的基础上吸收新思想，编演了不少优秀的新戏。汪笑侬编过不少剧本，借历史故事宣传爱国思想。汪笑侬还编演过时装新戏，这是旧戏改良中的创举。

一种新颖的戏剧艺术为了适应现实斗争的需要应运而生——话剧。辛亥革命前后，出现过不少话剧团体，它们都上演过反映群众革命要求的话剧。

保守的传统诗文主要在北京活动。上海出现了新的流派——“鸳鸯蝴蝶派”，他们的作品大都以爱情婚姻为题材，迎合了有闲阶级和小市民的口味，反映了一定的社会内容。黑幕小说实际是不加批判地记录各种犯罪作恶的材料，鲁迅称之为“谤书”。

近代文学的发展使得文学反映现实的领域空前扩大，现实主义和浪漫主义表现出明显的过渡状态。

第二章　古代文学的观念和理论

中国古代文学的各种形式、题材都有着悠久的历史，其发展都可以被追溯，并且随着历史的发展不断丰富、完善。中国古代文学具有一定的时代特点。本章简述了古代文学的观念和理论，主要包括三个方面的内容，分别是古代文学的观念、古代文学的理论、古代文学理论与思想的融合发展。

第一节　古代文学的观念

“文学观念是文学意识的表达，而文学意识是文学存在的反映。一种文学观念的产生和演进，当以文学的具体存在为基础。所以，中国古代文学观念的历史演进，只有从中国古代文学的具体存在中才能得到正确的理解。”[①]

一、孔子思想和儒家文学观念

（一）孔子思想的文学来源

孔子出生于春秋末期，这个时期，社会动荡，旧的奴隶制度被新的封建制度取代，社会制度的剧烈变革催生了一批思想家，他们站在各自的阶级立场，针对当下社会的种种情形，阐述不同的思想观点。这些观点涉及政治、经济、哲学、文学等方面。人们对于文学思想的阐述也在这一阶段逐渐增多。由于当时思想家的涌现和各种观点的激烈碰撞，大批的文学作品出现。在这种百家争鸣的局面中，文学也开始繁荣发展。

春秋时期是文学观点和理论启蒙的时期，虽然这一时期文学的思想和人们对于文学的见解还没有系统地产生，只是零散地出现于一些论述中，但它们对后世的文学思想有一定的启发作用。这一时期的“文学”在内容上比较宽泛，是文化学术的总称，包含《诗》《书》《礼》《乐》等内容，因此，这个时期的文学并不能单纯地独立出来，而是与音乐、哲学、美术等其他文化彼此交融。当时的“文学”内容有的是以口头表达的形式出现，有的是以书面记录的形式出现，这种“文学”大多包含着政治、哲学等内容，因此，文学见解和其他文化学术见解无法被分割开来，对于诗的见解又与音乐无法分割开来，所以，纯文学思想在这一时期并未产生，这为后期孔子的文学思想产生提供了重要条件。

文化学术的发展从周代开始。在这一阶段，人们开始关注文学的作用，发现

① 刘凤泉．论古代文学观念的历史演进[J]．太原师范学院学报（社会科学版），2016，15（6）：62–70.

诗歌可以表达个人想法、抒发内心情感。而且，人们可以通过阅读诗歌了解作者的思想感情，或者对于诗歌内容涉及的民风、民俗等知识有一定的了解，丰富个人的知识内涵。后来，这些认识发展成为比较完整的“言志”“美刺”“观风”等诗歌理论。周代的文学对于孔子有着重要的影响，相传，孔子编订的六经，绝大部分产生于周代，《诗经》也都是周诗。因此，孔子虽然身处剧烈变化的周代，却始终坚持对“礼乐文明”的真诚信仰，孔子将“仁”的思想渗透进礼乐之中，进而改变礼乐文化的精神基础，并以这种方式实现其“挽狂澜于既倒，扶大厦之将倾”的目的，复兴周代的礼乐思想。周代的礼乐文化与宗教、诗歌等文学艺术密不可分，因此，周代的礼乐文化可以说是孔子文学思想的启蒙，也是其产生的文化背景。

1. 礼乐溯源

“礼乐文明”虽然是人们对周代文化的特定称谓，但礼乐并非周人所创，而是有其更为古远的源头。究竟其源头在哪里，大家的说法并不是很一致。孔子曾经感叹说：“礼云礼云，玉帛云乎哉！乐云乐云，钟鼓云乎哉！”[①] 最初，古代的礼仪活动指的是行礼之物，比如玉帛、钟鼓等。之后，礼的含义延伸到祭祀活动中，凡“奉神人事通谓之礼”。《礼记·礼运》载：“夫礼之初，始诸饮食，其燔黍捭豚，污尊而抔饮，蒉浮而土鼓，犹若可以致其敬于鬼神。”虽然文中说“礼”始诸饮食，但之后又说“致其敬于鬼神”，可见这里的“礼”也是与祭祀不可分割的，其目的始终是与鬼神相关。

虽然礼乐文明的起源已经无从考证，但是，我们可以确定礼乐文明与祭祀有着深刻的联系，并在人类发展的过程中长久存在着。原始祭祀活动是礼乐文明的重要来源，祭祀活动中礼乐的协调性和配合产生的文化功能是礼乐之后被政治所用并逐渐发展为文化的原因。礼乐在祭祀活动中有着不同的作用。礼最初指的是祭祀时用到的器物，是行礼之器的代称；乐则是一种在祭祀时表演的乐舞，其目的是娱乐神明。由此我们可以发现，礼乐在祭祀活动中各有分工、相辅相成，这也是后期礼乐结合发展的前提。

礼乐文明从周初开始发展，礼在周代既是一种仪式，也是一种将道德思想、

① 中国孔子网．礼 [EB/OL].（2017-07-31）[2023-09-23].https://chinakongzi.org/baike/MINGCI/lunli/201707/t20170731_140206.htm.

伦理观念和礼仪礼典融为一体的文化产物，而乐作为礼的外在表现形式，与礼可形成一种互相配合、不可分割的局面。礼乐逐渐成为周代政治、文化的核心，对于当时社会各个阶层的思想意识都产生了深远的影响。礼乐在各种重大场合被运用，特别是在贵族阶级的典礼仪式中，不同的礼乐规则是不同身份地位的象征。同时，权力掌控者还利用乐的“异文合爱”（《礼记·乐记》）的和合作用，来巩固其政治权力，规范贵族的行为。礼乐文化既是孔子文学思想的产生背景，又是孔子文学思想的重要构成元素，对于孔子的文学精神有着深刻的影响。

2. 礼乐文化的文学意义

礼乐文化是礼与乐的完美结合，周代的礼乐文化已经不同于其在原始祭祀活动中的意义，而是一种政治、文化的标志，既能区分不同的阶级、规范不同等级的人的行为活动，又能将礼乐的文化价值进行充分的挖掘，从而形成礼本乐用、乐以礼制的文化格局。“乐之为乐，有歌有舞”（《左传·襄公二十九年》孔注），古时的乐是诗（祷辞）、乐、舞三位一体的综合艺术。

礼乐的发展既完成了政治制度的建立、社会秩序的规范，使周代的政治体制逐渐完善，也丰富了文学的内容，强化了文学思想和文学观念，对之后文学的发展有着深远的意义。它也是孔子文学思想的重要来源。周代的乐又被称为“雅乐”，对礼有着重要的辅助作用。这一时期，乐不再是为了娱神，而是辅助礼规范人的行为、表明人的阶层。因此，雅乐不仅是礼的外在表现，还具有一定的治人、育人作用。礼可以说是周代的一种尊卑制度，也是一种规范，而乐则是这种制度的外在表现形式，人们将乐作为礼的载体，来表达秩序的重要性。周代的“礼”表现了当时人们对秩序的重视，上到君臣，下到父子、夫妻、兄弟，都可以通过“礼”来规范，可以说，礼乐文化也是一种道德规范。“礼”的规范性不仅体现在人与人之间，还体现在“体要”“大体”上，即指文体的一种内在规定性，因此，礼与文学的联系也十分紧密。文学创作是人类社会长久存在的一种特殊活动，人类通过文学来表述观念、表达情感、叙述故事、描写人物风景等，因此，人类是文学活动的出发点和归宿点。文学活动是一种高级的精神活动，在人类活动中有着重要的地位。人们可以通过文学活动不断深化文学思想，丰富人类社会的精神内涵。礼对于文体的作用也是对于文学思想的作用，对文学的发展有着深远的意义。

（二）儒家的文学观念

1. 中庸的文学追求

儒家思想的重要一点就是“中庸”，也就是后来孔子所说的“过犹不及”，这种思想渗透在社会的不同层面，在文学上表现为一种“中和为美”的文学观。

《论语·八佾》载，“《关雎》乐而不淫，哀而不伤”。《关雎》这样的文学作品将情感与理智的表达平衡得很好，既做到了恰当的情感抒发，又不至于过于感性，对于快乐和悲伤的表现都恰到好处，既不会将快乐表现得太过放纵，也不会将悲伤表现得太过悲恸而损伤身心。“子谓《韶》，尽美矣，又尽善矣。谓《武》，尽美矣，未尽善矣。”

《论语·雍也》又载：“质胜文则野，文胜质则史。文质彬彬，然后君子。”这也是文学对“中和为美”的一种论述，表达了文学中的“中庸”，它对之后文学的发展产生了深远的影响。

《礼记·经解》引孔子语云：“其为人也，温柔、敦厚，《诗》教也。”《礼记·中庸》云：“喜怒哀乐之未发谓之中，发而皆中节谓之和。”提出“致中和”的主张。《毛诗序》在论述诗歌的言情特点时，提倡“发乎情，止乎礼仪”。汉代董仲舒出于维护封建专制统治的需要，在文学思想上将孔子的“思无邪”申发为“中和之美”，唐代古文运动的代表韩愈和柳宗元都极力推崇“文以明道”。“受中庸平和的儒家思想的影响，中国文学崇尚美在其中而简朴于外，平淡而有实理，简约而有文采，温和而有条理，含蓄写意的美学风格，主张在文学作品中要有节制地宣泄情感，以‘远而不怒’‘婉而多讽’的方式来批判现实。”强调文学所抒之情，要“以理节情”，这对塑造中国文学艺术含蓄蕴藉、深沉内向的总体美学形象和民族性格起着重要作用。“创作上不以表达纯情的文学作品为上品，往往是情理兼具，文质并重；崇尚从容、雍穆，富有委婉、典雅，而缺乏直率、狂热、奔放、潇洒。”儒家的“中庸”思想在文学表现方面似乎是要在文学作品表现情感与表现理性之间寻找一个平衡点，从而创造情与理相统一的审美境界，其目的是更好地发挥文艺作品对人的陶冶、净化作用。

2. 天人合一的文学理念

孔子“天人合一”的思想对于文学的发展也有着一定的影响。孔子将自然与人性结合在一起讨论，认为人的道德与自然有着一定的映射关系。孔子所说的“智者乐水，仁者乐山”就是这种映射关系。这种观点将人的“智”和“仁”与山水相结合，认为不同的品性与不同的自然风格相对应，从而有了特别的审美情绪。将山水的内涵与人的品质相关联，更能反映不同特点的差异性，也能赋予山、水等自然景观情感上的意义。

“儒家的自然山水之美，是一种德行之美，是一种自然美景与人的美德的统一，二者联系在一起，必将‘天人合一’的观念贯穿到艺术创作和审美理想的追求中，所以，‘天人合一’亦即‘天人合德’，也就转化为艺术创作和欣赏中的‘情景合一’，有此‘情’乃有此‘景’，有此‘景’乃有此‘情’，‘情’（人）和‘景’（天）缺一不可，并且情景相互交融为‘一’，才能产生充满道德精神润泽的‘圣贤意境’。”

“天人合一”也是儒家的核心思想，有着人与自然和谐发展的意思，既不是人对自然的统治与主宰，也不是对自然力量的盲目崇拜。“天人合一”思想既是对人与自然的调和，也是对任何人关系的调和。“天人合一”的思想影响了当时人们的等级观念制度，并延伸到三纲五常的思想上，进一步规范了社会关系。儒家的这一思想自先秦发展至宋明，甚至在现代社会也有着一定的影响。这一思想到了汉代被董仲舒解释为“天人感应论”，这一解释是对“天人合一”思想的演变和延伸。“天人感应论”强调的是人对天的效法，认为人是天的衍生物，人的一切包括生理结构都要顺应自然的规律，这使得人的主体地位减弱。“天人感应论”虽然有些脱离“天人合一”思想的本义，而且在某种程度上有些消极，但是，其中心思想依然是人和自然、宇宙的和谐共处，强调人与天的自然性和统一性。宋明理学对于“天人合一”思想也有新的解读，更强调人的主体性，即社会的等级制度规范以及人在不同等级要承担的责任和义务的划分，这一延伸说明了人虽然有着等级之分，但是，可以在不同的位置上进行自身的道德实践，成就自身的理想人格。

由此可见，儒家的核心思想对于文学的发展有着很深的影响。儒家思想通过渗透到生活的不同层面而潜移默化地改变了人的思想，从而影响了文学观念的发展。

二、老庄哲学和道家的文学观念

（一）老庄的思想来源

1. 老子的思想来源

老子既是我国著名的思想家、哲学家，也是世界历史文化名人，其代表作有《道德经》（又称《老子》），对于后世的影响极其深远。他的思想是我国哲学思想的启蒙。老子是道家学派的创始人，主张无为而治，是朴素辩证法的奠基人。

老子尚柔守雌，其思想源于商朝的《归藏》。老子强调“道生一，一生二，二生三，三生万物”的宇宙论体系。《童子问易》指出：“《太玄》应是扬雄模仿《周易》‘两仪生成模式’对老子‘三（才）生万物’命题构建的新的宇宙图示和理论体系。”

2. 庄子的思想来源

庄子是我国著名的哲学家、思想家，道家学派的代表人物以及创始人之一，对于道家学说的发展起到了重要的作用。庄子是战国中期道家学说的主要代表人物，其祖上为楚国公族，之后迁至宋国。庄子一生洒脱自由，不愿受官场拘束，因此，他只做过地方漆园吏，而不愿应同宗楚威王之聘。庄子作为道家学说的创始人之一，代表作有《庄子》《逍遥游》《齐物论》等。其作品的思想内涵完美地继承并发展了老子的思想，因此，后世将他们并称为“老庄”。

庄子的思想主要有两个来源，一是老子，二是《易经》。《周易》本经始终未体现“阴阳”二字，可庄子洞察到“《易》以道阴阳”。庄子的天籁、地籁、人籁“三籁”思想就是《易经》“三才”思想的别称。庄子尊重天道，主张“天地与我并生，而万物与我为一”，强调“天人合一”。

庄子善作儒家的反命题。儒家主张“天人有分”，庄子在《庄子・三木》中则说“无始而非卒也，人与天一也”。

（二）道家的文学观念

1. 老子的文学观念

在老子的时代，文学是供贵族奴隶主表现权威、满足欲望的，而百姓处在饥寒交迫的境地，文学被礼乐文明异化了，所以，老子对当时的文学采取了全面否定的态度。老子认为，正是礼乐文学使人们变得虚伪狡诈，失去了人性纯真的本质。为了“去欲”，老子在文学上提倡“绝圣弃智”“绝仁弃义”“绝学无忧”，在精神上追求“无知无欲”、老死不相往来。他还说：“五色令人目盲，五音令人耳聋。”

这里，“五色”“五音”就是指文学艺术。老子认为，这些文学形式刺激人的欲望，让人发狂，百姓不复慈孝，难以生存，所以，“圣人为腹不为目”，文学艺术不符合社会实用的标准，有害人心，应该被排除在外。同时，老子对“言”和“辩”也作出了评价，指出“美言不信”，否定了文学的形式美；“善者不辩”，否定了文学的思想内涵。

所以，在老子看来，“文学”应该是以人的生存为目的、以人的精神无欲为追求的，而最好的实现方式就是对文学艺术和文化教育的不作为。

老子的文学观以“道”为本，道是“自然”的，是虚无缥缈、不可言说的，是无限与有限、混沌与差别的统一。自然之道是可以应用于一切事物的，无论是用于政治还是用于文学，都一样。老子的自然之道强调“无为”，即“文学”应合乎自然规律，言语修辞要顺应自然，不强求、不泛滥。在这种认知的基础上，老子提出了一种新型的文学大美境界：“大音希声，大象无形。”有声有象的部分的美不是“全美”，全美是“道”的体现，想要感受自然的这种完美深厚、多变圆融之“道”，老子认为，人们要在心境上做到“涤除玄览”。“道”是玄妙莫测、无中生有的，所以，人们要排除外部干扰，达到致虚守静的状态，从而使精神集中来体察“全美”的“道”。只有满足以上条件的文学，才是符合自然之道的文学。

老子强调“道法自然”，他反对文学是因为当时的文学充满了情感的泛滥。虽然老子为文学设定了境界，但这种境界是不可言说的。不过，老子给出了“文学”应有的特质，比如，在心境上要做到“致虚境，守静笃”。虽然这是感悟“道”的途径，但是，它也可被引申为文学所需要的创作状态与赏析前提，甚至可以说是一种审美标准，而被后世吸收，广泛地应用到文学观念里。

2. 庄子的文学观念

庄子继承了老子对礼乐文明的看法，认为文学所带来的文化知识是社会混乱的根源，文学会扭曲人的本性、扰乱秩序。他要求“灭文章，散五彩”，毁灭一切文学文化，希望回到原始的朴素社会中。而且，庄子还指出了一直被追捧的文化典籍的弊病——文献不过是文字的记录，是僵固的学问，文字没有办法表达出学术的全部内涵，人也无法理解文字背后的真实意义。从这一方面讲，文学也是没有存在价值的。

庄子主张“自然无为”，反映在文学审美上就是对自然之美的追求。庄子反对人为的文学形式，并将之作为文学的创作要求与审美理念。真正的美是“天籁”，人为的丝竹之音最低，更不要说被礼乐束缚的文学了。庄子消解了文学活动中人为的创作与修饰，反对文学创作中对言辞的繁复雕琢，明确讽刺礼乐文明以道德仁义为美的主张。庄子崇尚自然，在《庄子》中，像庖丁解牛、轮扁斫轮这样的小故事不胜枚举。庄子希望通过这些故事引出文学应该尊崇自然的法则，即使是人为的艺术，也应该在精神上顺应自然，只有这样才能使文学与自然同化，从而达到浑然天成的目的。

庄子给出了如何追求“道”中的自然之美的方法，一是虚静，二是物化。庄子认为，“道”就在万物之中，想要观“道”，就要“心斋”“坐忘”，提高主体修养、摒弃欲望，然后才能做到“天地与我并生”，达到“万物与我为一”的状态。当主体精神与外物同化，观察到“道”的美，人就想描述出来。于是，庄子对“言”和“意”的关系作出了说明。“言”是表达“意”的工具，“言”是手段，“意”才是目的，二者不可混淆。庄子提出了几种“言”的方式：寓言、重言、危言。当这些手法表达不出“意”的时候，人们可以借助“象圈”来实现。庄子的言、象、意思想渗透到文学观念中，扩大了文学的范畴，使文学成为具象与抽象、有限与无限、经验与超验的统一。

三、法家的文学观念

（一）法家的思想来源

法家是我国历史上出现的重要学派，法家的思想主要用于国家治理，同时也影响了当时人们的一些观念，并逐渐渗透到社会的各个层面。法家思想的核心是法治，强调富国强兵、以法治国，对于法理和制度的规范性极其重视。

法家思想可以追溯到春秋时期，当时的管仲、子产等人提出的思想观念，可以说是法家学说的启蒙。直到战国时期，法家思想有了一定的发展，并逐渐形成一定体系，这一时期的代表人物有李悝、吴起、商鞅等。到了战国末期，韩非对法家思想进行了一定的梳理和总结。法家思想注重依法治国，追求法律至上，强调任何人在法律面前都是平等的，是一种强制性的社会统治工具，对国家政治、文化、道德等各个方面都可以起到约束作用，对社会稳定有着一定的作用。这种理论和思想是我国古代政治制度和法治制度的根本，在秦朝得到了实践，是秦朝中央集权制度的核心，并在汉朝得到了进一步的继承和发展。法家的这些思想观念一直被沿用至今，对当今社会的法律制度建立也有一定的启发作用。

齐国具有独特的法治思想，姜太公帮助西周王朝建立后受封有了齐国。封齐后，他简礼从俗，法立令行，注重礼法并用，而这一制度的产生是姜太公受其祖先的影响。姜太公的祖先伯夷辅佐虞舜，创立了礼法并用制度，这一思想被称为齐法家，是道家的分支。齐桓公时期，管仲辅佐他进行国家治理。管仲将礼法治国提升到了一个新高度，一方面重视礼义廉耻，将道德教化摆在重要位置；另一方面强调以法治国，注重法治建设。管仲是第一个提出法律面前人人平等思想的人。因此，在战国时期，诸子百家争鸣，齐国成为思想解放的发源地，管仲遗留下来的以法治国、礼法并行的思想影响了之后法家学派的形成。

战国时期，铁制工具不再只掌握在少数人手中，因此，农业生产效率得到了大大提高，家庭成为基本生产单位，生产关系发生变革。基于这一社会现实，各国相继开始进行变法运动，以法治国思想成为变法运动的核心，李悝、吴起、商鞅、申不害、乐毅等都是各国变法运动的代表人物，为战国时期的法治建设做出了贡献。各国的变法旨在废除当时的贵族世袭特权，配合生产关系的变革，使普通百姓能够获得土地和基本生产资料，还拓宽了平民的晋升渠道，让平民可以通过自己的努力获得军功，然后晋升。战国时期，法家的这些举动从根本上动摇了周朝的贵族等级制度，维系了社会的和谐、稳定。平民的政治代言人是法家，法家的政治口号是“缘法而治”“不别亲疏，不殊贵贱，一断于法”“君臣上下贵贱皆从法”“法不阿贵，绳不挠曲”“刑过不避大臣，赏善不遗匹夫”。

法家的思想观念是法理学的基石，可以说，自古至今的法理学都是在法家思想成果的基础上发展而来的。法家思想对法律本质、起源和作用做了一定的探究，并对法律和社会各个层面因素之间的关系做了进一步的探讨，可以说是较为完善的法理学基础论述。法家在法治建设层面有着卓越的成就，并帮助社会在一定时期完成了变革。但是在道德层面，法家有着一定的短板，即过于重视法律，强调法治的森严和刻板，忽略了对社会道德层面的教育，没有让制度和人性平衡发展，认为人性本质上是重利益的。因此，在法家的观念中，规范和引导人的行为只能使用利益或严苛的法律，而忽视了道德感化和对人性的正向引导。

（二）法家的文学观

法家代表新兴的地主阶级的利益。韩非作为法家的集大成者，他的文学观念带有明显的反儒性质。法家的政治哲学与墨家相似，都强调以现实利益与实际效果作为评判优劣的标准，这就导致法家不认同儒家关于文学是积极劝导的观念。法家着眼于法治，法治的特点是限制，在劝导的过程中会出现差错，但是，用法令的手段效果是唯一的，所以，法家主张排斥一切文化学术，消除一切文献制度，实行文化专制政策。

韩非师承荀子，他继承了荀子人性恶的观点，法家的文学观念是以人性趋利避害为依据的。韩非认为，人与人之间的关系是利害关系而不是伦理关系，所以，文学的教化作用是不可能在人际关系上实现的，这样，文学的社会同化作用就不存在了。国家应该放弃“六艺之教”。韩非认为，如果像儒家一样教育民众以学问，就会使百姓拥有自己的想法，造成他们私下议论政事、私自抵抗政令的现实，从而破坏国家的稳定统治和法令的顺利实施。如果统治者允许文学对政治进行干预，就会造成国家秩序的混乱。韩非激烈地排斥文学和学者。不仅如此，韩非还强调要对民众的思想、言谈进行控制，对民众的言谈举止有具体的要求，并主张通过法令条文来规范不轨言行。一切文学活动都要“以法为本”，包括对言辞的表达与修辞的手法，矫揉造作、不和法令的文章内容与文学形式应该被禁止。

韩非认为当时社会有“今修文学，习言谈，则无耕之劳而有富之实，无战之危而有贵之尊”的不良风气，人们向往学术文化不利于耕战的推行。他主张“不期修古，不法常可”的“变易”发展观，反对学习古代的文化制度。所以，韩非在《五蠹》里对理想社会有这样的设想：国家的强大只需要农民、战士、管理者，其他的职业是不必要的，“学者”对发展国家实力没有帮助，所以，学者是应该被消灭的囊虫，学者掌握的“文学”自然也应该被消灭。韩非在政治上否定文学，因为“儒以文乱法”，所以他明确要求“息文学而明法度”，坚持“以法为教”“以吏为师”，主张摒弃文学中的文化制度和典籍学术。法家排斥文学带来的不利于统一的“思想自由”，认为文学最不应该去宣传那些仁义道德。法家需要的是完全作为政治统治工具存在的耕战文学，文学不需要任何华丽善辩的言辞、曲折隐晦的思考、独立自由的意志，“文学”只需要成为为君主歌功颂德、操控百姓的手段即可。

法家的文学观是建立在“以功用为之彀”的基础上的，一切评判标准都以政治统治为最终目标，文学作为精神文明的组成部分是不利于实现国家物质繁荣的，法家需要的“文学”是法令文书。所以，法家的文学观反对一切文学的内容和形式，认为文学不仅不利于耕战，更不利于统治，法家试图通过文化专制的法律政令来取代文学所代表的意识形态。

第二节 古代文学的理论

一、古代文学的理论体系

古代文学理论的研究在我国已经持续了半个多世纪，经过众多研究学者的不懈努力，取得了一定的瞩目成就。古代文学理论最初以中国文学批评史为主要研究对象，以从古至今的众多诗文论作家作品为核心进行梳理总结，从而形成古代文学批评史脉络。学者通过这些评判性作品来进行古代文学的理论研究，因此，很多学者也将这一时期的理论称为“中国古代文学批评理论”。中国古代文学理论是一个较为宽泛的概念，涵盖多种古代文学形式的理论研究，包括诗论、文论、戏曲理论、小说理论以及史论、画论等，它们都属于中国古代文学理论的范畴。因此，在古代文学理论的研究之初，很多人对古代文学理论的定义提出了质疑，以西方文学理论的角度来看，现存的古代文学理论大部分只能说是“文章作法”一类的“文章学”“诗话”，并没有成形的、系统的文学理论，只是零散的评述或点评性文字。从 20 世纪 50 年代开始，我国的古代文学理论研究不断深入，许多著名学者开始对我国古代具有代表性的文学理论专著《文心雕龙》展开研究。《文心雕龙》可以说是我国古代文学史上的巨著，学者对它的研究是对中国古代文学理论的极大丰富，是我国古代文学理论研究的一大突破，为之后的古代文学理论研究打下了基础。近些年是我国古代文学理论研究飞速发展的时期，人们获得了一定的研究成果，研究的程度也在不断加深，时代的飞速发展催生了一系列新的研究方法和内容，我国古代文学理论研究学者对于古代文学理论相较之前也有了新的认识，经过一直以来的深入探讨和不懈努力，各方学者在我国古代文学理论的定义上基本达成了共识，即中国古代文学是在中国悠久历史长河中孕育而出的产物，是深深根植于中国土壤的传统文化，有着中国传统民族特色。我们不能用现代的、西方的眼光去看待中国古代文学理论，中国古代文学理论的存在是毋庸置疑的。

中国古代文学理论是伴随着我国古代文学不断发展的。中国古代文学有着清晰的发展脉络，不管是内容还是形式，都在随着时代的变迁和人们生活观念的变化而变化。诗是中国最早的文学形式，因此，中国古代文学理论最初也是以“诗言志，歌永言”这种观念出现的，最后，人们通过诗歌发现文字在表达思想、情绪、记叙故事等方面有着重要的作用，文字可以被作为重要的思想传播和情感传递形式，因此，出现了“文”和“文章”的概念。这一时期的“文章”不同于现代社会的文章概念，是对各种文字作品的一个统称。随着文字作品的不断增加，人们的文学审美要求也在不断提高，文章开始有了形制的规范，开始有了文章内容的充实与文字的华美等方面的要求。随着文学作品和文学理论的发展，直到先秦两汉时期，文体已经变得十分丰富，人们对于文字的运用更加炉火纯青，诗歌和散文、文和史的区别已经逐渐显现出来。人们对于不同的文学体裁发挥的不同作用已经有了较为明显的认知，这也是魏晋南北朝时期的文学的“自觉”。在我国古代的文学理论作品中，很多人对于文学有着一定的观念认知和分析见解，特别是陆机的《文赋》、刘勰的《文心雕龙》等，都属于文学理论表达的巨著。文学作品的形式、内容多种多样，都有着能通过优美的语言去表达作者内心情感和反映社会当下环境的共同特征。文学作品在作者独特创造性的体现之后才会有一定的文学价值。

（一）文原论

“文原”一词出自宋濂的《文原》。宋濂的这部作品是针对泛文学的古代文学理论，其中当然也包括我们今天所说的文学。但是，这里的“文原论”是对宋濂文章标题的借用，并赋予了这二字新的含义。“文”指的就是我们今天所说的文学，而“原”有本源、本体、本质的意义，因此，文原论探讨的是文学的本体论或者说是文学的基本原理。基于我国半个多世纪对于古代文学理论的研究，关于文学的本质以及文学的功能和基本特征，我国古代文学理论就这些问题已经形成了较为系统的解答。

在我国古代文学理论的研究中，“文原于道”“文以明道”“文以载道”的观点充分表现了一直以来人们对于“文”和“道”关系的理解，这三种观点全面地阐释了二者之间的关系，是以儒学为基础的文学理论的主要见解。“文”和“道”的关系密不可分但又互相独立，“道”的概念早见于先秦诸多典籍中，《荀子》中已较系统地提出“明道”的思想，也就是“圣人也者，道之管也。天下之道管是矣，百王之道一是矣，故《诗》《书》《礼》《乐》之归是矣”。在这里，文人已把属于文学艺术范畴的诗、乐等都归入圣贤之道的大范畴中。而刘勰在《文心雕龙》中，旗帜鲜明地首标以“原道”为论文之纲，这就把文学的本体和“道”联系了起来。

《文心雕龙》是第一部系统地阐述“文”和“道”的关系的作品。该书作者刘勰站在政治和哲学的角度去探讨文学的作用，也就是“文”之于“道”的作用，认为文学发生于“道”，也在政治、哲学等方面发挥着重要的作用，但同时文学又有着独立存在的价值。这些观点对于后世对“文”和“道”的关系进行研究、对古代文学理论进行探索打下了基础。唐宋时期，人们对于“文”和“道”之间关系的探讨达到了顶峰。当时的文坛对于二者之间的关系众说纷纭，这一文学研究方向一直延续到明清时期，并影响深远。到宋代和明代，理学和心性之学相继出现，更加丰富了“文”和“道”之间关系的学说内容。无论是唐、宋、明、清，还是之后的种种议论，虽然这些观点门户各异，但它们都将伦理道德作为探讨的核心，旨在帮助实现文学的教化功能。文学的功能性是文学价值的重要组成部分，这也是人们对于“文”和“道”的关系不断进行探讨的原因，文学作品有着政治价值和哲学价值，会影响社会的方方面面，因此，文学的社会本质和它的社会地位、作用是很重要的问题。在对文学理论探究的过程中，人们不可避免地要对这些问题进行深入研究。

通过对“文”和“道”的关系的不断延伸探讨，我们可以发现，文原于道的本质实际上是文原于人，即从文学的社会实践和对人的作用来探究文学理论，研究文学现象。文学与其对社会、对人的教化作用密不可分，这种思想观念是我国古代文学理论的一大特色，并对文学史有着一定的影响。文学可以与其本质联系，与社会联系，与人联系，与圣贤之道联系，从而引发类似“成孝敬，厚人伦，美教化，移风俗”和“发乎情，止乎礼义”的讨论，这些见解也是文学理论的重要组成部分。

陆机在《文赋》中明确提出“诗缘情而绮靡”，刘勰《文心雕龙》中则说：“诗者，持也，持人情性。”又说：“情以物迁，辞以情发。”这些观点的出现打破了之前的文学应“发乎情，止乎礼义”的概念，是古代文学理论的一个重大转变，从最初的文原道思想转换为对于人的强调。这种思想直到现在还一直被沿用，即我们常说的抒情与言志说。古代最初的文学理论就是“诗言志”，后又出现了“情志说”，即通过诗文来抒发感情，表达自己的理想信念和志向所在，这些也是古代文学作品中常常出现的内容。不论是“诗言志”，还是“情志说”，以及之后魏晋南北朝时期的“缘情”和“情性”，这些观念都是人们对作者主体创造性的重视，摆脱了文学传统的教化价值，将作者的个人精神和思想、个性的发挥摆到了首要位置，这一转变是古代文学理论的重要变革，甚至影响了现代文学理论的产生和发展。

文学的教化作用和社会功能是密不可分的，这里的社会功能很大一部分与政治相关联，文学的政治价值一直以来也是学者探讨的焦点。虽然在文学理论的发展过程中，无论是西方文学理论还是东方文学理论，都曾存在超政治、超功利的所谓“纯文学”主张，但归根结底，文学的功能性与其社会性大大相关，也就是与对人的教化作用密切相关。因此，从政治层面来说，文学有着一定的价值和意义。在这里，文学的政治教育意义和之前的“原道”理论有着相通之处，文学的教化意义和其对于社会起到的道德规范作用，都与政治教育相关联，是为政治而服务的。

以上三种关于古代文学理论的观点都是围绕文学的功能而展开的，也就是文学本原的问题。文学源于其社会属性，但是，文学本身也具有一定的艺术价值。从审美的角度来看，意境论是我国古代文学理论关于文学的艺术价值的发源，意境论更能体现古代文学的民族特色，是贴合中国传统审美的文学艺术理论，因此，意境论也是我国文学在古代美学的基本范畴，可表明古代文学的独特美学内涵。意境论有着丰富的内容，人们对于古代文学意境的研究和探讨也已经十分深刻，意境论在我国古代文学理论体系内有着十分重要的地位。有别于其他文学的社会属性理论，意境论是从单纯的艺术角度出发进行探讨的。意境论最初受到了《易传》和老子、庄子思想观念的影响，是结合佛教思想融合而成的关于意、象、境等的概念，之后，其融入艺术的审美概念中，并与言与意、情和景、心和物、形和神、韵和味等概念结合，形成了最终的观点。这时的意境概念不仅局限于文学中，还包含其他艺术范畴。文学意境论观点的出现是在唐代王昌龄的《诗格》中，王昌龄将诗中的意境分为物境、情境、意境三种，而前两者其实也属于意境的范畴，只是物境、情境更注重对其他成分的表现。之后，王国维也有关于意境论概念的阐述。他认为，在文学作品中，物境、情境、意境都不可或缺，即意境要包含物、情、意三个方面。物是客观表现，是现实景象在文学作品中的体现，情与意是作者的主观表达，要依托于客观物的基础，文学的意境是主客观的平衡与融合，是情与景、物与意的融合，借景生情、寓情于景就是这样的表现。有意境的作品往往会给人一种逐渐深入、情景交融、虚实相生的感触。

语言是文学传播的载体，作者可通过语言将情感、志向、哲学传递给读者，读者再根据个人思想进行再创作。文学作品的深度以及对于人的感染力主要依赖于作品的意境，意境对于文学来说有着重要的意义。意境使文学语言有了艺术价值和感染力。文学意识形态的独特性在于作者对于情景融合的把握，作者只有将客观景物与主观情志完美融合才能达到传递情感的艺术效果，才能发挥出意境的作用。

（二）创作论

文学的产生既简单又复杂，一般来源于一瞬间的思想灵感迸发，但是，其创作过程很复杂。文学创作是作者的精神活动付诸实践的过程，因此创作论作为一种古代文学理论，需要以丰富的实践所得为基础。古代文学的创作论并非指探讨文章的作法或者诗歌的写法之类的文学理论，而是深入研究文学的产生动机、文学产生时的思想活动、文学的结构特点，以及内容与结构的关系等。创作论所探究的是文学创作的本质问题。古代文学创作理论至今已经有了许多内容和见解，涵盖诗论、文论、戏曲论、小说论多个层面。

第一，心物感应论是创作论的重要内容，是对中国古代文学独特性的体现。心物感应所说的物不是单纯的、自然界的景物，而是更广泛的概念，包括社会上所有客观事物。不同于西方单纯的现实主义文学理论，心物感应论不强调单纯的物的作用，或是以客观事物为依据解释文学创作，而是将文学创作视作心物感应的结果。西方的文学思想中的文学创作或是以现实为基础，或是以神灵的启示为灵感来源，他们将文学创作或是看作唯物主义产物，或是看作唯心主义产物，并没有将情感与物相结合看待。心物感应注重的是主观与客观的融合，它将创作视为作者主观思想与客观景物启发相结合的结果。古代文学创作既有对“物”的使用，也有对“心”的表达，两者相辅相成、互相依存。

第二，文学创作的独特性在于其艺术构思的过程，不同作者的思维活动不同、感悟不同，艺术创作的深度也就不同，因此，艺术思维可以说是一种更灵活、独特的思维，往往启发于一瞬间的灵感，再加以不同程度的构思。

艺术构思受各方面因素的影响。

首先，作者需要具备丰富的形象力、感悟力和感性思维。艺术不同于其他学科，没有固定的公式解法，作者需要根据瞬间的灵感进行发散，因此，伟大的艺术创作者离不开丰富的想象力的支持，没有想象力的艺术是干涸的、刻板的，也就无法达到较高的艺术层次，无法感染受众。艺术思维的想象力可以突破时间和空间的限制，是无穷无尽、没有限制的。

其次，作者要有一定的形象思维，文学创作的过程并不是逻辑思维的过程，作者需要跟随客观事物的指引进行一系列的形象思维活动，从而产生心物感应，做到“神与物游”。

最后，在创作的过程中，作者要对“物—神—辞”三者的关系有清晰的认知，也就是陆机《文赋》中说的“恒患意不称物，文不逮意”的关系。这种对文学创作过程中的思维特征的认识，也正表明魏晋南北朝时人们对文学的艺术特征已有了较明确的认识。故“神思”一词，已被赋予了深刻的美学内涵，并成为我国古代文学理论的专有名词，具备标明文学创作构思微妙而复杂的特征。《南齐书·文学传论》中说的“属文之道，事出神思，感召无象，变化不穷”，也就是这个意思。

到了宋代，严羽在《沧浪诗话》中提出“妙悟”之说。妙悟是一种独特的艺术认知方式，严羽称之为“别才”和“别趣”。其特点在于“不涉理路，不落言荃”，如镜花水月，言有尽而意无穷；又如羚羊挂角，无迹可求，能使人产生“兴趣”。

第三，文学构思离不开对语言的组织和运用。文学作品是以语言艺术为基础传达思想的，因此，语言是作者思想传达的载体，是文学创作的基石。在古代文学理论研究中，不乏对创作技巧和遣词造句的研究，但是，文学创作需要对语言表达进行更深层次的理解和探讨。

我们需要在创作过程中明确如何使用文字语言来精准地表达思想观念，通过语言来展现意和境，是需要深入探讨的问题，这一探讨在魏晋时期就已经存在了。当时人们对于“言不尽意”还是“言能尽意”的探讨对我国的古代文学创作理论有着启发和促进的作用。言不尽意的观点来源于语言本身的局限性和思维的广泛性，但是，作者可以利用高超的文学技巧，通过正确的遣词造句或者形象的描写来表达自身的观点。汉语相较于其他语言有着独特的结构和声韵，因此，汉语有着更为特殊的表现力，人们可以充分利用结构和声韵来辅助语言表达，发挥汉语的功能，做到以有限的言语表达无限的文学思维。声韵的独特性使文字多了一分别样的气势和情感。

我国早期文学诗歌和音乐的密切关系对后期文学作品中声韵的使用产生了深远的影响。礼乐的规范使早期的文学形式有着一定的音乐性，因此，我国古代文学有一定的音韵之美，这一审美观念一直延续到南北朝时期，人们逐渐将声韵用于文学，借以表达情感。

（三）鉴赏论

我国古代文学理论早期多是以片段式的文学品评内容为主，因此，古代文学理论史最初也被称为文学批评史。通过对这些片段的研究和学习，我们可以发现，文学理论多是来自学者对于作品的鉴赏和感悟，因此，鉴赏论是古代文学理论体系的重要组成部分。

1. 知音识器说

我们常说“高山流水遇知音”，通过伯牙、子期的故事，我们认识到，对于艺术来说，作者的创作思维和受众的审美思维同样重要，如果没有“知音”，艺术的鉴赏也就无从谈起了，艺术所独有的情感启发也就无法实现。正是因为接受者对于艺术有着一定的审美认知，才能获得情感共鸣进而发表鉴赏性的评论，使艺术作品获得再创作。“知音”是鉴赏理论的基础，也是鉴赏行为存在的原因。高级的艺术作品往往更能引发人们的情感共鸣，更能获得探讨，从而形成针对作品的鉴赏；具有文学艺术素养的接受者能对文学作品做到准确的、深入的解读，进而引发思考感悟，实现对作品核心和内涵的鉴赏，因此，鉴赏活动是双向的，既需要高质量的作品，也需要高质量的受众群体。正确的文学鉴赏态度也十分重要，在进行文学鉴赏时，我们要摒弃偏向主义，以客观、正确的态度来看待作品。

文学鉴赏带有一定的主观性，是基于鉴赏者的思维角度进行的，但是，我们可以在一定的客观标准基础上加以评判，首先要树立正确的鉴赏态度，其次要根据一定的客观依据进行评判。“一观位体，二观置辞，三观通变，四观奇正，五观事义，六观宫商”是刘勰提出的经典文学鉴赏依据，他从不同的角度解析了文学作品的几大要素。古代文学鉴赏理论既追求一定的客观性，也强调鉴赏者的主观性，这种主观是文学鉴赏的独特所在，避免了千篇一律、人云亦云的现象。这种思想对于现代文学的发展，特别是现代的文学鉴赏观念有着重要的影响。

2. 体性风骨说

我国古代文学理论体系中的鉴赏论，并不注重从逻辑上对作品进行抽丝剥茧的分析，或者从理性的角度评判作品客观形式、遣词造句上的好坏，而是偏向对文学作品整体情感表达和完整性的研究，一般是鉴赏者在直观感受的基础上进行一定的观点输出。因此，古代文学作品鉴赏多注重从风骨、意境等角度进行评判。古代文学鉴赏善于将文学作品分为不同的风格，基于其风格分类再进行不同的探讨，风格特点也是作者思想特点的体现。对于这一特点，我们可以从文学风格的描述中体会出来，例如，刘勰所概括的典雅、远奥、精约、显附、繁缛、壮丽、新奇、轻靡“八体”。古代文学的意境也是古代文学鉴赏的重点。在这一层面，我国古代文学理论中有许多对于某一时期风骨、意境特点的概括性词汇，如“汉魏风骨”“盛唐气象”等。这一理论特点是我国古代文学理论的一大特色，具有中国传统审美风格。

3. 阴阳刚柔说

由于文学鉴赏侧重于审美对象表现出来的风骨、气质、个性的整体感受，所以逐渐形成了一些用以表述整体风格的、带有类型性质的概念，如阴阳刚柔、婉约豪放之类，总而言之，有阳刚、阴柔、豪放、婉约等不同的风格。西方美学中有壮美、优美之分，从美学的普遍意义上讲，这些概念之间，中西美学也有相通之处。但是，中国古代文学理论的表述方式，毕竟是中国传统文化孕育出来的产物，具有民族特色和丰富的美学内涵。

4. 滋味兴趣说

文学鉴赏是一种审美活动，读文学作品如同欣赏音乐绘画一样，在审美的过程读者可获得思想感情的净化熏陶。所以，我国古代文学理论特别强调“滋味”和“兴趣”。滋味犹如领会，就是要有味觉的快感，汉字中的“美”字，从羊从大，可能古人造字时就是将味觉的快感作为美感，所以，“味”字就被用来表示文学艺术给人的美感。孔子听古乐而陶醉，以至于“三月不知肉味”，其实，也是用味觉之美去形容听觉之美。

二、古代文学的创作发生论

优秀文学创作的发生虽然具有一定的偶然性，但其中的规律和刺激文学创作发生的物和情值得我们去学习和研究。

（一）文学创作和物情相关

文学创作与物情相关，这种观点源远流长。《乐记》云：“凡音之起，由人心生也。人心之动，物使之然也。”这开启了这种观点的先河。陆机《文赋》讲：“遵四时以叹逝，瞻万物而思纷，悲落叶于劲秋，喜柔条于芳春。”刘勰《文心雕龙·明诗》讲：“人禀七情，应物斯感，感物吟志，莫非自然。”钟嵘《诗品序》讲：“气之动物，物之感人，故摇荡性情，形诸舞咏。”这些言论清晰地勾画了“物—情—辞”的生成路线，奠定了这种观点的雄厚基础。此后，这种观点则成为常识，为历代文人所引述。

作为文学本源的“物”，要义有二。一是指自然景物，古人常称其为“景”。如刘勰《文心雕龙·物色》说：“献岁发春，悦豫之情畅；滔滔孟夏，郁陶之心凝；天高气清，阴沉之志远；霰雪无垠，矜肃之虑深。岁有其物，物有其容；情以物迁，辞以情发。”二是指社会生活，古人常称为“事”。例如，钟嵘《诗品序》讲：“嘉会寄诗以亲，离群托诗以怨，至于楚臣去境，汉妾辞宫，或骨横朔野，魂逐飞蓬，或负戈外戍，杀气雄边，塞客衣单，孀闺泪尽，或士有解佩出朝，一去忘返，女有扬娥入宠，再盼倾国，凡斯种种，感荡心灵，非陈诗何以展其义？非长歌何以骋其情？”

文学是表情达意的，而情意的产生基于现实事物的感触，作者有什么样的生活遭遇，其作品就有什么样的思想情感及其表现，因而古代文论有“不平则鸣”说。司马迁在《史记·太史公自事》中曾深有体会地指出：“夫诗书隐约者，欲遂其志之思也。昔西伯拘羑里，演《周易》；孔子厄陈蔡，作《春秋》；屈原放逐，著《离骚》；左丘失明，厥有《国语》；孙子膑脚，而论兵法；不韦迁蜀，世传《吕览》；韩非囚秦，《说难》《孤愤》；《诗》三百篇，大抵贤圣发愤之所为作也。此人皆意有所郁结，不得通其道也，故述往事，思来者。”韩愈则把这种现象总结为“大凡物不得其平则鸣”“草木之无声，风挠之鸣；水之无声，风荡之鸣。其跃也或激之，其趋也或梗之，其沸也或炙之；金石之无声，或击之鸣；人之于言也亦然，有不得已者而后言。其歌也有思，其哭也有怀。凡出口乎而为声者，其皆有弗平者乎”。由于人处于富贵、平安的顺境时，感受不深、不真；处于穷苦、坎坷的逆境时，不仅情真意切，而且能感他人所不能感，思他人所不能思，发他人所不能发，所以常有这种现象：“和平之音淡薄，而愁思之声要妙；欢愉之辞难工，而穷苦之言易好也。”这就叫“诗（文）穷而后工”。

因此，作家的生活经历、人生际遇对其创作具有一定的决定作用，“身之所历，目之所见，是铁门限”。鉴于此，古人强调作家“伫中区以玄览”“读万卷书，行万里路”“多历名山大川，以扩其眼界”，要像杜甫、白居易那样“身入闾阎，目击其事”，了解民间疾苦，反对作家“纸上谈兵”“闭门造车”，“纸上得来终觉浅，绝知此事要躬行”。

在“物—情—辞”的文源论中，如果再追究“物”是从何而生的，古人便会回答是由“道”派生的。这样一来，就出现了中国古代另一种形态的文源论——“文肇自道”。

显然，这种“道”在古人的玄想中是离开心灵乃至人之外而存在的，派生天、地、人“三才”乃至万物众生的宇宙本体，是“天道”“太极”。

按照老庄的宇宙观，天下万物“有生于无”。这个从“无”到“有”的生成图式是“道”（太极或无）生“一”（“气”，气已属于“有”），“一”生“二”（阴阳），“二”生“三”（天、地、人“三才”），“三”生“万物”。孔子、孟子重日用实际，对宇宙生成问题不喜欢多做追究。不过诞生于战国时期的儒家经典《易传》杂取道家宇宙生成学说，揭示了宇宙生成图式：“是故，易有太极，是生两仪（阴阳、天地），两仪生四象（四时），四象生八卦。”（《系辞上》）这虽不是论文源，但也不言而喻地包含了文源论：既然天下万物都源生于“道”，“文学”这种现象自然也起源于“道”。因此，刘勰《文心雕龙·原道》提出：“人文之元，肇自太极。”

（二）文学创作的产生源自内心的渴求

在探讨“物—情—辞”的文学生成论时，有一部分人并未深入探究“物”的生成根源，甚至选择切断并舍弃“物”这一环节，从而形成了另一种文源论的形态，即文本心性。

在中国文学的理论体系中，心灵被视为文学创作的源头活水。这种观点可以追溯到古代文学表现论，它主张文学的本质是心灵的表达，而非对现实生活的简单模仿。因此，文学创作中的外部事物并非如艺术模仿那样是文学的反映对象，而是作为激发心灵感悟的触发器。文学的目的是表现由外部事物激发出的心灵火花，而非外部事物本身。这种观点进一步延伸，容易让人得出“诗本性情”的文源观。这是因为外部事物作用于人的心灵时，可以引发思想情感的波动，而同样的外部事物作用于其他生物，却无法产生类似的情感。这一事实促使人们将文学创作的情感源头归结为“人”——这个具有七情六欲的“有心之器”的内心世界。因此，文学创作的情感并非来自作为情感激发器的“物”，而是源自人心。古代文人如扬雄、陆机、欧阳修等人都曾明确提出过“文本于心”的观点。他们认为，言语是心灵的表达，诗歌是情感的流露，诗歌的创作源于内心的感悟。在他们的论述中，心灵被视为文学创作的基石。宋代以后，“万法唯心”的禅宗认识论逐渐深入人心。受到禅宗影响的宋明理学将“天道”“太极”从人心之外引入人心之内，认为“吾心便是宇宙”“人人心中有一太极”“心外无物”。在这样的哲学背景下，“文本心性”的观点应运而生，并逐渐成为主流。这一观点强调心灵在文学创作中的核心地位，认为文学是心灵的反映，也是心灵的表现。明代李贽指出诗文之本源即童心，这“童心”打着陆九渊、王阳明心学的烙印。清代深受理学、禅学影响的儒学大师刘熙载指出：“文不本于心性，有文之耻甚于无文。”

（三）文学创作的产生源自经典的启发

在现代文学理论中，书本被视为文学创作的参考资料，被认为是文学创作过程中的“流”。这种观点认为，文学创作是一个不断借鉴、吸收和演变的过程，书本只是这个过程中的一个环节，而不是文学创作的根本来源。这种理论强调的是文学创作的实时性和动态性，强调作家在创作过程中对各种资源的整合和转化。然而，在我国古代文学理论中，书本，尤其是经书，被视为文学创作的源泉。这种观点认为，经书是文学创作的无穷无尽的灵感来源，所谓“六经者，文之源也”。

北齐颜之推就指出：“夫文章者，原出《五经》。诏命策檄，生于《书》者也；序述议论，生于《易》者也；歌咏赋颂，生于《诗》者也；祭祀哀诔，生于《礼》者也；书奏箴铭，生于《春秋》者也。”他认为文出“六经”，并分析了每种经典派生的文体。唐魏颢的《李翰林集序》将历代文学演变的源头推到“六经”：“伏羲造书契后，文章滥觞者《六经》。《六经》糟粕《离骚》，《离骚》糠秕建安七子。七子至白（李白），中有兰芳，情理宛约，词句妍丽。白与古人争长，三字九言，鬼神出没，瞪若乎后耳。”唐代古文家独孤及在给人的集子作序时总结说：“公之作本乎王道，大抵以五经为泉源。”另有一些人把文源从经书扩展到一般书籍，如刘克庄指出“文人之诗”是“以书为本，以事为料”。

古代中国人为什么以经、书为文之渊薮？首先，文学必须“原道”，而“道沿圣以垂文”，故“原道”就是“征圣”“宗经”。汉代立《诗》《书》《易》《礼》《春秋》为官学，钦定为“五经”。唐初，以《周礼》《仪礼》《礼记》为“三礼”，《春秋》左氏、公羊、穀梁“三传”合《诗》《书》《易》为“九经”。文宗开成年间刻石国子学，又加《孝经》《论语》《尔雅》为“十二经”。至宋，列《孟子》于经部，为“十三经”。当时，人们对此尊崇之至。对于经典文化的敬仰，体现在各个方面，如“文出五经”乃至“群经”等观念，就是这种“宗经”思维的鲜明体现。人们将古代圣贤的载道之经视为文学创作的源泉，这不仅从根本上确保了文学创作始终坚守儒道根基，也使得古代文学作品的底蕴愈发深厚。其次，古代文人、学者通常集于一身，文章和学术也并无明确区分，所以，书卷和学问一直是文学创作中不可或缺的元素。正如清代学者所言，文学作品应当体现出“学间、义理、辞章”三者的统一。很多学者通过对经典文化的汲取，将之融入自己的创作之中，从而体现出深厚的文化底蕴。最后，古代文人学者的生活方式多为书斋生活。他们的文学作品往往不是源自对大自然的直接体验，而是源自对书籍的阅读与研究。所谓“若诗思不来，则须读书以发兴”，因此，他们在书本中寻找文学创作的灵感，也成为自然而然的事情。

三、古代文学的创作构思论

（一）古代文学中的“静思”说

文学构思体现为一种全神贯注、高度集中的思维状态。在构思初始，创作主体的心灵完全投入到审美意象之中，乃至其整个身心都沉浸在审美意象之中，从而达到物我两忘的地步。相传，贾岛在冥思苦想时，即使面前有王公贵人，他也全然不觉；韩斡在绘制马匹时，自身仿佛化作马的形象；文与可画竹时，眼中唯有竹子，不见他人。正如谢榛所言：“思入杳冥，则无我无物。”而这种“无我无物”的境界实则是一种虚空的心灵状态。由此可见，“杳冥寂寞”的“静”状态和“无我无物”的“虚”状态是艺术创作达到炉火纯青时必然出现的两种心理状态，也是保证艺术创作顺利进行的关键。

对此，刘勰有言：“陶钧文思，贵在虚静。”苏轼亦云：“欲令诗语妙，无厌空且静。”“虚静”遂成为古代文论家对构思主体心态的反复强调。然而，“虚静”之心如何得之？概括而言，即“去物我”以达成“虚”，“息群动”以达成“静”。“去物”之意，并非将客观存在的外物排除，而是指感官在接触外物时不受伤害，心中不留任何物之影像。其关键所在，可分为两点：“遗物”与“忘物”。

为了实现“遗物”与“忘物”，借鉴庄子的观点，我们需“闭汝外”，即关闭所有外部感官的通道。换言之，如陆机在《文赋》中所述，实现“收视反听”。如此一来，我们便可对外物“视而不见，听而不闻”，使心灵不受外物的牵绊，从而为内心留出一方净土。我们还需避免“执物”与“滞物”。从现象上看，外物表现为“有”，但从本质上看，却是“无”。因此，感官所感知到的物象仅仅是物的表象和作用，而超越表象的“空无”才是物的本质和本体。因此，对待感官所感知的物象，切忌过于执着。唯有抛开物象，方能洞察物的本体与神韵。在这个意义上，恽南田《瓯香馆集》说：“离山乃见山，执水岂见水！”苏轼《宝绘堂记》说：“君子可以寓意于物，而不可留意于物。寓意于物，虽微物足以为乐，虽尤物不足以为病；留意于物，虽微物足以为病，虽尤物不足以为乐。”苏轼不取的“留意于物”，即“滞意于物”。通过对“执物”“滞物”的否定，我们的心灵又可进一步扩大虚无的空间。

值得阐述的是，“去物”并非意味着摒弃心灵中的所有物象，而是指清除心灵中与艺术构思所创作的审美意象无关的所有物象。同样，“去我”也并非否认作为构思主体的“我”，而是将无关构思的各种欲望和情感排除。心灵不为空，不仅因为外部物象会通过感官进入心灵，还因为人类内在的各种本能需求的不断进入。因此，要让心灵变得空灵，既要对外部的各种表象予以排空，也要对内部的诸多欲望进行空无。这种修炼，即“绝虑”的修炼、“澄神”的修炼、“万虑洗然，深入空寂”的修炼，以及“疏瀹五脏，澡雪精神”的修炼。通过“去物”和“去我”，我们可为审美意象的诞生预备巨大的空间，如同冰壶中的水镜，为艺术构思提供独特的洞见。

如果说“虚”侧重以空间言，则“静”侧重以时间言。《增韵》曰：静，“动之对也”。得“虚”的方法是“去物我”，得“静”的方法则是“息群动”。“息群动”也包括主体和客体两方面。从主体方面讲，“息群动”就是要平息各种欲望、情感、意念的活动，恢复心灵寂然不动、至性至静的本性。从客体方面来讲，“品物咸运，主之者静”“动以静为基”。客观方面“息群动”，就是要透过变化无常、流动不居的现象，把握事物寂静贞一的本体。“躁”“急”“嚣”“荡”都是“静”的大敌，主体的“息群动”包括“雪其躁气，释其竞心”“整容定气……毋躁而急，毋荡而嚣”。在中国古代文论中，批评家为了促使创作主体的心灵进入静寂的境界，往往告诫创作主体选择净室高堂，面对明窗净几进行构思创作，其目的是用外界的静寂引发内心静寂的到来。

“虚”与“静”，“空”与“寂”之间的关联，犹如相互依存的伙伴，共同构成了我国古代哲学家追求的心灵境界。时间和空间，作为物质存在的基本形式，在人类心灵中的体现，更是深化了对这种关系的理解。当我们的心灵从空间的层面出发，努力摆脱外在物质的束缚，达到“去物我”的境地时，心灵的空间会变得宽广无垠，犹如虚空。在这样的虚空中，心灵的波动也会逐渐平静下来，达到“万动皆息”的境地，这就是“虚而静”。我们可从时间的层面出发，让心灵在时间的河流中，努力沉淀下去，达到“息群动”的境地，也就是让时间的波动停止下来，达到寂止。在这样的寂止中，心灵的时间仿佛凝固，外在的物质和自我都得以暂时放下，这就是“静而虚”。因此，我们可以看到，“虚”与“静”、“空”与“寂”是相得益彰的。

经过“去物我”“息群动”的修养功夫，心灵可进入一片“虚静”的状态。

这个“虚”不是纯然的空无一物，它包藏着无限的“有”；这个“静”也不是绝对的静止阒寂，它蕴含着最大的“动”。因而，这个“虚静”是包含着最大“势能”与“动能”的一种心理状态。

从“虚静”的“势能”方面说，“虚”可以“观物”，亦有助于“载物”。在中国古代人看来，“物”的本体是“道”，“道”的实质是“无”，要能够透过物的现象的“有”观照到物的本质“无”，观照主体的心灵就必须出之以“虚”。此则古人所谓的“虚则知实之情”“虚其心者，极物精微”“离山乃见山”。反之，如果心灵不空，感官、欲念都在活动，就会执物为有，被物的现象所迷惑，背离物的真实面目，这就是古人讲的“执水岂见水”。所以，“虚心”犹如澄澈的“冰壶”、明亮的“水镜”，可以为“观物”提供“独鉴之明”。

“虚心”不仅可以“观物”，也有利于“载物”。这个“物”就是主体在对外物的观照中通过有限把握无限，通过有形把握无形，通过客体发掘主体所产生的林林总总的审美意象。主体只有“虚心”，把其他各种物象和意念从心灵中赶走，审美意象才有生存的心理空间。所以，古人讲“虚心纳物”“空故纳万境”“必然胸中廓然无一物，然后烟云秀色与天地生生之气自然凑泊，笔下幻出奇诡”。

“虚心”好比一口“空筐”，它可藏纳万“有”；“虚心”好比漠漠大荒，它可让审美意象纵横驰骋；“虚心”又好比辽阔的太空，它可允许审美意象上天入地，“精骛八极，心游万仞”。

从“静”的“动能”方面说，“静”可以“观动”，亦有助于“载动”。按照古代中国人的观点，“运动”只是事物的现象，“不动”才是事物的本体，所谓“飞之景未尝动也”（庄子），“动以静为基”。因此，主体只有“以静观动”，才能“以不变应万变”，洞悉到“动”的主宰——事物寂然不动的本体。所以，古人说“静则知动之正”“静故了群动”“盖静可以观动也”“素处以默，妙机其微”。运动是事物恒常不变的本体的即时表现。主体通过以静观动，从而由动观静，实际上是在刹那间领悟永恒，即在运动的刹那之景——静景中观照恒常不变的本体。

“静心”不仅可以“观动”，也可以“载动”。这种“动”是神思的运行、审美意象的运动。主体只有使各种杂念归于寂止，才能确保艺术构思的正常进行。就是说，只有静心，方可最大限度地载动。所以，古代文论家每每告诫作者，要“澄神运思”（虞世南），“罄澄心以凝思”（陆砚）。在审美意象的构思运动中，“静”

不只可以“载动”，还可以“制动”“驭动”。刘勰说：“寂然疑虑，思接千载；悄然动容，视通万里。”郭若虚说：“神闲意定，则思不竭而笔不困也。”反之，若出之以躁竞之心，则构思的运行不是进入一片无序状态，就是被迫中断，断不会像春蚕吐丝那样“思不竭而笔不困”。

（二）古代文学中的“神思”说

王昌龄说：“为诗在神之于心，处心于境，视境于心，莹然掌上，然后用思，了然境象，故得形似。”艺术构思作为酿造“意象”的思维活动，是作者“处心于境，视境于心”的产物，也是客观境象与主观情思的统一。司马相如讲“赋家之心，苞括宇宙，总览人物”，陆机讲构思是“精骛八极，心游万仞”，刘勰讲“思理为妙，神于物游”，胡应麟讲“荡思八荒，游神万古”，黄钺讲“目极万里，心游大荒”，都包含主体（“精”“心”“神”“思”“目”）与客体（“宇宙”“人物”“物”“八极”“万仞”“八荒”“万古”“万里”“大荒”）相统一的意思。

由于“神思”是客观与主观的统一，而在客观方面参与构思的主要是物象，主观方面参与构思的主要是情感，所以“神思”又表现为形象性与情感性的统一。关于“神思”的形象性，陆机“物昭晰而互进”已有触及，刘勰则把这种现象精辟概括为“神与物游”，明确指出“神思”达到极致时表现为一种形象思维。以后皎然、司空图、严羽、叶燮等人从不同角度出发论及文学创作的形象思维特征。

关于“神思”的情感性，陆机“情曈昽而弥鲜”亦已论及，刘勰在《神思》中把“神思”说成是“情变所孕”，徐祯卿在《谈艺录》中则把构思之初“朦胧萌坼”的阶段说成是“情之来”的情况，把构思达到“汪洋曼衍”之盛说成是“情之沛”的状况，把构思中“连翩络属”的现象说成是“情之一”的表现，这更突出了“情”在构思中的地位。构思中的“形象”与“情感”是相互引发、相互推进的。陆机讲“情曈昽而弥鲜，物昭晰而互进”，二语互文见义，即指“情”与“物”在相互引发中走向鲜明。刘勰讲“神用象通”，指出了主体之“神”因物象激发而畅通的现象。物可生情，而情亦可生物，所谓“登山则情满于山，观海则意溢于海”，如此，物象亦可为情变所孕。

“虚构性”，意指对现实规定性的突破。它包含两个方面，一是超越现实的时空限制，在时间上达到永恒，在空间上达到无限。这就是古人讲的“观古今于须臾，抚四海于一瞬”“恢万里而无阂，通亿载而为津”“寂然凝虑，思接千载；悄然动容，视通万里”。汤显祖说：“天下文章所以有生气者，全在奇士。士奇则心灵，心灵则能飞动，能飞动则能上下天地，来去古今，可以屈伸长短生灭如意……”胡应麟说，七言律要对得好，“非荡思八荒，游神万古……不易语也”。辛文房说贾岛“冥搜之际……游心万仞，虑入无穷”。叶燮讲文士之“才”，可“纵其心思之氤氲磅礴，上下纵横，凡六合以内外，皆不得而圈之”。刘熙载说“赋家之心，其小无内”。其实他们都讲到了虚构性想象的超时空性。二是通过对创作主体规定性的否定，把“自我”化为“非我”的艺术形象，并站在艺术形象的角度进行虚构性想象。这也就是金圣叹、李渔所讲的，通过“设身处地”的“神游”“代人立言、立心”，过剧中人的心灵生活。艺术构思具有虚构性，不受现实规定性制约，因而，它具有一种创造性。

创造性构思一方面表现在“想落天外”“思补造化”的奇妙想象上，如刘熙载说司马相如：“一切文，皆出于架虚行危。其赋既会造出奇怪，又会撇入窅冥，所谓‘似不从人间来者’，此也。”另一方面又表现为“务去陈言”“自铸伟词”的语言创造活动，所谓“谢朝华于已披，启夕秀于未振”。

在文学创作过程中，艺术表现的核心要素即语言。构思过程是主观与客观交融的体现，其中，主体方面不仅包含情感思维，还涵盖语言表达。作家在构思过程中始终与语言紧密相连。从一开始，构思便将意象转化为语言表述。文学构思中的意象始终处于未实体化的语言之中。这种语言与日用语言不同，它是一定体裁、样式的艺术语言，这一点在诗人的构思中体现得最明显。

诗人的构思要想顺利展开，就必须不时地完成意象向一定长度、格律的诗歌语言的置换。因而，文学构思又表现为一种语言思维活动。刘勰说：“物沿耳目，而辞令管其枢机。”陆机说：“倾群言之沥液，漱六艺之芳润。”在创作构思中，人们常常会意外地出现“不以力构”而文思泉涌的现象，这种现象就是灵感，古人通常把它叫作“兴会”。

“兴”是“感兴”“情兴”。在中国古代文论中，它本指“触物起情”的“起”，后来演变为“触物起情”的“情”（“意”）。刘勰《文心雕龙·体性》：“叔夜俊侠，故兴高而采烈。”“兴”即思致。唐人殷璠推崇的“兴象”、陈子昂推崇的“兴寄”，即“意象”“思想寄托”。唐以后人们常说的“兴味”“兴趣”，即“意味”“意趣”。

刘禹锡讲“兴在象外”，刘熙载讲“赋之为道，重象尤宜重兴，兴不称象，虽纷披繁密而生意索然”，其“兴”为“意”义明矣。正像贾岛《二南密旨》指出的那样：“兴者，情也。”在这个意义上，产生了“兴致”一语。严羽《沧浪诗话·诗辩》：“且其作多务使事，不问兴致。”“兴致”即思致。“会”即“钟会”“聚会”“集中”“兴会”，语义即“情兴所会也”，古人用它来指称思如泉涌的灵感现象是再适合不过的。

灵感是构思中“思若有神”“思与神合”的状态，因为灵感是飘忽不定、来去无踪的，“神而不知其迹”，所以古人亦称之为“神思”（神妙之思）、“妙想”。关于灵感这种现象，陆机早就注意到了。他在《文赋》中描述道：“若夫应感之会，通塞之纪，来不可遏，去不可止；藏若景灭，行犹响起……”但对于灵感的奥秘，他则陷入了不可知论：“虽兹物（指灵感）之在我，非余力之所勠，故时抚空怀而自惋，吾未识夫开塞之所由。”从陆机以后到中唐，人们始终停留在对灵感现象的描述上，没能深入分析。这种情况直到中唐诗僧皎然手中才有所改变。皎然《诗式·取境》曰：“……有时意静神王，佳句纵横，若不可遏，宛如神助。不然，盖由先积精思，因神王而得乎？”宋代，参禅悟道的风气为人们认识灵感奥秘提供了相似的心理经验。清代王夫之、袁守定等人则把“兴会”说进一步推向了深入。

灵感是在倏忽之间到来、展开的。在这方面，古代有许多极为生动的表述。南齐袁嘏说：“诗有生气，须捉著，不尔便飞去。”宋代苏轼说：“作诗火急追亡逋，清景一失后难摹。”清代徐增说：“好诗须在一刹那上揽取，迟则失之。”王夫之说灵感“才著手便煞，一放手飘又忽去”。张问陶说：“……奇句忽来魂魄动，真如天上落将军。”王士祯说：“当其触物兴怀，情来神会，机括跃如，如兔起鹘落，稍纵即逝矣。”如此等等，不一而足。

灵感不是作者苦心思考的结果。恰恰相反，苦心的思考往往会距离灵感更远。例如，元代方回说：“竟日思诗，思之以思，或无所得。”因而，灵感的诞生是不自觉的、无意识的。沈约说谢灵运：“至于高言妙句，音韵天成，皆暗与理合，匪由思至。”萧子显《自序》：“每有制作，特寡思功。”李德裕说：“文之为物，隐恍而来，不思而至。”宋代戴复古说：“诗本无形在窈冥，网罗天地运吟情。有时忽得惊人句，费尽心机做不成。”这些都是对灵感的无意识性的说明。灵感就是这样一种“率意而寡尤”的构思活动。因此，灵感是不受意识控制、支配的。

灵感的到来是一个自然而然的过程，不是人力所能勉强的。灵感的这种自然性，古人又叫作“天成”“天机自动”，所谓“天机启则律吕自调”。“古人于诗不苟作，不多作。而或一诗之出，必极天下之至精，状理则理趣浑然，状事则事情昭然，状物则物态宛然，有穷智极力之斫不能到者，犹造化自然之声也。盖天机自动，天籁自鸣，鼓以雷霆，豫顺以动，发自中节，声自成文，此诗之至也。”着眼于“兴会”的自然性，古人要求作者“兴来即录”“乘兴便作”“兴无休歇”“似烦即止”。

“客观性”指灵感必有待于某种外物的刺激才能产生。例如，张旭学草书，“见担夫与公主争道及公孙大娘舞剑而后顿悟笔法”，如果没有“担夫与公主争道”和“公孙大娘舞剑”的触发，则“顿悟笔法”的灵感也不会产生。因此，古人反对闭门造车，一心内求，主张“兴于自然，感激而成”，指出“诗不可凿空强作，待境而生自工”“作文兴若不来，即须看随身卷子，以发兴也”。

第三节　古代文学理论与思想的融合发展

中国是有着 5000 多年历史的文明古国，在这漫长的历史进程中，我们的民族和国家形成了影响深远、流传至今的传统思想，也为后人留下了丰富的文化遗产，并且在不断发展、进步。

思想与文学密不可分，思想的传承必须以口耳相传、深入生活等多种形式为基础。然而，文学作品的形成也有赖于思想的进步，我们不难认识到，中国传统思想与文学之间相辅相成的关系。传统思想潜移默化地影响着我们的价值观、信仰、观念和风俗习惯，其产生的影响至今仍深深扎根于我们每个人的心中。因此，在今天的生活中，传统思想不仅有助于辨别和传递有利的、美好的、优秀的东西，而且，在社会发展中发挥着重要的积极作用。为此，我们也有必要继续学习古代文学。古代文学与传统思想相互关联、密不可分。几千年来，人们始终传承着中华民族优秀的思想和智慧。为了更好地传播古代文学，我们有必要更好地了解古代文学与传统思想的关系，全面理解古代文学理论。

由于人类的思想是不同于物质的，是看不见、摸不着的，因此人们需要利用各种媒介来传播它，包括创作传说和图腾。然而，迄今为止最有效的传播方式是有关古代文学的描述。古代文学以最直观的方式将距今十分久远的传统观念，如古代环境、当时流行的思想动态、文化形式、科技进步（如药物学和化学），以及当时人们的审美观和价值观进行了清晰的归类和区分。其中，许多著作至今仍被广泛使用和研究，如《论语》《史记》《本草纲目》至今仍是学者用于研究的典籍。我们祖先的思想和智慧与古代文学相结合，形成了一个不可分割的整体。

古代文学作品中不仅有前人总结出来的、杰出的科学理论和思想理论，也有许多伟大的诗篇。在几千年的历史长河中，每一个阶段都有文人墨客抒发爱国情怀、歌颂名山大川，或是追求美好的爱情。不同时期的作品风格和表现形式不尽相同，但通过作品表达出来的主要信息和优美的词句亘古不变。所有这些因素都鼓励我们今天满怀热情地学习古代文学，加深对古代优秀思想的理解。学习古代文学，不仅能让我们掌握古代思想的精髓，还能让我们更准确地表述自己的言行，并使之与传统的完美理念相协调。为了进一步发展民族文化、继承和发扬优秀的传统思想，我们必须充分了解古代文学，充分利用古代文学，研究和探索其中蕴含的深刻理论，促进自身思想的进步。

我们现有的历史资料和古代文学作品非常丰富，而且保存完好。要将传统思想与古代文学充分结合，为当代的创作和生活提供指导，就必须对古代文学作品进行全面的挖掘和研究。

现如今，我们对古代优秀传统思想和古代文学的学习应该更加积极、主动。只有将古代文学和古代思想融入我们的现实生活中，才能实现它们的全面发展和完美结合，它们才能更好地被今天的我们所利用。优秀传统思想是整个中华民族在漫长的历史长河中逐渐积累起来的思想精华，我们现在必须努力继承和发展它。古代文学作品不仅为我们清晰、翔实地记录了中国传统思想在各个历史阶段的变迁和发展，也为我们提供了极具文学价值和审美价值的优秀篇章。传统思想与古代文学的融合与渗透，为我们的研究提供了便利，也为传统思想的探索与发展提供了契机。中国古代文学作品，无论是纯文学作品，还是包含哲学、历史等方面的研究著作，都融合了当时的社会思想和优秀成果，具有很高的研究价值。传统思想与古代文学的融合与发展具有重要的现实意义，因此，我们要重视传统思想与古代文学的融合与发展，使其与时俱进、适应现代生活，同时融会贯通，找到共同的基础，从而更好地指导学习和生活实践。

第三章　古代文学的传播研究

本章对古代文学的传播研究进行了阐述，主要包括五个方面的内容，分别是古代文学的产生与传播理论、《诗经》的传播、《楚辞》的传播、“六经”的传播、乐府诗的传播。

第一节　古代文学的产生与传播理论

一、文学的产生和传播

文学创作指的是作家创作、印刷等的过程，是作家、出版者、读者相互联系、相互作用的过程。想要建立文学传播的理论，必须弄清楚文学由产生到发展的一系列概念。

上古文学首先触及的是文学的起源问题。这是学术界众说纷纭、悬而未决的古老而永恒的话题。但是，要建立文学传播学的理论，又不能回避这个问题。所以，借鉴前人已有的研究成果，作者将在下文说明文学生产与文学传播的关系。

关于文学的起源，有许多著名的理论，如亚里士多德的“模仿说”、泰勒·弗雷泽的“巫术说”、普列汉诺夫的“劳动说”等。这些理论代表了人类探索文学起源的成果，但不能涵盖文学起源的全部。

人类社会在不同的发展阶段有不同的精神需求，需求的表现必须依靠相应的物质形态，物质形态的发展又制约着精神需求表达的数量与质量。精神生活的需求是产生文学艺术的原动力，也是文学传播的动力。

二、文学传播方式与途径

“中国有着悠久的历史文化，这便意味着我国的古代历史文化资源非常丰富，而其能够流传至今，与传播方式有着极大的关系。”[①] 文学作品生产的动因决定了文学作品的性质，我们可以把文学传播的方式和途径归纳为以下几种：

从传播媒介看：口头传播、文字传播；从传播主体主观意志看：组织传播、自由传播；从传播的组织形式看：直接传播、间接传播。文学传播是一个综合上面多种方式和途径的复杂过程，是你中有我、我中有你的复合体。

为了论述的方便，作者做如下划分：

① 徐珮．中国古代文学传播方式探究 [J]. 智库时代，2018（50）：295-296.

（一）按传播媒介划分

1. 口头传播

在文字产生之前，人类思想感情的传播只能靠口头语言和肢体语言进行，代代相传。《古代社会》说："人类的语言似乎是由最粗糙、最简单的表达形式发展起来的。先有思想而后才有语言；先用姿态或手势表达而后才有音节分明的言语。"口头传播是前语言时期及大多数民间文学的主要传播形式。

诗歌、词、曲在民间以口头形式传播的具体情况可能有以下几种：

第一，"村坊小曲"、顺口可歌的"随心令"——歌诗。一般是先有曲调，再有文辞曲词。它们的传播形式具有传播面广、速度快的特点。现在少数民族地区流行的很多歌曲只有曲子，就是很好的证明。

第二，文人可能是其中最活跃的传唱者，他们通过某种形式收集、整理、加工，使歌诗音乐更适合大众传唱。古代还存在专门为某人某集团创作的人，如宋代大都市里的"书会先生"就是杂剧团体的演出脚本的专业创作者。虽然有文人参与传播，但其传播主体仍然是广大民众。

第三，文人相互酬唱赠答、宗教祭祀活动等都需要音乐歌舞和诗歌吟唱表演，既有传统的词曲歌唱，又有大量的即兴创作。即兴创作大多数情况应该是口头吟唱。随着时间的推移，在口头传唱的过程中，大量的歌诗流失了，影响大、深受人们喜爱的少数作品可能以某位作家之名得到记录。这种记录可能是吟唱者自己所做的。这种情况的口头传播是歌诗词曲文学创作的形式和途径。数量庞大的离别诗、赠答诗就是最好的证明。

第四，小说文体成熟于说唱文学，戏曲等表演艺术早期也是活跃在家庭内部的，并代代口耳相传。

2. 文字传播

文字的发明在人类传播史上具有重大意义，它的出现使人类传播有了新的特点。

文字使人类远距离的精确传播成为可能，还可以长久地保存信息，让后世了解历史，也使传播活动具有公开性和普遍性，所以，文字是人类共有的财富。在中国古代，普通老百姓接受教育的机会比较少，掌握文字的权利仅限于贵族阶层。

今天，文学作品以纸质等文本形式大量出现，就是因为广大受众的文化程度普遍提高。文学只有以文字传播的形式，方能走向独立和繁荣。文字传播是文学传播的主要方式和途径。

（二）按传播主体主观意志划分

1. 组织传播

组织传播表现为口头的传播，但更多地表现为文字的传播。最早的书是文字档案、历史典籍、典章制度等。抄书、藏书都明显地带有统治者的意志。从文学发生学角度看，作家的文学活动似乎是个体行为，其根源仍然要归结到政治和文化制度等方面。当历代的典章制度著作以官方意志传播时，组织传播方式就产生了。优秀的文学作品在学堂作为学习的课本，是典型的组织传播，例如唐代的《五经正义》、宋代的《太平御览》《文苑英华》、清代的《四库全书》等。

2. 自由传播

自由传播是相对于组织传播而言的。文学形式在它的发生初期大都是自由传播的。历代统治者对自由传播的文学进行了规范，且严加打击和限制，只有那些教化社会的好作品才能得到提倡。因此，每个时代的文学由于承载的思想符合统治者治世的需要，而以组织者的方式进行自由传播。

（三）按传播的组织形式划分

从传播的组织形式看，传播方式包括直接传播和间接传播，这主要是就传播的形式而言的。在口头文学时期，原创者在大众面前的表演就是直接的传播，如戏曲文学等大都是面对受众直接进行。诗歌在口头传播阶段属于自由传播，直接与大众的生活息息相关；作品内容丰富多彩，品类繁多。文字在传播时，更多受制于统治者意志等，带有组织传播、间接传播的特点。这时候作品的内容会受到限制和削减，传播的面也就相对狭窄。

文学的传播方式和途径决定着文学的发展方向。当某种文体得到受众的热爱，它的传播方式和途径就会变得多元化。多元化的传播方式和途径也促进着文学的发展和繁荣。考察文学的传播方式和途径是我们认识文学发展的社会政治、经济、文化真实面目的重要层面。

第二节 《诗经》的传播

一、关于《诗经》的形成年代

有了人类，就出现了歌呼吟唱以表情达意的思想交流活动。待到文明出现之后，人们慢慢积淀并通过采集等各种方式把它们集中到一起。

每首诗在被文字记载前，在民间已经被口头传唱了不知多少代，并且不断地被加工改造。所以，我们很难断定每首诗歌的原始面貌。

《诗经》中的每首诗不是同时著于竹帛上的，而是经历了相当漫长的时间和文本化的过程。

孔子并非整理编辑《诗经》最早的人。《左传·襄公二十九年》记载，在孔子之前，至少已有吴、鲁两国编辑整理的《诗经》了，这很显然要早于孔子删诗的年代。孔子可能是把保留于口头的歌诗进行了统一的收集、删订，这才有了《诗经》。他把《诗经》付诸学馆，与自己的"礼乐制度"思想结合，使得《诗经》得到了统治者的认可。战国末年,《礼记·经解》将孔子编辑整理的《诗经》列入之后，得到广泛传播。

季札观乐所用的本子的诗篇次序是:《周南》……《陈》《郐》及以下的《小雅》《大雅》《颂》。

《毛诗》的诗篇次序是:《周南》《召南》……《小雅》《大雅》……《商颂》。

今本《毛诗》的次序是孔子正乐时重新订正的，季札观乐时只言《颂》。

《诗经》中产生时间最早的诗是最不容易分别的。《诗经》中最早的诗大约可追溯到商末周初,《雅》《颂》中有些诗出现的时间很早,《风》的时代很难断定。其中，一些情歌的时代根据语言还可以分别。《诗经》中最晚的诗所论的事有到宋襄公的，有到陈灵公的。所以，人们经常说《诗经》的时代一部分在西周之下半期，一部分在春秋之初期、中期。

二、《诗经》传播的动力要素

（一）《诗经》里的诗歌应用需要

《诗经》里有些诗歌是祭祀歌舞的歌词，这是原始祭祀歌舞的产物。先民坚信人的语言会产生神奇的魔力，只要反复吟唱，就能够实现自己的理想和愿望。所以，这类诗自然在生活的各个领域被广泛运用。

万物有灵决定了“诗”生产时代的原始思维方式。那个时代的人们认为语言都是有魔力的。原始思维的具象特征始终伴随着想象和拟人化的设譬隐喻。他们也只能用比拟、隐喻的语言方式来与之对话，表达复杂思想。这些就成了我们所说的“诗”。通过诸如祭祀等仪式，语言的魔力可以发挥作用。今天我们所能见到的宗教，虽教义、教理不同，但很多都有诵经、祷告、祝愿等仪式。每遇佳节，人人都祝愿国运昌盛、祝福亲人平安吉祥。

《诗经》中保存有大量这样的诗歌。由于语言、词汇的变化，我们已经很难准确地还原每一首诗的原始意义，但运用人类文化学方面的知识，还能对其进行基本了解。

《雅》《颂》中用于祭祀的乐歌数量最多，或祭祀祈福，或祭祀田祖，用以祈年。《商颂》中的前三篇是春秋时宋君祭祀祖先的乐歌，《周颂》全都作于周初武、成、康、昭 100 多年间，大部分出于宫廷史官之手，少数是借用民间祭歌配乐使用的。

《风》中的诗歌承载着人们对情感的热望。例如，《魏风・硕鼠》，因为鼠害成灾，人没有办法，匍匐于神灵脚下，让硕鼠“适彼乐土，莫我肯顾”。后来，每遇灾异，人们就自然地运用同样的宗教活动去解除灾难。例如，韩愈除鳄鱼的办法就是祭祀：“初，愈至潮阳，……‘长数丈，食民畜产且尽，以是民贫。’……投之湫水，咒之曰……”而祭祀的结果：“……咒之夕，有风雷起于湫中。……自是潮人无鳄患。”

《周南・樛木》《周南・桃夭》二诗是贺婚诗。《樛木》：“南有樛木，葛藟累之。……南有樛木，葛藟荒之。……乐只君子，福履成之。”很多学者认为这是古人在婚礼宴席上对新人所唱的祝福歌。

《周南・桃夭》：“桃之夭夭，灼灼其华。之子于归，宜其室家。……之子于归，宜其家人。”用桃花的鲜艳比喻女子青春常在，家族兴旺昌盛。《诗经通论》说：“桃花色最艳，……开千古辞赋咏美人之祖。”

《唐风・绸缪》是祝贺新婚的诗，《管锥编》说：“首章托为女之词，……末章托为男之词，称女‘粲者’……譬之歌曲之‘三章法’：……终以男独唱。”这是婚宴上男女同唱的贺婚歌诗。

还有一些祝颂的诗歌，如《小雅・天保》是臣子祝君主：“天保定尔，以莫不兴。……君曰卜尔，万寿无疆。神之吊矣，诒尔多福。……如月之恒，如日之升，……无不尔或承。”

当出于对异性情感强烈渴望而不得的时候，就自然有了企盼之歌。人们相信通过反复歌吟，自己所爱的人也就会循着歌声来到自己身边。

由此，我们也就能理解《诗经》中为什么每首诗有大量重章复沓的诗句了。正是由于“诗”在人类文明的源头发挥着原始宗教的力量，因此它在后世也因语言文化的神奇功能而被广泛地运用于实际生活中。

这就是《诗经》传播的民族文化心理动因。

（二）政治上“补察其政”的讽谏需要

《毛诗序》说：“风以动之，教以化之。”“故正得失，……先王以是经夫妇，成孝敬，厚人伦，美教化，移风俗。”“吟咏性情，以风其上。”不论当时还是后世，说《诗》、用《诗》，都是因为它有着政治教化的作用，《诗经》由是广泛传播。

汉人说《诗》，常用《诗经》配合政教。《汉书・杜钦传》说：“后妃之制，夭寿治乱存亡之端也。……是以佩玉晏鸣，《关雎》叹之，……天下将蒙化，陵夷成俗也。”王式“以《诗经篇》为谏书”的故事，诉说西汉是如何用“通经致用”传播《诗经》的。《儒林传》：“王式字翁思，……式为昌邑王师。……昌邑王嗣立，以行淫乱废，……式系狱当死，……式对曰：‘臣以《诗经篇》，朝夕授王，……至于危亡失道之君，未尝不流涕为王深陈之也。……归家不教授。’”

《毛诗正义序》总结说：“夫诗者，论功颂德之歌，……六情静于中，百物荡于外，……时当惨黩，亦怨刺形于咏歌。……发诸情性，谐于律吕。……此乃《诗》之为用，其利大矣。”这种总结是有代表性的。孔颖达从纯学术研究的角度来阐述，不但得到了皇帝的认可而行世，也符合《诗经》的本义。

皮锡瑞说西汉今文学家，“以《禹贡》治河，……以《诗经篇》当谏书，治一经得一经之益也”，并说“将欲通经致用，先求大义微言”。政治上的讽谏需要也是《诗经》传播的动因。

（三）《诗经》的内容与用途

《诗经》是当时人们掌握生活知识、技能的百科全书，是进行乐教的“教科书”，是上古时期人们生活、情感的实录。从歌诗性质看，《诗经》是民间的各种实用之辞的实录，包括敬天亲地祭祀宴飨的礼仪之辞、王德教化政治生活之辞、老百姓实用生活之辞、情感之辞，以及对死亡的恐惧之辞、对灵魂的安慰之辞等。

那个时代没有自然科学的概念，人们要掌握自然世界的知识，《诗经》就是最好的课本和唯一的科普读物。例如，《国风》里有对各种生物、星相、山水等的命名。《大雅》中的《棫朴》《旱麓》《假乐》《卷阿》……不一而足。孔子如是说：“小子何莫学夫诗？……迩之事父，……多识于鸟兽草木之名。”

《诗经》是周代社会主流音乐歌诗，从内容和用途看，它包括用于天地山川鬼神祭祀用乐的歌诗、用于朝聘宴飨等国家礼仪用乐的歌诗、各级贵族的日常生活用乐的歌诗。《诗经》在现实生活中的实际运用，使其得到了统治者的重视。各类歌词是当时人们生活的各种知识，“诗”未载诸文字之前就在民间代代口耳相传，以那个时代“百科全书”的性质广泛传播。后来，它就成为培养各国主持祭祀礼仪的史官的教科书。

孔子删诗，以《诗经》作为教科书，为各诸侯国培养能够建立和巩固礼乐制度的政治人物。“诵、歌、舞、弦”是现在学校教育中德、智、体、美的滥觞。

“诵、歌、舞、弦”是《诗经》生产的四种形式。先民就是通过这四种方式来运用诗解决自己的实际生活问题。

（四）传播思想、治世的政治需要

《礼记·经解》说：“孔子曰：入其国，……流通知远，《书》教也；广博易良，《乐》教也；……属辞比事，《春秋》教也。……《易》之失贼，《礼》之失烦，《春秋》之失乱。……疏通知远而不诬，则深于《书》者也。……洁静精微而不贼，则深于《易》者也。……则深于《春秋》者也。”

战国末年，在《诗经》被列入“经”，“罢黜百家，独尊儒术”后，《诗经》被列为“五经”之首。

《文心雕龙·宗经》：“‘经’也者，恒久之至道，……极文章之精髓也。”《孝经注》：“经者，不易之称。”

“宗经”“解经”成为历朝历代政治生活中的大事。例如，《礼记·经解》，“其为人也，温柔敦厚”“恭俭庄敬”，人们必须以“六经”进行“诗教”“书教”等。不论做什么，对“六经”的解释、遵从，都显得异常重要。历代对《诗经》进行的解释，成为其后世传播的重要动力。

第三节　《楚辞》的传播

一、《楚辞》的传播动因

（一）屈原的人格品质

屈原，战国时期楚国诗人，他的名字早已深深地烙印在中华民族的历史上。他为人正直、品行高洁，他热爱祖国、忠诚于君主，他有远大的政治理想、百折不挠的斗争精神以及对真理的坚定追求。这些崇高的品格，不仅成了文人学习的榜样，更是中华民族精神的支柱。屈原的政治理想和精神力量，在他的作品《楚辞》中得到了充分展现。屈原用激昂的文字，表达了对祖国的深深眷恋和对政治理想的执着追求。尽管《楚辞》并非儒家经典，但它的重要性等同于“六经”，被一代代传承下来，这便是《楚辞》传播的核心驱动力。

在我国古代文化瑰宝中，司马迁的《史记·屈原贾生列传》、王逸的《楚辞章句》、班固的《离骚赞序》《汉书》等文献，都揭示了汉代人对屈原的高度敬意。屈原是那个时代人们敬仰的楷模。同时，他的作品《楚辞》的讽谏价值也被人们高度重视。例如，王逸《九歌》序曰：“九歌者，屈原之所作也。昔楚南郢之邑，其俗信鬼而好祠，其祠必作乐鼓舞，因为作《九歌》之曲，就之以讽谏也。”班固在《离骚赞序》中称：“屈原痛君之不明，信用群小，国将危亡，忠诚之情，怀不能已，故作《离骚》上陈尧、舜、禹、汤、文王之法，下言羿、浇、桀、纣之失，以风。怀王终不觉悟，信反间之说，西朝于秦。”

汉代人积极传播《楚辞》的原因，可以从多个层面进行解读。他们深刻认识到，《楚辞》所蕴含的深刻的思想教育力量，对于当时的社会具有深远的影响。这部作品不仅是个体修身养性的典范，更是国家政治讽谏的重要工具。在个体层面，屈原的高尚人格和《楚辞》闪耀的思想光辉，对人们的道德修养和精神成长具有引领作用。在国家层面，《楚辞》的政治讽谏功能则体现在对当政者的提醒和警示。该作品所蕴含的深刻政治智慧，能够使统治者从中汲取经验教训，以便更好地治理国家。正如《诗大序》说《诗》“上以风化下，下以风刺上，主文而谲谏，言之者无罪，闻之者足戒，故曰风。至于王道衰，礼义废，政教失，国异政，家殊俗，而变风、变雅作矣。国史明乎得失之迹，伤人伦之废，哀刑政之苛，吟咏情性，以风其上，达于事也；止乎礼义，先王之泽也”。而屈原的高尚人格和正直品质十分符合儒家精神的内涵。在他的身上，我们可以看到儒家所倡导的人格修养的典范，这使得他深受汉代儒学家的尊重和推崇，也使他成为后代文人墨客效仿的楷模。他的作品《离骚》和《楚辞》也因此被赋予了等同于“经”的地位，得以广泛传播。自从《离骚》被选入《文选》以来，它就被誉为“经”。而《楚辞》也因其独特的文学价值，获得了与“经”同等的地位。这使得屈原的作品在古代文学中占据了重要的地位，影响了一代又一代的文人墨客。首位将屈原视为诗人，并对《离骚》给予高度评价的人是司马迁。他因李陵事件而遭受迫害，其忠诚的心意却得不到武帝的理解。更糟糕的是，他的朋友纷纷离他而去，甚至有人对他落井下石。这样的遭遇与屈原极为相似，使得司马迁对屈原产生了深深的同情。司马迁视屈原为自己的知己，也对屈原的作品产生了深厚的感情。屈原的遭遇和作品深深地触动了司马迁的心灵，使他感同身受。“屈平疾王听之的不聪也，谗谄之蔽明也，邪曲之害公也，方正之不容也，故忧愁幽思而作《离骚》。离骚者，犹离忧也。夫天者，人之始也；父母者，人之本也。人穷则反本，故劳苦倦极，未尝不呼天也；疾痛惨怛，未尝不呼父母也。屈平正道直行，竭忠尽雪以事其君，谗人间之，可谓穷矣。信而见疑，忠而见谤，能无怨乎？屈平之作《离骚》，盖自怨生也。”（《史记·屈原贾生列传》）他“所以隐忍苟活，函粪土之中而不辞者，恨私心有所不尽，鄙没世而文采不表于后也”。我们可以这样理解：司马迁之所以忍辱负重，苟且偷生，只为完成那部被誉为“史家之绝唱，无韵之离骚”

的《史记》。在这部作品中，情感的力量如同一股强劲的暗流，贯穿始终，无处不在，字里行间都在寻找知己。正所谓“士为知己者死，女为悦己者容”，在《史记》中，司马迁笔下的人物形象各具特色，如《刺客列传》中的荆轲、《李将军列传》里的李广、《项羽本纪》中的项羽与虞姬、《管晏列传》里的晏婴及其车夫等，作者在他们身上看到了知己情感力量的熠熠生辉，深深地理解和同情他们，以极大的热情和理解力，描绘了这些人物的生活、命运和内心世界，为他们写下了一段段感人至深的篇章。他们在历史的长河中是永恒的焦点。而在他们的身上也深深地烙印着司马迁自身的情感痕迹。尤其是他笔下的屈原，那个“披发行吟泽畔”、形容憔悴、仰天歌唱的孤独者，实际上就是司马迁自身处境的缩影。屈原的形象是司马迁对自我情感的抒发，也是他对知己的呼唤。司马迁将自己深深的情感融入《史记》中，使得这部作品成为他自己心灵的写照，同时他也成为屈原的第一个知己。

王逸首度系统性阐述了屈原的思想与楚辞精神，基于刘安“推其志也，虽与日月争光可也”及司马迁的评价，王逸进一步构建了刘安、司马迁的理论，使之更为体系化。因此，他奠定了屈原在我国文学史上卓越的地位，使其成为伟大的诗人。屈原的爱国主义精神和高尚品格，坚定不移、独树一帜的节操，以及在逆境中对真理的坚定追求、反抗黑暗统治的斗争精神，被中国文人视为立身标准，影响了后世。

（二）《楚辞》的情感表达

《楚辞》是我国古代一部极具影响力的文学作品，它以屈原等文人为代表，展示了他们自觉地“发愤抒情”和“聊以自救”的心理追求。屈原等人在楚歌楚声的民间文学基础上，以自己的文学才华，将这种普遍的情感化作文字，既表达了个人的愤懑之情，又抒发了民众的共同心声。这种情感的共鸣超越了阶级、地域的界限，成为一种广泛传播的文化现象。

实际上，屈原可被视为“发愤抒情”理论的早期倡导者和实践者。在《九章·惜诵》中，他首次提出了“发愤抒情论”。这一理论的核心就是屈原作品中贯穿的反抗精神以及对国家民生的深厚忧虑。屈原的这种精神体现在他的作品中，如“怨灵格之浩荡”“哀民生之多艰”等篇章，都表达了他对国家民生的关切和对社会现实的反思。而司马迁通过观察历史人物的行为，以史学家独特的眼光和广博的知识，对春秋战国以来具有代表性的历史人物撰写著述的例子进行了总结，认识到他们在面对社会问题时，也选择了用文字来表达自己的思想和情感，以此来影响社会，推动历史进程。他首次明确了“发愤著书”之说，进一步丰富了“发愤抒情”的理论内涵。后世更是进一步对其进行阐述和发展，使之趋于完善，使“发愤著书”这一关于文学创作动因的观点犹如璀璨的明珠，在中国古代文学的浩瀚星空中熠熠生辉。

屈原等人身处“文士多数奇，诗人尤命薄”的环境，面对“理安之世少，离乱之时多”的现实，他们自觉地“发愤抒情”，以“楚辞”为载体，抒发内心的愁苦与愤懑。《楚辞》影响深远，不仅是作者自救的心理慰藉，也触发了许多文人的共鸣，让他们在命运多舛的道路上找到了情感的寄托，是后世文人发泄激昂情绪、满足情感需求的主要途径，是引发人们普遍共鸣的情感触发剂。屈原及其《离骚》等作品，深刻地反映了命运多舛的文人的内心世界，他们的愁苦、愤怒、自救都在《楚辞》中找到了共鸣，“名儒博达之士，著造辞赋，莫不拟则其仪表，祖式其模范，取其要妙，窃其华藻。所谓金相玉质，百世无匹，名垂罔极，永不刊灭者矣”，“后世莫不斟酌其英华，则象其从容”。这也是《楚辞》能够穿越千年依然熠熠生辉的原因。它不仅是中国古代文学的瑰宝，更是中华民族优秀文化的瑰宝。

（三）汉代上层统治者的偏好

《楚辞》的广泛传播始于汉代，那时，最高统治阶层及社会上层均为楚人。例如，汉高祖创作了《大风歌》和《郊祀歌》，汉武帝则创作了《秋风》和《瓠子歌》等楚声作品。据记载，汉初的几位皇帝均有征召天下擅长楚辞的作者的举措。

尤其是在汉武帝时期，汉武帝对文艺的热爱以及对《楚辞》的情有独钟，使得有关屈原的作品从民间被大量集中到宫廷。这标志着以楚声楚歌为代表的《楚辞》开始逐渐成为当时社会的主流文化。在这种背景下，以淮南王刘安为代表的楚人，主动承担起整理和传播《楚辞》的重任。据史书记载，刘安将其整理的《楚辞》献给汉武帝，获得了汉武帝的欢心并因此得到了奖赏。作为楚人的刘安，他对楚声的《楚辞》有着深厚的感情是不言而喻的。然而，他的野心远不止于此。

他深知，只有潜心整理《楚辞》，才能在汉武帝面前掩饰自己的政治阴谋和野心。刘安有着敏锐的政治触觉，他深知自己在武帝心中的地位已经逐渐被削弱，于是，他巧妙地利用整理《楚辞》这一任务转移汉武帝的注意力。他在整理《楚辞》的过程中，巧妙地将自己的政治忧虑融入其中，以期通过这种方式，传达自己内心的政治理念。我们可以认为，他在深感失意之际，通过对屈原及其作品产生情感共鸣，着手整理《楚辞》。汉武帝对刘安整理《楚辞》的欣喜，亦为政治需求使然，双方心知肚明，却不言而喻。无论如何，《楚辞》获得了最高统治者的青睐（无论真实喜好，抑或刻意表现），这是其传播的政治推动力。

二、《楚辞》的传播接受形式

（一）绍骚、拟作接受传播方式

在《楚辞》的传播接受方式中最具代表性的就是绍骚和拟作。这两种传播方式都属于文字传播的范畴，也是当时主流的接受方式。我们要了解的是宫廷对于文学的推广起到了至关重要的作用。皇族成员对辞赋的热衷和欣赏，极大地推动了文学的传播。汉武帝的《秋风辞》就是这一时期的代表作品，它的影响力深远。此外，在宫廷的倡导下，文人士子投身于文学的创作和传播。在这个时期，涌现出一大批杰出的文学家，如贾谊、枚乘、司马相如、王褒、扬雄等人。他们的作品不仅继承了前人的优秀传统，还在此基础上对文学进行了创新和发展，使得汉赋达到了顶峰。

在这里，我们重点介绍一下扬雄。扬雄是在西汉文学史上具有重要地位的文学家，他的作品和观点引发了后世的广泛关注。他的拟骚作品篇章华美，诸如《反离骚》《广骚》《畔牢愁》、诠释屈赋的《天问解》（已亡佚）等，都展现了其卓越的文学才华，是屈原及《楚辞》的接受与传播领域的佼佼者。值得注意的是，扬雄对屈原的看法和评价与同时期的贾谊、司马迁有所不同。他批评屈原未能成为“识时务”的英杰，无法深藏不露。这一观点在后世引起了广泛关注，被东汉时期的班固所继承。班固对屈原的指责进一步引发了“班王（王逸）之争”，也使得屈原及《楚辞》的接受与传播呈现出更为多元化的态势，为后世提供了丰富的启示。

（二）辑作、评论接受传播方式

《楚辞》的传播也离不开辑作与评论，这同样属于文字传播的范畴。在汉代，两位重要人物——司马迁和刘向对屈原及其作品《楚辞》的传播和推广起到了至关重要的作用。司马迁凭借其史官身份和职责，凭借文献资料与实地考察的认知，创作了迄今为止最具权威性的“屈原传记”。正是这部传记，让我们有机会深入了解屈原，还原历史真实。尽管“屈原传记”中存在部分不实之处，但这并不影响太史公为屈原立传的重要性。司马迁研读过屈原的作品，如《渔父》《怀沙》《离骚》《天问》《哀郢》《招魂》等，并在传记中加以引述，因此，《楚辞》在刘向编订前的大致面貌亦被人所知。

司马迁通过其卓越的史学成就，为后世塑造了屈原卓越、崇高的形象，使得屈原及《楚辞》得以广泛传播和接受。司马迁对屈原“悲其志”的敬慕，体现了他对屈原高尚品质的赞誉；司马迁提出的“屈原放逐，乃赋《离骚》”的发愤著书说，揭示了屈原创作《楚辞》的动机；司马迁对屈原“怪屈原如此才子”而不肯离开昏君的惋惜之情，彰显了屈原的忠诚和坚守。这些皆成为世人接纳屈原与《楚辞》的核心立场。

刘向是我国古代著名的文学家和学者，对屈原及其经典作品《楚辞》的传承和推广做出了极为重要的贡献。他的卓越成就使得我们今天能够一窥这笔珍贵的文学财富，领略其独特的魅力。刘向的贡献主要体现在两个方面：一是整理、编辑《楚辞》，二是深入研究屈原的生平和创作。他在前人的基础上，整理、编纂了《楚辞》16 卷，使得这部伟大的文学作品得以完整保存。此外，刘向个人创作赋文 33 篇，其中《九叹》（收录于《楚辞章句》）被誉为典型的拟骚之作，展现了他在文学创作上的高超才华。此外，刘向还与扬雄一样，为屈原的作品《天问》作了注解（现已亡佚）。这种对经典作品的深入研究和传承，体现了刘向对文学事业的热爱和执着。如果没有他的努力，那我们现在所谈论的《楚辞》可能只是一纸空文。

综合以上论述，我们可以看出，自从西汉创立之初，楚地文化便逐渐渗透并繁荣发展。这其中，以屈原为代表人物的《楚辞》作为楚文化精髓的载体，起到了至关重要的作用。它通过绍骚、拟作、辑作、评论等方式被广泛传播，自汉高帝时期开始，一直延续到汉武帝时期，达到了顶峰。而后，随着汉宣帝的喜爱，以及扬雄、刘向等赋家的推动，《楚辞》的传播活动仍然延续不断，贯穿整个汉朝历史。后来，东汉在继承和发展西汉对《楚辞》的接受与传播基础上，呈现出与西汉截然不同的特色。除了频繁涌现的绍骚作品，班王之争也使得人们对屈原和《楚辞》的理解、接纳更为深入，从而使其传播价值和意义愈发丰富。

第四节　“六经”的传播

一、“六经”传播的动力要素

（一）“六经”传播最本质的动因

任何一个社会，都要有与之相适应的政治制度。若没有一个强大的主流思想来统一社会，生活在其中的个体也是痛苦的。这样强大的思想体系需要各种思想的激烈交锋，人们要客观选择某种思想为其主流思想，达到相互融合。春秋战国时期，内道外儒是社会发展的必然选择。作为儒家思想体系载体的“六经”的广泛传播，就自然而然发生了。政治家之所以被称为政治家，是因为政治家必须是一个思想家。他们审时度势，能够在继承和批判前代思想的基础上构建人类思想的伟大体系。

“六经”是那个时代儒家思想的系统代表，更加适合那个群雄争霸的时代，更加有利于社会的发展和百姓生活的需要。“六经”是一种系统的、实用的治世思想，当时很多人对其加以发扬和光大。《庄子·天下》：“《诗》以道志，《书》以道事……《春秋》以道名分。……百家之学时或称而道之。”在儒家看来，一个社会只要人人爱人，就不会有纷乱和战争。要形成这样的思想，就必须以礼乐制度来加强。因此，礼乐制度就成为封建社会巩固尊卑等级制度的工具。几千年来，中国文化就一直维系着孔子创建的礼乐制度，儒家思想成为整个封建中国的统治思想。封建社会不论如何改朝换代，都以儒家之经来巩固其政治秩序和思想阵地，都对儒家经籍进行整理、讲说、传播。

战国时期和汉代的学派是由各个政治派别中的思想家通过发表著作，在意识形态领域内形成的思想文化群体。这些作者既具备开创未来、推动变革的雄心，又有目空一切、舍我其谁的气魄。子书大多是在他们死后由他们的学生、门人根据其言行编辑而成。

“六经”及儒家典籍被转化为历代朝廷的政策法令和人们的伦理准则，成为整个社会的价值观系统。

1. 经书在后世传播过程中数量的变化

由于统治阶级规定“五经”中凡精通一经的儒生可免徭役，因此，读经就成了利禄之途；同时，儒家思想提倡以孝治天下，把《孝经》《论语》列入经书，把《礼》的三种不同本子与《易》《诗》《书》合称为“九经”。唐文宗时，统治阶级于“九经”中添加了《孝经》《论语》《尔雅》。到宋时，理学家朱熹将《中庸》《大学》《论语》《孟子》合为“四书”。可见，“经”并不是一成不变的，是随时代变化而变化的。

2. 经书的注疏和今、古文经两派的形成和争斗

在焚书之前，经书的文本只有一种，人们称之为古文经书。书被焚后，靠儒生的口头传播，人们称之为今文经书。两种本子在内容上肯定有不少出入。今文派传承的是久负盛名的“五经”，其在政治领域已经具备了一定的影响力。而古文经书经过汉代经学家刘歆的编纂校对，也逐渐传播至社会。为了在政治舞台上争得一席之地，古文派倡导皇帝设立古文经书的博士职位，以使他们的学说在社会中得到更广泛的传播。有趣的是，汉儒为了提升自己的地位，争相传抄经书，力求注解符合皇帝的统治意愿与品味，并将经书的理解推广至社会，以形成独具特色的学说。经过一番激烈的斗争和交流，两派相互借鉴学习，使得经书的研究领域达到了空前的繁荣，尤其是马融、郑玄等人将今、古两派的观点融合，形成了后世广为推崇的“郑学”。他们的争论不仅吸引了大批学者关注，也激发了更多人深入研究经书的热情，从而出现了许多传注、疏解一类的经书，有力地推动了学术事业的发展。这种论争恰恰有力地推动了经的传播。我们今天谈论的“六经”作为文学作品，已经涉及整个封建社会上层建筑的方方面面。

3. 汉代经学家的职业大抵为讲学教授

“学成文武艺，货与帝王家”这句话是对经书、子书传播直接动因的最生动且最本质的阐述。当知识与权力相结合，政治地位的提升与文化知识的影响力

密切相关，其影响范围得以扩大。由于从小受经书格物致知思想的滋养，儒生孕育出了“智者乐水，仁者乐山”的审美思维基质。他们只能把自己对自然的认识、生命意义的感悟等价值观寄寓在写山写水的过程中。“天以健为用者，运行不息，……故圣人当法此自然之象而施人事，……无时懈倦。所以因天象以教人事于物象。”古代文学实际上就是社会政治文学化的产品而已。文学研究的学术传统只能是在文本中寻求社会政治的微言大义了。

（二）“六经”传播的直接动力

封建文人读书做官的生存需要是“六经”及儒家典籍传播的直接动力。为了巩固统治的需要，历代的统治者必须培养大量儒家思想文化的传承人。所以，统治者将“六经”作为选拔人才的重要手段。

汉武帝时“独尊儒术”，于太学传习讲解经书。学经读经和传习经文，就成了利禄之途。从唐代开始，科举考试以“六经”及儒家的典籍为必考科目，极大地焕发了青年学子学习儒家经籍、传承儒家思想的热情。

二、“六经”的传播媒介

（一）“六经”文字的传播媒介

上古时期，书写材料匮乏，但最高统治者非常重视记载他们的言论。《汉书·艺文志》说：“古之王者世有史官，……左史记言，……言为《尚书》。”那些记事的文字就是我们今天所说的历史散文，那些记言的文字就是我们今天所说的诸子散文。以记言记事为标准区别经书与子书是不科学的。

最高统治者非常重视关于对他们言论的记载，国家最高的档案资料由史官专职看管。《周礼·天官》：“太宰之职，掌建邦之六典。”郑众说：治典为冢宰之职，……事典为司空之职。可见各主要机构对职责范围内的法则文献是分工掌管的。《周礼·春官》：“小史掌邦国之志。”《周礼》又说：“外史掌书外令，……掌三皇五帝之书。”《周礼》又说：“内史掌书王命，遂贰之。”

孙诒让《周礼正义·春官·小史》说：“此经掌书之官有四：……盖所藏者多当代典章。……外史掌四方之志及三皇五帝之书，……天府掌祖庙之守藏，二官亦并掌藏书。……则不可悉数也。”由此可见，在周朝时，藏书制度已经相对完善了。

在周朝时，老子担任管理藏书之官，负责整理和保护古代的文化遗产，传承先人的智慧。《庄子・天道》:“孔子西藏书于周室，……免而归居，夫子欲藏书，则试往因焉。”

随着社会动荡的加剧，史官不再那么安分守己地专心于一国一君。《史记・太史公自序》说:“司马氏世典周史，……马氏去周适晋。”他们在出亡时，将大批官书也一起带到其他国家。书的所有权就开始变化了。

春秋时期，周王朝衰落，诸侯强大。很多精通学问者一面以授徒为生，一面到处找诸侯游说，去实现其政治理想。这种授徒和游说生活遂成就了文化学术事业的百家争鸣。他们手中珍藏着先王的经典之作，这些宝贵的历史文献成为他们智慧和思想的源泉。他们不仅热衷于传承和发扬先王之道，更致力于探索和研究各种学说，凭借着自己的才华和学识，纷纷著书立说，以求将自己的思考和见解传承下去。在这样的背景下，私人藏书应时而生。民间若能得到某书，都是一种地位身份的象征。传抄经籍和相互赠送成为早期经书传播的媒介。

“六经”及儒家的典籍都是以文字为媒介的，保存在朝廷的专门机构，以政府意志传播。汉代尊经，为了与其他书籍相区别，其所使用的竹简最长。由于统治者依据“六经”及儒家典籍来选拔人才，以更好地统治百姓，因此这些作品在民间被广大的学子广泛传抄。在汉武帝的太学里，太学生往往把自己的书与同学进行交换。书从此开始作为商品进入市场。有钱的人也能有机会不必抄书而得到书籍，经济拮据的穷人子弟也可以随意浏览。王充小的时候曾入学学习《论语》等儒家经典，后一度流落洛阳街头。他就经常到书肆“阅所卖书”，得到了很多学问；回家后吟读古文，潜心著述，成就了 85 篇 20 多万字的《论衡》。

印刷技术成熟后，文字传播媒介成为“六经”及儒家经籍的主要媒介。

（二）“六经”与儒家经典的传播媒介

汉武帝时“独尊儒术”，设“五经博士”在朝廷讲经，对经书进行了“匡正谬误，修理篇目”的传注和考据，校勘几门学问等，都是“六经”及儒家经籍特殊的传播媒介。

王粲评“郑学”时说:“世称伊、雒以东，……郑氏道备。”张融说:“玄注渊深广博，……未有伟于玄者。”范晔也说:“郑玄经传洽孰，……几奔走天下。”

（三）一种适用于“六经”的传播媒介

这一媒介也就是汉代的搜书、校书活动，秦始皇焚书和秦末战火使先秦书籍几近灭绝。汉惠帝四年（公元前 191 年），统治阶级在全国范围内开展了搜书活动。汉文帝、汉景帝、汉武帝三朝，搜书整理工作的规模进一步扩大，一些人在搜书的基础上开始校书。汉成帝河平三年（公元前 26 年），刘向校经、传、诸子、诗、赋，太史令尹咸校数术。

搜书使遭劫而失却的书重见天日，校书使“六经”及儒家经籍的传播走上了一条正确的道路。

（四）“六经”与儒家经典传入少数民族的传播媒介

这一媒介也就是汉代的和亲政策。西汉文景时，庞大的和亲队伍为中原文化与少数民族文化的交流搭建了桥梁，中原文化元素在与当地民族文化的交流与碰撞中，逐渐融入当地文化，使少数民族地区的文化得到丰富和发展。后来的历代帝王也经常把公主远嫁少数民族地区，同时带去大量的儒家经籍。

第五节　乐府诗的传播

一、从汉乐府诗歌音乐类别了解相应传播媒介

汉代乐府歌诗的音乐分为相和歌和鼓吹铙歌两大类。相和歌以汉民族本土音乐为主，铙歌以异域民族的音乐为主。

（一）相和歌

“和”，古文作“龢”，从“龠”，“禾”声。“龠”本指编管乐器，后来指编管簧乐器。《尔雅·释乐》：“大笙谓之巢，小者谓之和。”后来，人们把谐和、校正音高使之协调合于音高标准，称为“和”；再进一步，则指各种音乐要素（包括音高、音色、时值、节拍、速度等）的相辅相成。“先王之济五味，和五声也……一气，二体，三类，四物，六律，七音，八风，九歌，以相成也；清浊、大小、短长、疾徐，哀乐、刚柔、迟速、高下，出入、周疏，以相济也。”（《左传·昭

公二十一年》）这可以说是对“和”的最好解释。后来，“和”也指人的歌唱与音乐的和谐，人们把配合音乐而歌唱的方式称为“相和”。在汉代文献中，有关“相和”的记载有很多。《史记·刺客列传》：“荆轲嗜酒，日与狗屠及高渐离饮于燕市，酒酣以往，高渐离击筑，荆轲和而歌于市中，相乐也。”《淮南子》：“今夫穷鄙之社也，叩盆拊瓴，相和而歌，自以为乐矣。”《汉书·礼乐志》：“初，高祖既定天下，过沛，与故人父老相乐，醉酒欢哀，作‘风起’之诗，令沛中僮儿百二十人习而歌之。至孝惠时，以沛宫为原庙，皆令歌儿习吹以相和。”

相和歌的前身是在先秦雅乐、楚声和在战国新声的基础上发展而成的新乐。雅乐用于宫廷的祭祀宴飨，有声也有辞。例如，叔孙通为高祖雅乐，还有高祖唐山夫人所作的《房中乐》。《汉书·礼乐志》说：“周有《房中乐》，至秦名曰《寿人》。凡乐，乐其所生，礼不忘本。高祖乐楚声，故《房中歌》楚声也。孝惠二年，使乐府令夏侯宽备其箫管，更名曰《安世乐》。”周代的《房中乐》主要指的是《周南》《召南》等六篇作品，其主要功能应该是王后、夫人等用来侍奉君王或招待四方宾客的。《礼仪·燕礼》说：“若与四方之宾燕……有房中之乐。”郑玄注：“弦歌《周南》《召南》之诗，而不用钟磬之节也。谓之房中者，后夫人之所讽诵，以事其君子。”《礼仪·燕礼》又说：“遂歌乡乐《周南》:《关雎》《葛覃》《卷耳》;《召南》:《鹊巢》《采蘩》《采苹》。”郑玄又注：“《周南》《召南》,《国风》篇也。王后、国君夫人房中之乐歌也。《关雎》言后妃之德,《葛覃》言后妃之职,《卷耳》言后妃之志,《鹊巢》言国君夫人之德,《采蘩》言国君夫人不失职也,《采苹》言卿大夫之妻能修其法度也。……夫妇之道者，生民之本，王政之端。此六篇者，其教之原也。”而唐山夫人的《安世房中歌》十七章，不是周代《房中乐》的“后妃之德”“后妃之志”等，而是在朝廷的礼仪宴飨上，对汉朝统一的歌颂，是对高祖“文治武功”的赞扬。它不是按周代《房中乐》的曲调演唱，而是采用了楚声，更体现了“礼不忘本”的特点。

关于帝王陵庙的舞乐，《汉书·礼乐志》说：“高祖庙奏《武德》《文始》《五行》之舞，孝文庙奏《昭德》《文始》《四时》《五行》之舞。孝武庙奏《盛德》《文始》《四时》《五行》之舞。……舞人无乐者，将至至尊之前不敢以乐也；出用乐者，言舞不失节，能以乐终也。”可见，这些帝王陵庙的舞乐大都有声无辞，或者歌辞失传了。

在西汉，“新声”“新乐”“郑声”“郑卫之音”等俗乐，人们按其来源地域称之为“楚声”“秦声”“赵代之讴”“秦楚之风”等，并且将其融入乐府，与歌诗配合；在东汉时，这些来自各地的俗乐歌诗就不再以地域相称，而是以演唱方式和曲调相称，这就是后人所说的“相和歌辞”“舞曲歌辞”“杂曲歌辞”等。具体分类情况，各个时代还是有很大的差异。现就代表性的说法列举如下：

南朝宋梁时期，沈约《宋书·乐志》的分类是：

相和，包括《江南可采莲》《东光乎》《鸡鸣高树巅》《乌生八九子》《平陵东》五首古辞。

清商三调歌诗：平调，无古辞。清调，有古辞《董逃行》一首。瑟调，有古辞《善哉行》一首。

大曲，包括《东门·东门行》《罗敷·艳歌罗敷行》《西门·西门行》《默默·折杨柳行》《白鹄·艳歌何尝行》《何尝·艳歌何尝行》《为乐·满歌行》《洛阳行·雁门太守行》《白头吟·与〈棹歌〉同调》共九首古辞。

楚调，无古辞。

鞞舞歌诗，有汉《鞞舞歌》五篇:《关东有贤女》《章和二年中》《乐久长》《四方皇》《殿前生桂树》（以上五篇有目无辞）。

铎舞歌诗，有古辞《圣人制礼乐篇》一首，声辞杂写，不可复辨。

拂舞歌诗，有古辞《淮南王篇》一首。

杯盘舞歌诗，无古辞。

巾舞歌诗，有古辞一首，又名《公莫巾舞歌行》。

白纻舞歌诗，无古辞。

鼓吹曲类，有《汉鼓吹铙歌》十八曲。

以上共录汉代古辞四十二首，分属于十一个门类中的八个门类。

郭茂倩的《乐府诗集》把唐前乐府共分为郊庙歌辞、燕射歌辞、鼓吹曲辞、横吹曲辞、相和歌辞、清商曲辞、舞曲歌辞、琴曲歌辞、杂曲歌辞、近代曲辞、杂歌谣辞、新乐府辞十二大类，其中，汉乐府分为郊庙歌辞、鼓吹曲辞、横吹曲辞（有目无辞）、相和歌辞、舞曲歌辞、琴曲歌辞、杂曲歌辞、杂歌谣辞八类。除郊庙歌辞属于雅乐外，其余七类属于俗乐。其中，相和歌辞又被细分为以下七种：

相和曲，《江南》《东光》《薤露》《蒿里》《鸡鸣》《乌生》《平陵东》《陌上桑》。

吟叹曲，《王子乔》。

平调曲，《长歌行》三首（《青青园中葵》《仙人骑白鹿》《岩岩山上亭》）和《君子行》。

清调曲，《豫章行》《董逃行》《相逢行》《长安有狭邪行》。

瑟调曲，《善哉行》《陇西行》《步出夏门行》《折杨柳行》《西门行》《东门行》《饮马长城窟行》《妇病行》《孤儿行》《雁门太守行》《艳歌何尝行》《艳歌行》。

楚调曲，《白头吟》《怨诗行》、汉班婕妤《怨歌行》。

大曲，《满歌行》。

宋人郑樵《通志·乐略》对此的分类为相和歌三十曲、相和歌吟叹四曲、相和歌平调七曲、相和歌清调六曲、相和歌瑟调三十八曲、相和歌楚调十曲、大曲十五曲。

郭茂倩《乐府诗集·相和歌辞》对它们之间的关系辨析说：

《宋书·乐志》曰："相和，汉旧歌也，丝竹更相和，执节者歌。本一部，魏明帝分为二，更递夜宿。本十七曲，朱生、宋识、列和等复合之为十三曲。"其后，晋荀勖又采旧辞施用于世，谓之清商三调歌诗，即沈约所谓"因弦管金石造歌以被之"者也。《唐书·乐志》曰："平调、清调、瑟调，曾周房中曲之遗声，汉世谓之三调。又有楚调、侧调。楚调者，汉房中乐也。高祖乐楚声，故房中乐皆楚声也。侧调者，生于楚调，与前三调总谓之相和调。"《晋书·乐志》曰："凡乐章古辞存者，并汉世街陌讴谣，《江南可采莲》《乌生十五子》《白头吟》之属。"

可见，相和歌辞是汉乐府的基本形式，其他各调都是在此基础上发展而来的。

（二）鼓吹铙歌

鼓吹铙歌是异族音乐影响的横吹歌辞、鼓吹歌辞。

《横吹》之名后起，在汉代统名曰《鼓吹》。郭茂倩《乐府诗集》曰："横吹曲，其始亦谓之鼓吹，马上奏之，盖军中之乐也。北狄诸国，皆马上作乐，故自汉以来，北狄乐总归鼓吹署。其后分为二部，有箫笳者为鼓吹，用之朝会道路，亦以给赐。汉武帝时，南越七郡，皆给鼓吹是也。有鼓角者为横吹，用之军中，马上所奏者是也。"《晋书·乐志》曰："横吹有鼓角，又有胡角。"崔豹《古今注》又说："《横吹》，胡乐也。张博望入西域，传其法于西京，唯得《摩诃兜勒》二曲，李延年因胡曲更造新声二十八解，乘舆以为武乐。后汉以给边将军，和帝时万人将军得用之。"《乐府解题》说："汉横吹曲，二十八解，李延年所造。魏晋已来，唯传十曲：一曰《黄鹄》，二曰《陇头》，三曰《出关》，四曰《入关》，五曰《出塞》，六曰《入塞》，七曰《折杨柳》，八曰《黄覃子》，九曰《赤之扬》，十曰《望行人》。"

鼓吹之名，亦与北方少数民族有关。《汉书·叙传》中记载："始皇之末，班壹避地于楼烦，致马牛羊数千群。值汉初定，与民无禁，当孝惠、高后时，以财雄边，出入弋猎，旌旗鼓吹。"可见，鼓吹之乐，乃是吸收了北方少数民族的音乐而用于游猎队伍的，故郭茂倩说："北狄诸国，皆马上作乐，故自汉以来，北狄乐总归鼓吹署。"也就是说，鼓吹乐是吸收异域音乐之后新创的军中之乐，不仅用于军乐，后来又逐渐被应用到宴飨、食举等各种场合。

鼓吹乐的产生是汉代乐府歌诗生产中的一件大事。从现有资料看，汉代俗乐最主要的是相和乐和鼓吹乐两大类。相和乐源于中国传统音乐，其乐器以丝竹为主；鼓吹乐则以中原之铙、鼓与西域诸国的鸣笳、箫、胡角为主。因此，横吹、鼓吹又被统称为鼓吹铙歌。

现存汉代鼓吹歌辞有十八首，又名为"汉铙歌""汉鼓吹铙歌"。《古今乐录》记载："汉鼓吹铙歌十八曲，字多讹误。一曰《朱鹭》，二曰《思悲翁》，三曰《艾如张》，四曰《上之回》，五曰《拥离》，六曰《战城南》，七曰《巫山高》，八曰《上陵》，九曰《将进酒》，十曰《君马黄》，十一曰《芳树》，十二曰《有所思》，十三曰《雉子班》，十四曰《圣人出》，十五曰《上邪》，十六曰《临高台》，十七曰《远如期》，十八曰《石留》。又有《务成》《玄云》《黄爵》《钓竿》，亦汉曲也。其辞亡。或云：汉铙歌二十一，无《钓竿》，《拥离》亦曰《翁离》。"

晋人陆机有《鼓吹赋》，对鼓吹乐的起源、发展、审美特性等有很生动的记载和描写："原鼓吹之攸始，盖禀命于黄轩。播威灵于兹乐，亮圣器而成文。骋逸气而愤壮，绕烦手乎曲折。舒飘摇以遐洞，卷徘徊其如结。宫备众声，体僚君器。饰声成文，雕音作蔚。响以形分，曲以和缀。放嘉乐于会通，宣万变于触类。适清响以定奏，期要妙于丰杀。邈坩搏之所管，务戛历之为最。及其悲唱流音，怏惶依违，含欢嚼弄，乍数乍稀。音踯躅于唇吻，若将舒而复回。鼓砰砰而轻投，箫嘈嘈而微吟。咏《悲翁》之流思，怨《高台》之难临。顾穹谷以含哀，仰归云而落音。节应气以舒卷，响随风而浮沉。马顿迹而增鸣，士嚬蹙而沾襟。若乃巡郊泽，戏野坰，奏《君马》，咏《城南》，惨《巫山》之遐险，欢《芳树》之可荣。”

陆机生活的西晋距汉代相去不远。陆机笔下的鼓吹乐从审美格调的北方化和典型的民族化可以反映出，汉代鼓吹铙歌，如《战城南》《有所思》《巫山高》《上邪》《思悲翁》等诗作，感情表现或激愤悲壮，或热烈奔放，诗中语言以质直见长而绝少矫揉造作和委婉含蓄之风，与相和乐诸曲如《江南》等，风格截然不同。萧涤非《汉魏六朝乐府》说：“《铙歌》声情，悲壮激烈，实开后世豪放一派。”这不失为对其艺术风格的公允评价。

于是，汉乐府歌诗的传播媒介应该是以上述两种乐舞为主体的歌舞乐演唱的音乐。音乐媒介是汉乐府歌诗的灵魂，歌诗的语言表现是服从于音乐性质的，即配乐。因此，歌辞的长短、语言等都是由音乐决定的。也就是说，汉乐府歌诗对于音乐表演方式的重视胜过了对语言的重视。歌舞艺人只要对乐调熟悉，就可以按照固定的乐调即兴演唱，并随口加入一些套语，使表演的歌诗符合乐调，符合受众的欣赏习惯。例如，当时人们的习惯套语有：《相逢行》的结尾“丈夫且安坐，调丝方未央”，《长安有狭斜行》中的“丈夫且徐徐，调弦讵未央”等，套用的祝颂语有《艳歌何尝行·飞来双白鹄》中的“今日乐相乐，延年万岁期”，《白头吟》中的“今日相对乐，延年万岁期”，《古歌·上金殿》中的“今日乐相乐，延年寿千霜”，《古诗·四坐且莫喧》在开头也说“四坐且莫喧，愿听歌一言”等。

二、从汉乐府诗歌常用表演方法了解传播方式和路径

汉乐府歌诗是诗、乐、舞三位一体的表演艺术，于是，其歌唱表演就成为我们研究其传播方式、途径的主要对象。赵敏俐认为，由于两汉乐府歌诗有郊庙祭祀、宫廷贵族娱乐及大众娱乐等不同的生产目的，因此它的表演方式、途径就有郊庙祭祀表演、宫廷贵族娱乐表演和大众娱乐表演等类别。

表演不论是娱神还是娱人，客观上都具有观赏价值和审美愉悦价值。换句话说，为了达到更好的娱乐和观赏效果，汉乐府歌诗演唱自然非常注重表演艺术，在诗、乐、舞相结合上下功夫。从目前考古的文物实证和现有的文献记载出发，学术界一般认为汉代的歌舞娱乐表演有三种：一是单人的独弹独唱；二是一人主唱，其他人或伴乐或伴唱；三是歌舞伴唱。其表演场合也有三种：厅堂、殿庭、

广场。汉乐府歌诗也属于这种表演。前人对此论述考证详备矣，这里主要通过对相和歌演唱形式的描述，说明汉代乐府歌诗的传播方式和途径。

关于相和歌的演唱形式，逯钦立《“相和歌”曲调考》概括得很精彩。他认为相和歌有三种演唱方式：一是以歌和歌，二是以击打乐器相和，三是单用管乐器相和或单用弦乐相和。其中，不同的曲调，所配的乐器也不同。例如，《平调曲》“其器有笙、笛、节歌、琴、瑟、琵琶、筝七种”，而《清调曲》所配的乐器则有笙、笛、篪、节、瑟、琴、筝、琵琶八种。赵敏俐《中国古代歌诗研究》在分析文献的基础上，将相和歌演唱的情况概括为以下内容：

首先，诸调的演奏至少要有七种以上的乐器，其演唱至少要由“弄”“歌弦”“弦”“歌”“送歌弦”等几部分组成。大曲还有艳、趋、乱，以至最后的“黄老弹独出舞”，可见这已经不是简单的民间演唱，而是一种相当高级的音乐组合演唱形式。其次，相和诸调中一首歌曲的演奏顺序，大抵已形成基本固定的程式：开场之前，先是弄，以笛为主，有下声弄、高弄、游弄之分。然后是丝竹乐器合奏的弦，有一种、四种、五种、六种、七种之分，各称为一部弦、五部弦或七部弦等。接下来则开始有乐人上场歌唱，其执节面歌，同时也有弦乐伴奏，此被称为“歌弦”，以区别于单纯的“弦”。最后则是音乐的结尾，又被称为“送歌弦”，是一段丝竹乐器合奏，一曲演奏完毕。若大曲，还要比这更复杂些。[①]

对于鼓吹铙歌的演唱，文献记载不详。但可以肯定的是，它以中原地区的铙、鼓为主，与北方和西域少数民族的乐器，如鸣笳、箫、胡角等相结合，具有粗犷、豪放、悲壮等特色。其表演方式应该与相和歌没有什么太大的差别。因为，现存《鼓吹铙歌十八曲》在汉代属于俗乐，后来逐渐演化发展成了雅乐。雅乐中的一种是国家用于宗庙祭祀、朝会宴飨等场合的，适应宗教或某种特殊的政治活动需求的专门歌舞音乐；另一种则是经过长期的探索而形成的相对高雅的艺术典范，是一个民族或时代艺术发展的最高形式。而俗乐就是和那些高雅的艺术典范相比而带有更强的世俗观赏性质。因此，二者的区别并不是绝对固定的。对那个时代社会各个阶层的人来说，尽管因应用的目的不同有雅俗之分，但乐府歌诗的演唱表演方式大致是一样的。

由此，我们说汉乐府歌诗以载歌载舞的娱神娱人的歌舞乐演唱表演为媒介，

① 赵敏俐．中国古代歌诗研究 [M]. 北京：北京大学出版社，2005.

以满足国家礼仪制度所实施的政治目的、祭祀宗庙的宗教目的、朝会宴飨的娱乐目的为动因，不仅通过乐府机构的行政权力代表国家意志使其传播，而且，它以汉代社会的集体无意识成为老百姓生活的有机组成部分，成为一种自觉的社会行为。于是，汉乐府歌诗的演唱表演就是汉代百姓的一种生活。因此，它的传播方式和途径就是生活化了的。也正因为如此，汉代乐府歌诗的传播特别具有生命力，传播范围也更广泛。

第四章 古代文学的审美研究

本章主要包括五个方面的内容，分别是古代文学审美的演变、古代文学审美形态及其发展、古代文学审美价值与审美特征、古代文学审美的主体意识与审美理想、古代文学在当代的美学价值。

第一节　古代文学审美的演变

中国文化博大精深，源远流长，尤其是至今仍然影响广泛的儒家经典，更是涵盖了中国文化的方方面面。古代中国人习惯服从于单一的群体结构，他们在任何情况下都能迅速找准自己的位置，并且做出符合自己身份的举动。同时，古代中国人根深蒂固的集体意识还表现为一系列伦理观念，其中最基本的有两个概念，这两个概念联系密切，不可分割，也就是我们常说的内在的“德”和外在的“礼”。“德”和“礼”属于中国的第一批汉字，“德”字的本义表示一种“适人适己”的社会关系。它涉及一种内在与外在的适宜性，是人与已适宜事物的统一，是人的一种超越，具有神圣性。与“德”相似的是，“礼”也可体现人与人之间的社会关系。“德”强调的是共时性，指同一时期、同一历史发展阶段人们遵守的道德，而“礼”注重的是历时性。在“德”成为人们所遵守的伦理道德时，它被看重为人的内在修养，而“礼”就成为法则，是人的外在行为准则，二者在中国古代封建社会都起着教育作用。“德”成为“礼”的目的，“礼”成为“德”的手段。随着社会的发展，“德”和“礼”在孔子的伦理哲学中得到了深化和系统化发展。于是，孔子创立的儒家思想成为地地道道的中国传统文化，在几千年的封建统治中得到了人们的捍卫和保护。儒家思想的政治色彩浓厚，主张修身齐家治国平天下，中国的知识分子开始感受到“先天下之忧而忧，后天下之乐而乐”的忧患思想。

群体的责任与担当是中华民族整体的社会心理。儒家思想高度重视“乐”，儒家音乐文化的特点是为政治伦理服务。因此，中国的音乐艺术也带有鲜明的实用性和理性色彩。人的审美和艺术并不以表现个人的天赋或灵感为主要目的，而是自觉地作为修身养性、砥砺品格的手段。这种表面上的宁静平和，掩盖了封建制度的“吃人”本质，消除了人灵魂深处的痛苦和恐惧，形成了中国宗法政治伦理极力维护的社会精神氛围。忧患意识和乐感意识在道家思想中也非常明显，尤其是在庄子的思想中，但儒道之间的结构关系不同，在庄子看来，他的最终目标不再是追求社会的德治和礼治，而是向往音乐作为心灵自由感的“乐趣”。庄子所关注的不是礼法遭到了破坏，而是通过这些虚伪的礼法摧毁和限制人的自然本性。道家在启蒙初期对自由自然状态的不切实际的向往，是他们在严酷的现实面前消极退缩的原因，他们在主观幻想和自我满足的自由徜徉中寻求精神慰藉。道家的忧患意识似乎源于精神理想的自由与现实生活的束缚之间的矛盾。从某种意义上说，道家的思想自由是中国文学和美学发展的另一种方式，可为人们提供一种与传统思维方式迥异、与儒家思想对立的思维方式。在这两种思维方式的指导下，中国古代美学不断进步和发展，由外而内、由内而外地发挥修身养性的功能。

一、古代人的审美意识

古代中国人的审美心理包括两个层面。第一个层面是政治和宗教态度。美学都是通过艺术让人们明白做人的道理，起到道德教化的作用，就连魏晋时期“为艺术而艺术”的标杆人物嵇康也承认音乐的社会作用。松树高洁，梅树孤傲，菊花象征傲骨，兰花和竹子体现脱俗，中国人的审美意识涵盖了所有层面，这是欣赏艺术作品和审美对象的第一个层面。第二个层面是冷静观察的态度。持有这种审美态度的通常是少数学者、艺术家和鉴赏家，他们代表着传统审美意识的主流和最高水平。

二、古代美学与文学的审美演变

无论是孟子的“吾善养吾浩然之气”，还是庄子的“用志不分乃凝于神”，都可以追溯到中国美学的萌芽时期。古代中国人早就明白，语言因其确定性和规定性，不可能完全穷尽一切意义，尤其是隐秘、微妙、复杂的精神内容，因为“言不尽意”。因此，中国美学始终提倡用具体、生动的感性形象来象征丰富而抽象的精神内涵。换言之，中国哲学强调“立象以尽意”的认知方法，而中国艺术也践行着“赋比兴”的美学原则，因为情感的传递要通过形象来完成，而形象是一种“人心营构之象”。形象的建构也是艺术心理学的一个重要主题，即“神思”，这是一种超越感知对象的心理活动。

正如古人所说的“文之思也，其神远矣”，文学家或者是具有自由想象力的艺术家，能将表象和伦理情感融为一体。意象是表现形式和伦理情感的综合体，其审美价值在于形象的融合和情感的统一。然而，随着文学审美的进化发展，文人意识到“言”与“象”并不能穷尽自己想要表达的“情”与“意”，后者只能通过直觉和想象来理解。“韵外之旨”“味外之旨”是文人和艺术家通过自身的联想、想象和理解所创造出来的新的领悟。新创造的形象不是特定的思想或图画，而是一种无法形容但十分动人的感觉、情趣、氛围和韵味，无法用语言来表达。由于人的气质、性情、阅历、文化乃至其当时所处的环境和每个阶段的心境各不相同，上述感觉、情趣、意境和韵味也各不相同，是因人而异的，并不具有确定性。在“吟咏性情”这一传统观念的基础上，古代严羽以魏晋玄学的言意之辨和禅宗顿悟的哲学方法论为基础，得出了“诗道唯在妙悟”的结论，即艺术是妙悟之美。中国美学与文学一样，逐渐独立于政治之外，越来越注重对人类精神的启示。总之，中国美学、文学的发展与中国古代文学艺术的发展息息相关，文人们在不断发展中变化创新，以中国古代审美意识为基本同义，追求文艺主流趋同的常态化，在此过程中，避免不了对外来文化的推陈出新和吸收，从而不断丰富中国文人的审美观念，拓宽中国人的审美视野，从而提高中国文人的审美意识和审美情趣，改善中国古人的审美态度。

第二节　古代文学审美形态及其发展

一、古代文学审美形态认知

中国的审美形态问题直到2000年以后才出现，当时的美学通俗教科书还没有对中国人特有的审美形式进行分类。事实上，在中国古代文学、诗歌和绘画中，我们可以找到许多关于审美形态的论述，例如，钟嵘的《诗品》、刘勰的《文心雕龙》和司空图的《二十四诗品》等。到了现代，从王国维开始，中国对美学形态的研究不断深化，并呈现出与西方截然不同的特点。王国维在《红楼梦评论》《人间词话》等作品中对审美形态进行了多种分类，如“有我之境”“无我之境”“大境”“小境”“造境”“写境”“隔与不隔”“生气”“高致”“内美”“眩惑”等。审美形态的“理念”“方法”“形式”三者密不可分，具有“群”的特征。这个“群”的系统论包括创造与欣赏论、审美价值论、审美胸怀论和审美风格论等方面，不再是所谓“日源新语”中翻译的“美学词汇”。

在美学领域，周来祥是中国重要的美学形态研究者之一，专门研究西方两种美学形式，即“和谐”与“崇高”之间的“辩证运动”。由于对美学形态的研究有限，2000年以前的美学教科书主要论述西方的悲剧、喜剧、崇高和荒诞，而不涉及中国的美学形式。

在研究中国美学形态之前，我们有必要从一般理论意义上考察一下美学形态的含义。翻阅中外出版的百十本美学教科书和十几本美学词典，我们可以发现关于审美形态的定义众说纷纭，甚至连术语也不统一，如美的形态说。美的形态说内部也有多种表述，如美的类型说、美的范畴说等。

类型说可分为美的类型说和审美类型说。类型说将社会美、自然美、艺术美和形式美定义为美的形态，或将自然美、社会美、艺术美和现实美等最基本的审美类型定义为基本审美形态。

范畴说分为美的范畴说和美学范畴说，混淆了审美范畴和审美形态，以前者取代后者，这显然没有认识到审美形态的自主性。叶朗的大风格说，将审美形式等同于宏大的文化风格，是近年来影响最大的理论。还有朱立元的人生境界说，认为审美形态蕴含着生活的深层意义，是生活领域的体现。一个更直观、更容易被接受的说法是体裁说。正如悲剧是戏剧的一种体裁，喜剧是戏剧的一种体裁，荒诞是戏剧的一种体裁，黑色幽默是小说的一种体裁。因此，审美形态是文学的一种体裁或类型。这种说法对于西方的一些审美形式有一定的依据，但对于中国的审美形式却没有依据。一方面，中国的审美形式与文学体裁或类型无关；另一方面，中国的审美形式也不仅仅属于某些艺术形式。例如，幽默是诗歌的一种审美形式，但它也存在于绘画和园艺中。相反，悲剧、喜剧、黑色幽默和荒诞则只属于同名的体裁或类型。还有其他一些里程碑式的描述。首先，李泽厚在《美学四讲》中将美的形式分为三类：悦耳悦目型、悦心悦意型和悦志悦神型。他强调的是美感，而没有考虑到更新、更有影响的说法中审美对象的形态。其次是“内审美”。内审美是一种脱离外物和情感的美学形式，极具中国古代文化美学的特色。

人们对于美学形态的术语定义和逻辑分类对深化美学形态的研究和美学理论建设，以及逐步提高研究者的理论自觉性和思维能力具有重要意义。然而，在这一过程中也出现了许多模糊的美学分类标准，这表明人们对于美学形态本质的理解还并不深入和完善。如果将审美形态与审美范畴画上等号，将社会、自然、美学的审美范畴视为审美形态，则会使人们缺少对审美形态的科学认识。因此，在这样的情况下，审美形态有了一个一般定义：审美形态是生活的具体形式、生活的领域、审美爱好和凝聚力。随着社会不断发展演变，中国文化逐渐吸引了越来越多人的目光。这一领域的专家、学者们投入了更多的精力来研究审美形态，中国审美形态的具体界定和分类问题也随之出现在人们眼前。

然而，中国的审美形态具有独特之处，因此，我们不能简单地采用西方审美标准和方法来研究中国审美形态，而应遵循一条与众不同的发展原则，特别是需要提升人们对于审美形态理论知识的认识。目前，我国对审美形态问题的探讨还处于起步阶段，在某些方面还有待进一步深入发展。中国审美形态研究的滞后主要源于人们对其理论理解的不充分。在对审美形态进行分析时，人们应该注意到审美形态与其他艺术门类之间存在着巨大差别。如果将审美形态视为审美学的一部分，则很可能产生审美范畴替代审美形态的错误。实际上，范畴作为概念体系的核心，不仅包括审美形态，还涵盖审美形态以外的所有广泛概念。审美形态只是审美范畴的一部分，因此，如果用审美范畴的概念来替代审美形态的概念，就很容易忽略审美形态的具体含义和形态特点。这不仅会导致在审美形态领域内出现诸多误读和误解，而且会影响人们对整个审美形态理论体系的构建与完善。同时，我们必须面对一个事实，那就是研究中国古代的审美模式可能会遇到许多复杂的挑战。一方面，现代学者对中国古代审美观念的理解存在一定的局限性。另一方面，中国古代的审美叙事方式存在的问题，如概念定义、表达手法等，与现代学术研究的标准存在明显的偏差，例如“风骨”这一概念变得难以明确。

在我国古代，尚未形成自觉的审美形态意识。有关审美形态的论述主要集中于对其构成要素——风格的探讨，学者往往以风格替代审美形态，且以个体性情决定风格，其学理性相对较弱。直至南北朝时期，随着人的自觉与文学自觉的出现，刘勰在《文心雕龙·体性》中，将诗文风格划分为八类：“一曰典雅，二曰远奥，三曰精约，四曰显附，五曰繁缛，六曰壮丽，七曰新奇，八曰轻靡。”这八类风格两两相对，形成四组，即典雅与新奇、远奥与显附、精约与繁缛、壮丽与轻靡。在中国古代，那时的人们对于审美形态还没有清晰的认知，没有形成自觉意识，而只是对审美形态中包含的某些要素做了阐述。在以往，人们通常使用不同的风格来代替审美形态，而风格又是由人们的不同性格所决定的。

在此基础上，刘勰对诗文风格的四组八体进行了划分，其依据颇为严谨。例如，“雅与奇反”的原因在于“体式雅郑，鲜有反其习”，“奥与显殊”源于“事义浅深，未闻乖其学”，“繁与约舛”由于“辞理庸俊，莫能翻其才”，“壮与轻乖”源自“风趣刚柔，宁或改其气”。这些依据归根结底源于“吐纳英华，莫非性情”，即风格源于人的性情。这些划分涉及审美形态的风格特征，但在以风格替代形态的过程中，存在同义反复、重复论证的现象，这也反映出其在学理性上的不足，从而会对审美形态的理论研究产生不利影响。

在探讨中国古代审美形态意识的过程中，我们会发现，古代中国并没有像古希腊那样具有自觉的审美形态意识。这种差异可能与中国古代审美形态的来源有关。古希腊的悲剧、喜剧等审美形态本身就是具体的剧种，它们作为一种独立的艺术形式，具有鲜明的特点和自觉的审美意识。相比之下，中国古代的审美形态并非源自文艺种类或体裁，而是强调“风格”这一关键要素。这反映出中国古代文人对文艺内容特点的关注程度超过了对其形式的关注。与古希腊不同，在中国古代的审美形态中，首先是风格，然后才是形式。这种风格并未固定在文艺形式之中，而是具有更强的包容性和广泛性。晚唐时期，司空图的《二十四诗品》所述的二十四种风格，如雄浑、平淡、高远、典雅等，具有超越形式、超越文艺、覆盖所有审美形态的特性。这些风格虽在谈论诗歌，但不止于诗歌，而是涵盖了中国古代文艺的方方面面。这种审美形态意识的表现，进一步说明了中国古代对风格这一关键要素的重视。

此外，我国古代对审美形态的划分主要包括两类：有根据的划分和主观任意的划分。刘勰的划分基于人的性情，而司空图的二十四种诗歌风格则缺乏明确依据。值得注意的是，在司空图所述之风格中，部分并非真正意义上的风格，如“实境”与“精神”等，清代许印芳将其视为“诗家用功”(《二十四诗品跋》)，而非风格形态。这些现象是以风格替代审美形态，或未提供划分标准，或界定模糊，皆源于我国古代审美形态意识不足与理论性薄弱。所以，在探讨中国审美形态的理论建构过程中，我们首先要对审美形态的内涵和外延有一个明确的认识，并确定其划分标准，使其具有学理性，这是至关重要的一步。因为只有这样，中国的审美形态研究才能真正上升到理论的高度，从而在学科意义上形成具有特色的审美形态。

二、古代文学审美形态发展

中国古代文学的美学形式的发展包括三个阶段：潜伏发育阶段、转型爆发阶段、拓展升华阶段。《离骚》产生以前为第一个阶段，即潜伏发育阶段，在这类作品产生之后，那些潜伏于非文学典籍中的“情”“象”“神”等语词才逐渐发展为后来的文学观念。第二个阶段是中国文学的“大爆发”时期，从建安到南朝，绝大多数的美学概念都有了初步的定位，“美文”意识的形成、儒家功利思想的淡化、玄学思想的推动、“清淡”“品藻”风气的盛行、对“六经”的重新挖掘，以及在文学创作和经验方面的进步，使得文学观念得到转型。第三个阶段，从“象”到“意象”到“象外”，从“境”到“意境”再到“化境”，已经上升到了一种艺术哲学的境界，文学观念在道家、佛家、禅宗等美学思想的影响下得到了升华，从唐代到清代，文学观念不断丰富，蕴含着人类所有的精神创造。

（一）潜伏发育阶段审美形态的发展

“美文”与现代的“文学”是两个内涵相似的概念，这个词出现于南朝，在这之前没有具有类似含义的语词；中国的文学理论文章在《毛诗序》出现之前也是不成篇的；直到《离骚》出现，中国才有了第一部抒情、叙事的纯文学作品。因此，中国古代文学的审美在战国晚期之前都属于潜伏发育阶段。这一阶段的文学作品的特征包括：一是有关政治、哲学、历史、伦理道德等的语词只出现于非文学典籍中，直到屈原的《离骚》出现，它们才成为文学观念；二是文人只对“美文”进行功利性和实用性的评价，只将其当作历史文献进行研究，而不是对其审美价值进行自觉接受。前者以《易经》《尚书》《左传》《国语》为源，以《易传》与诸子之书为续。《易经》中与后来文学观念有关的字是“观”、“咸”（感），还有与语言有关的“言有序”（《艮》）。“观”言观礼仪，“观国之光”，“观我生”；“咸”言男女相互吸引、亲热而示“取女吉”；“言有序”即言有条理之义。有了《易经》的启发，战国时期出现的《易传》，由“观”而有“感”，“感”而动“情”，“感”与“情”的关系明确了（“观其所感，而天地万物之情可见矣”）；圣人“立象以尽意”，“象”与“意”的关系也确定了：“言不尽意”“旨远辞文”“精文入神”等，皆借助对《易》之卦象、卦辞的阐释而一一被标举出来。

《尚书》中的《洪范》是周朝初有关治国之策的文献。其“洪范九畴”之二的“敬用五事”、之六的“又用三德”便含有后来文学观念的种子。“五事”即“一曰貌，二曰言，三曰视，四曰听，五曰思”。“言”与“文”相关，“言之无文，行而不远”，“视”与“听”都与审美活动及效果相关；而“思”，后来涉及文学创作的“苦思”“精思”“神思”等无不由此。“三德”即“一曰正直，二曰刚克，三曰柔克。沈潜刚克，高明柔克”，后在《易传》直接将其转化为“阳刚”与“阴柔”两种言及人性、物性的初始话语，距离作为文学“体性”之语尚为遥远。在《左传》与《国语》中，可转化为文学观念的语词就难以尽举，显而易见者如属于创作观念的“赋”，如《左传·隐公元年》的“公人赋”“姜出而赋”，属于接受观念的“断章取义，余取所求”；《襄公二十七年》“郑伯享赵孟垂陇之宴”，赵孟所说“《诗》以盲志”使得“诗言志”这一流传千古的观念得以诞生！

后来被作为评价诗文最基本的审美观念的“文质彬彬”，孔子本来用之描述“君子”的修养与风度。据《国语·晋语》记载，孔子出生前 71 年，晋国一个旅店老板就已言及：“身为情，成于中言，身之文也。言文而发之，合而后行，离则有衅。”他不过是以“情”为“质”“文质”“情质”的潜伏期，不可谓不远矣！

“《诗》三百”有关于创作的观念（如“刺”“大谏”等），围绕《诗》也有大量的接受观念，都没有明确的审美意识。《周礼》中初见的“六诗”说，东汉郑玄还将“赋”“比”“兴”解释为与“今之政教善恶”相关。同样，孔子的“兴”“观”“群”“怨”说，亦针对发挥《诗》的功利效应而言，汉朝经学家解释为“观风俗之盛衰”“群居相切磋”“怨刺上政”；孟子对《诗》接受如“以意逆志”与“知人论世”说及对于《诗》之“怨”所做的解释等，是中国文艺社会学批评之始，而非接受美学。“文学”一词，《论语》云“文学：子游、子夏”，《墨子·非命》云“凡出言谈，由文学之道也”，《荀子·大略》云“人之于文学也，犹玉之琢磨也”等，皆非“美文”之学；而《老子》所谓“信言不美，美言不信”之“美言”，似可与“美文”相通，与现代“文学”观念衔接，但我们必须对“不信”作现代阐释（如“虚构”）方可说得通。从屈原始到建安之前，文学审美观念进入发育期，笔者选择几个重要观念略做考察：

1.“情”

《诗》只言“心”，不言“情”，《论语》《左传》《孟子》《易传》中皆有“情”字，这些作品大多作“真实情况”解，与“伪”相对。《庄子》强调“情”的本义即“真”，开始关涉人的自然性情。荀子将“情”进一步归位到人的生理与心理范畴:“性者，天之就也；情者，性之质也；欲者，情之应也。”又说:“性之好、恶、喜、怒、哀、乐谓之情。”

《正名》《乐记》从音乐角度将“情”的发生与对外界之“感”联系起来，谓“人生而静，天之性也，感于物而动，性之欲也；物至知知，然后好恶形焉”。谈到诗、歌、舞“三者本于心”，说:“是故情深而文明，气盛而化神，和顺积中而英华发外。”(《乐象》)联及诗，且以“文明”而言“情”，已有美感显现。屈原首先将“情”的观念引进诗的领域,《离骚》之“怀朕情而不发兮，余焉能忍而与此终古”;《惜诵》之“惜诵以致愍兮，发愤以抒情”，以诗抒发“中情”或曰“抒情”“陈情”，可见“情”在诗歌中的地位完全被确定了。到了汉代，文人将“情动于中而形于言”写进了《毛诗序》。

2.“象”

《易传》大讲天地万物符号化卦象，圣人“立象以尽意”深入人心;《老子》有“道之为物，惟恍惟惚。惚兮恍兮，其中有象”，“象”的观念涉及对“道”的体悟;《庄子》说“以有形者象无形者而定矣”(《庚桑楚》),“形”与“象”已同时出现;《韩非子》说，“人希见生象也，而得死象之骨，案其图以想其生也。故诸人之所意想者，皆谓之‘象’也”(《解老》)，将“象”义从具象过渡到虚象，已有文学想象的因素。进入汉代，首先是《淮南子》铸成了“形象”一词:“物穆无穷，变无形象。”(《原道训》)进一步明确了在言语与文字状态中，“象”有传导“意”的作用:“物之可以喻意象形者，乃以穿通窘滞，决渎壅塞，引人之意，系之无极。”又说:“假譬取象，异类殊形，以领理人之意。”(《要略》)将《易传》的“立象”从被动变主动，并从符号之象中解脱出来。东汉的王充首出“意象”一词，又有“形象”“意象”区别之说:“形象”是指形似之象，匈奴人以木刻郅都之状,“交弓射之，莫能一中”，不知郅都之精神“在形象”;“意象”是意中之象，“夫画布为熊麋之象”，以动物之威力大小象征人之权位高低，“礼贵意象，示义取名也”(《论衡·乱龙》)。这一时期，“形象”“意象”观念已走到文学理论的大门口。

3.“神”

在《易传》中，“神”已非“鬼神”之义，“阴阴之不测谓之神”，天地万物变化神秘莫测，令人感到奇妙无穷；又说“知儿，其神乎”“神而明之存乎其人”等，那是说认知世界的人更有“神”，于是，人们称之为主体之“神”与客体之“神”的观念被明确。后又经过荀子与庄子进一步强调。荀子说“诚心守仁则形，形则神，神则能化矣”（《不苟》），庄子则更早地在他“养生”理论的基础上建立了“形神”说，“物成生理谓之形，形体保神”（《天地》）。到了汉代，“神”一则向人的主体方面确认主观能动作用之发挥，《淮南子》云：“神与化游，以抚四方。”（《原道训》）“神者，智之渊也。渊清者，智明矣。”（《俶真训》）扬雄将“神”推向了精神创造领域：“或问‘神’，曰心。曰‘潜天而天，潜地而地。天地，神明而不测者也，心之潜也，犹将测之’。人心其神矣乎！操则存，舍则亡。”（《扬子法言》）这与文学艺术创造之道“本于心”已经沟通了。二则向文学艺术的“形神”论演进，《淮南子》提出了“神责于形也”的“神主形从”说，并且率先将“形神”用于音乐与绘画评论，“画西施之面，美而不可悦；规孟贲之目，大而可畏。君形者亡焉”（《说山训》），是晋代顾恺之“传神写照”说之先声。

从公元前 774 年开始，在之后的近千年时间中，众多“本于心”的审美观念基于郑国史伯对“文”作出的“物一无文”的解释而逐渐自觉或不自觉地朝着审美自觉的方向转变，以往只被视为“圣贤书”的文学作品也逐渐显现出审美价值。

（二）转型爆发阶段审美形态的发展

“美文”一词出现于南朝刘宋，《隋书·经籍志》存有“宋太子洗马刘和注《古今五言诗美文》五卷”。钟嵘《诗品》中又有“泰明、太始中，鲍、休美文，殊已动俗”之说，“诗”之外出现“美文”一词，实可包容各种有审美意味的文体，比“有韵者文也”更接近当今“文学”之义，可确定自建安伊始，社会就进入鲁迅所说的“文学的自觉时代”。中国古代文学审美观念的转型爆发阶段历经 400 余年，从建安到六朝，各种时代思潮和政治社会因素推动着文学观念的转型发展以及文学自身的发展，具体的影响因素有以下几点：

1. 儒家功利观的淡化

随着功利观逐渐淡化，审美倾向逐渐凸显。曹丕《典论·论文》首先道出“诗赋若丽”，一个“丽”字发出“文学自觉”的信号；陆机《文赋》中道出“诗缘情而绮靡，赋体物而浏亮”，直言“缘情”与“体物”之美态，改变了汉儒“发乎情”附庸于“礼义”的地位。文学家有了诗赋尚美的自觉，“美文”观念顺理成章地出现了。而到了南朝，“为艺术而艺术”乃至“唯美”的观念更为强烈，冲破了“文学”即“文献典章之学”的古老圈子。萧子显在所撰《南齐书》中立《文学传》，传中10位人物中有“文学”家，也有科学家（祖冲之）。萧子虚作为史家，着眼点还在文化或文人学术，而写在后面的“史臣曰”一段却是非常地道的审美文学论，从“文章者，盖情性之风标，神明之律吕也”到“属文之道，事出神思，感召无象，变化不穷”，此非美文莫属。再到评述“今之文章”：一则“启心闲绎，托辞华旷”，二则“缉事比类，非对不发”，三则“发唱惊挺，操调险急，雕藻淫艳，倾炫心魂”，都有“美文”特征。“情性”是文学的，风标“情”的审美化，成为南朝作家、理论家的共识：沈约首出“文以情变”说，刘勰标举“情文”，萧纲、萧绎以“文章且须放荡”“情灵摇荡”标示情感自由之美。

2. 玄学思潮的推动

玄学界的“言意之辨”为向文学观念转型搭起了便捷的桥梁。《庄子》中的“意之所随者不可以言传”及“得鱼而忘筌”“得兔而忘蹄”，经荀粲演绎为“象外之意，系表之言”。王弼又结合《周易》“立象以尽意”发挥出“忘言得象”“忘象得意”说。玄学家反复论辩的“言”“意”“象”成为陆机《文赋》的理论基点，他从如何克服“意不称物，文不逮意”之难出发，自觉地阐发了“美文”创作之要领，其中“立片言而居要，为一篇之警策”“理扶质以立干，文垂条而结繁”“笼天地于形内，挫万物于笔端”，以及相关论述，使“言”“意”“象”成了真正的文学话语。“言外”“象外”启迪了刘勰，使他提出“义生文外”“以复意为工”的“隐秀”新说；钟嵘则以“文已尽而意有余”，对“兴”做了新的阐释等。

3.“清淡”“品藻”之风的盛行

清淡多见于《世说新语》“李元礼风格秀整，高自标持”，此时，“风格”观念出现了；“旧目韩康伯，将肘无风骨”，“风骨”很快见于《文心雕龙》之专章；“肃肃如松下风”“盛德之风”“风气韵度”，“文风”正式成为一个审美观念；“生气”“骨气”“高情远致”，成为评价作家作品之高标；“清”作为有阳刚之气的观念，衍生出“清远”“清通”“清和”“清畅”等，钟嵘《诗品》以“清”为诗之“文洁而体清”的审美判断偏重之语：评《古诗》“清音独远”，评嵇康“托喻清远”，评刘琨有“清拔之气”，评范云“清便婉转”等。玄学家们提及“美文”时，有“文生于情，情生于文”“神超形越”“掷地要作金石声”等。在当时出现的山水画论中，宗炳的《画山水序》可作代表。“含道应物”与“澄怀味象”概括了儒道两家不同的文艺审美观，前者有“应物不累于物”之玄学意味，有“道”的理念先在地横亘于胸，须寻找一个对应物得以显现（如“仁者乐山，智者乐水”）；后者则言以澄明的心境感应外在事物的投射（如老子的“致虚极，守静笃，万物并作，吾以观复”）。宗炳将二者折中，派生出“应会感神，神超理得”“万趣融其神思”“畅神”等新的话语，为刘勰著专论“神思”、提出“神理”“情理”等新的文学术语奠定了基础。

4. 对“六经”与先秦诸子的再发掘

“气”在春秋时代已经出现，限于言天地间自然之气与人体生理之气。孟子说“吾善养吾浩然之气”与文学无关，《典论 · 论文》首出“文以气为主”，从此演绎出“气象”“气韵”“气质”等一系列与作家作品风格相关的话语。《左传 · 昭公九年》记一位宫廷厨师的话：“味以行气，气以实志，志以定言，言以出令。”这是从营养角度阐述以健康之身治国。《文心雕龙 · 体性》中略加补充而转型：“才力居中，肇自血气；气以实志，志以定言；吐纳英华，莫非情性。”《庄子 · 让王》中“形在江海之上，心存魏阙之下”一语，经《淮南子》改“心存”为“神游”，一变而为“非得一原，孰能至于此哉”的体道之语，到了刘勰笔下，再变成文学想象的“神与物游”，确认为“神思”之论的渊源。刘勰还直接将《易传》的“化而裁之谓之变，推而行之谓之通”“通其变，遂成天下之文”等语，转化为“文律运周，日新其业”的“通变”观，为文学的新变、发展敞开了大道。他与钟嵘又将老子、孔子皆言及的“肉味”“道之出口，淡乎其无味”，转化为“美文”接受的“滋味”说等。

5. 从文学创作与接受经验中提升

自《典论 · 论文》到《颜氏家训 · 文章篇》，大多涉及作家创作动机的发动、创作灵感的发生、谋篇构思的策略、文体操作的要领、练字修辞的技巧，其中又以《文心雕龙》集大成。其《总术》“赞曰：文场笔苑，有术有门。务先大体，鉴必穷源。乘一总万，举要治繁。思无定契，理有恒存”。刘勰所谓的“一”与

“要”，就是提出一些重要观念展开论述，穷究文学之理。《神思》谓“神用象通，情变所孕”，即“意象”在文学领域的定位（此篇中有“窥意象而运斤”语）；《体性》谓“各师成心，其异于面”，将“风格”的内涵从文体特征与作家个性文风两方面加以充实；《风骨》谓“风清骨峻”，是先秦“文质”论的一次飞跃，进而成为一个“生命化名词”。以上都属于文学“大体”的观念建设，其他如《定势》中的“执正以驭奇”、《情采》中的“为情造文”、《比兴》中的“拟容取心”、《隐秀》中的“深文隐蔚，余味曲包”、《时序》中的“时运交移，质文代变”、《知音》中的“披文以人情”等，皆是言简意赅，与文学实绩相应相依。一代代文学创作、鉴赏经验的积累，是理论批评家提炼、建构的宝贵资源。钱锺书先生曾经指出，中国固有的文学批评的一个特点是把文章通盘地人化或生命化。他举清代翁方纲“正式拈出‘肌理’，为我们的批评更添上了一个新颖的生命化名词”。

其实，上述种种新的文学观念，无一不是高度的“生命化”。在此，笔者也要特别指出，《文心雕龙》中的《物色》是中国第一篇审美心理学专论。“物色”，实即“审美”，“物”在《左传》中有“相也”，即观察选择之义。《庄子》“物物者，与物无际”，“物”有动词之用（今之“物色”已成为完整的动词），“色”，古义通于“美”，由此，“物色”实为“观察、审视万物美相”之意。刘勰以“物色之动，心亦摇焉”“物色尽而情有余者，晓会通也”描述文学家的审美心理活动；以“情以物迁”“目既往还，心亦吐纳。情往似赠，兴来如答”表述诗人向审美对象的“移情”。“情迁”说比西方美学家里普斯提出的“移情”观点无多少差异，但早了1400年。如此说来，从曹丕到刘勰再至颜之推，正是“文学的自觉时代”发达的“移情作用”，使大量“生命化名词”即“人化”的文学观念爆发性地出现。

（三）扩展升华阶段审美形态的发展

自唐代以来，中国文学的发展日趋成熟，文学中的诸多重要观念得以更新与拓展，除儒家思想外，道家、禅宗等的思想也在潜移默化地影响着文人的文学创作，使其进行文学创作和审美创造都有了极高的自觉性，文学作品实现了从“形而下”向“形而上”的升华。从诗学观上讲，自唐以后，新的文学思潮不断涌现，以“古文”为代表的散文以及散曲、辞赋、戏曲和小说等文体相继出现，其数目难以统计。唐宋以后，文学观念和文学理论的发展兼具思想性和艺术性，具体分析如下：

第一条是儒家思想路线。唐代的孔颖达等人在他们编撰的系列史书（《隋书》《北齐书》《陈书》《南史》等）所设的《文学传》或《文苑传》里，专论“美文”，以《易传》“观乎人文以化成天下”为纲领，从此，“人文”之“观”转化、落实为文学家承担以审美创造“化成天下”的重大使命，这为《毛诗序》所说的“用之乡人”“用之邦国”、曹丕所说的“经国之大业，不朽之盛事”拓展了无限的空间与时间，于是，文人们作出了“理深者便于时用，文华者宜于咏歌”的“文质彬彬”“尽善尽美”新的阐释，既包容了汉代的政教功利说，也包容了南朝“为艺术而艺术”的“美文”说，使文学走上了一条真正“两结合”之路。由此而及，诗人们对“风骨”观念特别看重，从初唐“四杰”、陈子昂、李白的创作体验，再到殷璠《河岳英灵集》的评述，“风骨”几乎成了诗歌专用的审美观念，“壮而不虚，刚而能润，雕而不碎，按而弥坚”（杨炯），“骨气端翔，音情顿挫，光英朗练，有金石声”（陈子昂），“逸气顿挫，英风激扬，横波遗流，腾薄万古”（李白）等新话语，使“风骨”观念流传至今仍然光彩熠熠。“古文”运动中出现的“文以明道”源出《文心雕龙·原道》之“圣因文以明道”韩愈、柳宗元更明确了以“文”为主体，以“道”为对象，“明”之功在“文”，文学的功能与作用被突显（宋儒的“文以载道”是以“道”为主体，以“文”为工具，从“古文”倒退），使散文从此与诗并立文坛且健康发展。

第二条是道、佛、禅宗思想融合的路线，致力于文学审美观念的净化、强化与升华。释皎然以“重意”，即“文外之旨”，将儒、道、释三家贯通起来：“但见情性，不睹文字，盖诣道之极也。向使此道遵之于儒，则冠六经之首；贵之于道，则居众妙之门；精之于释，则彻空王之奥。”（《诗式》）其实皎然的直接依据是玄学家的“系表之言，象外之意”与当时禅宗所遵奉的“教外别传，不立文字”。

当时的文学界正“贵形似之言”，对此尚未觉悟，倒是被画家谢赫率先领会。《古画品录》中评价张墨、荀勖：“风范气候，极妙参神，但取精灵，遗其骨法。若拘以体物，则未见精粹；若取之象外，方厌膏腴，可谓微妙也。”数百年后，皎然的《诗式》被引入，除“文外之旨”用此意，还有“精思一搜，万象不能藏奇巧”“采奇于象外”“象忘神遇非笔端”等。皎然之后，刘禹锡将“言外”“象外”与诗的意境创造联系起来：“义得而言丧，故微而难能；境生于象外，故精而寡和。”（《董氏武陵集记》）而到了司空图那里，则由“象外之象，景外之景”“超以象外，得其环中”而发明“近而不浮，远而不尽”的“韵外之致”说与“千变万状，不知所以神而自神”的“味外之旨”说。“象外”显然是“精言不能追其极”的“形而上”，超越了尚属“神用象通”的审美意象，继而成为审美意境的灵魂。

“境”或曰“境界”，从物质时空转化为人的心理时空，首见于《淮南子·修务训》言“圣人游心”的“无外之境”，即“逍遥仿佯于尘埃之外，超然独立，卓然离世”的人的精神自由境界，但它很快向艺术领域再度转化。东汉书法家蔡邕论书法“九势”时出现了“妙境”一词（“此名‘九势’，得之虽无师授，亦能妙合古人，须翰墨功多，即造妙境耳”）。后来，顾恺之有“佳境”之说，王僧虔有“能境”之语，到了唐代，张说首次用以评诗：“万象鼓舞，人有名之地；五音繁杂，出无声之境。非穷神体妙，其孰与于此乎！”（《洛州张司马集序》）自东晋以来，“境”“境界”在汉译佛经中已成为一种空灵、静寂的心灵空间的同义语，在玄奘翻译的“唯识宗”典籍中也时有出现，这为后来王昌龄正式提出“诗境”论打下了基础。王昌龄对道家和佛学均有涉猎，他在《诗格》中完成了对“境”的转化，首次提出了“诗有三境”，即“物境”“情境”“意境”。这是对南朝以“形似”为主的“山水诗”与唐朝以“情意”为主的“抒情诗”的认知与概括，既是“诗境”的三种类型，又体现着从低到高的三个层面的审美价值。“情境”“意境”就诗人创作的精神状态而言，“娱乐愁怨”或“张之于意而处于身”，或“亦张之于意而思之于心”，有既在物象之外的审美态势，但尚是表现诗人一时的“情”与“意”，不免有一定的时空维度。这两种境界在殷璠的诗评与权德舆的诗论中被称为“常境”。刘禹锡提出“境生象外”说，于是“境”被推到“精而寡和”的“形而上”的无限时空。

这种境界自言有“道心”的司空图“诗品”（袁枚称其“标妙境”），以“持之匪强，来之无穷”“遇之匪深，即之愈稀”“生气远出，不著死灰”“超超神明，返返冥无”等极言其妙。宋代诗人的确理性较强而诗多“主于理”，他们评诗论诗只用“意境”，直到“以禅喻诗”的严羽出，他不言“境”，但其言“盛唐诸人惟在兴趣，羚羊挂角，无迹可求，故其妙处，透彻玲珑，不可凑泊，如空中之音，相中之色，水中之月，镜中之象，言有尽而意无穷”，可说是对“境生象外”做了一次精彩描述。到了明代，“文必秦汉，诗必盛唐”的审美取向使诗人们对“无迹可求”充满极大兴趣，“后七子”之一的谢榛说：“诗有不立意造句，以兴为主，漫然成篇，此诗人之人化也。”（《四溟诗话》卷一）一个“化”字合于“无迹可求”。胡应麟在《诗薮》中将“化”与“境”连缀，谓杜甫的近体诗“化则神动天随，从心所欲”，因而命名曰“化境”（卷五）。接着，许学夷在《诗源辩体》中将“融化无迹而入于圣”的盛唐李、杜、王、孟等的律诗归入“化境”，其表现是：“领会神情，不仿形迹，故忽然而来，浑然而就，如僚之于丸，秋之于弈，公孙之于剑舞，此方是透彻之悟也。”（卷十七）明末清初，金圣叹将诗境说引入小说评论，从作家“心”与“手”的关系入手，言：“心之所至，手亦至焉者，文章之圣境也。心之所不至，手亦至焉者，文章之神境也。心至所不至，手亦不能至者，文章之化境也。”这样的划分过于粗略，其美感内涵也显得含混，但是，他将“化境”置于“大而化之之谓圣”“圣而不可知之之谓神”的境界之上，可见，这是他心目中的最高审美境界。与他同时的诗论家贺贻孙则对“化境”审美内涵做了精微的表述：“清空一气，搅之不碎，挥之不开，此化境也。”“诗家化境，如风雨驰骤，鬼神出没，满眼空幻，满耳飘忽，突然而来，倏然而去，不得以字句诠，不得迹象求。”这与严羽的“透彻玲珑，不可凑泊”、胡应麟的“神动天随，恍惚呈露”一脉相通，所谓“化”就是化去一切有迹之象，使诗呈现清空灵逸之美。晚清朱庭珍又以佛、禅术语重申诗人“触处会心，贯通融悟”之“化境释家所谓大地山河，无非妙谛，即诗家工候纯熟之界也。此乃化境神工，决不易到，亦决不可不到者”。

第三节　古代文学审美价值与审美特征

一、古代文学审美价值

一切文明都要以人为本，在这个层面上，中国的传统文化最具有人文精神。中国古代文学拥有以“人”为中心的文化传统，蕴含着丰富的人文价值与人生智慧。它对人与社会、自然以及人与人之间的关系进行了深入探讨，是中国人文精神最为直观的表现形式。在全球经济一体化进程日益加快的背景下，中国正处于经济转型的关键时期，我们需要重构中国的人文精神。中国传统文化的人文精神是各种文化思潮和学派思想的集合，是融合了道家、儒家、佛教等众多思想所构成的精神财富。中国的传统文化蕴含着丰厚的人文精神，其不仅存在于中国古代文学作品之中，而且广泛存在于各类中国传统艺术作品之中，是古人留给我们的一笔宝贵精神文化财富，值得我们学习、继承和发扬。

（一）社会民生中的现实维度

古希腊的哲人相信，人类是衡量一切事物的标准。中国文化以人为宇宙万物的中心的观点是一切文学作品创作的基石，是中国古代文学的现实根基。这一观点蕴含的人文精神，使中国古代文学的题材总是以生命价值的实现为中心、以社会生活为中心、以民生为中心。敬德保民、民为邦本的观念在先秦时代就已经存在，儒家学说的“仁政”强调“民为贵，社稷次之，君为轻”的民生主题，反对暴君，主张“发政施仁”，确保百姓生存得到基本的保障。站在小生产者立场上的墨家则以“非乐”为口号，号召统治者关心百姓疾苦，其文学创作也开始注重对社会和民生疾苦的描写。在宋代，“民胞物与”的人文精神逐渐发展起来，中国古代文学也逐渐将人道主义思想作为创作的主要命题。对民生的关怀体现着中国古代文学以人为本的文学传统。《诗经》中《小雅·渐渐之石》《小雅·何草不黄》《王风·君子于役》等，描述了由于战乱，百姓父母失养、兄弟分散、夫妻别离的生活惨状。曹操《薤露行》详细记载了董卓夺政，导致数十万民众的浩劫，就如《蒿里行》诗中所言：“铠甲生虮虱，万姓以死亡，白骨露于野，千里无鸡鸣，生民百遗一，念之断人肠。”另外，许多中国古代文学作品都具有讽刺现实、警示世人的效果，对统治阶层的残酷进行了强烈抨击，有的作品通过揭示民生凋敝的根本原因对统治阶级的腐败、残暴进行讽刺和批判。例如，唐玄宗时期，宦官势力日益壮大，李白通过诗文对这一现象进行了无情的批判和强烈的抨击。元代的公案戏和明清谴责小说的出现，尖锐地讽刺了统治阶级的各种腐败行为，如官官相卫以及其他一些危害民生的事件。在这种文学传统的影响下，中国古代的文人多满怀报国之志，具有博大的胸襟和宽广的胸怀，并通过自己的文学创作展现自身的使命感。但是，历史上有许多文人志士怀着满腔才华与抱负却无人赏识，如李白、杜甫、白居易等人。他们以诗明志，却遭到了统治者的贬谪，于是，他们通过文学创作来表达自己内心的愤懑不平，将心中的苦闷寄托到了山水之间。还有一些文学创作揭露了官场腐败、卖国求荣的丑行，如文天祥的《过零丁洋》、陆游的《病起书怀》、岳飞的《满江红》等，无不表现出诗人忧国忧民的胸襟。

中国古代文学中蕴含的深厚的人文精神对于现代社会也具有重要的指导作用，所以，在当今教育领域广泛开展中国古代文学的研究是非常有必要的，政府相关部门要加大中国传统文化的普及力度，创造以人为本的社会人文环境，不断滋养现代社会人们的精神世界，提高人们的文化素养。

（二）天人合一中的思想维度

中国古代的人们始终秉持天人合一的思想，认为人与天地万物应是和谐相处的。

早在《周易·系辞》中就有“与天地合其德，与日月合其明，与四时合其序，与鬼神合其吉凶”的天地和谐的人文思想，并被先秦诸子从不同的角度进行了继承和发展，最终成为中国传统文化的精髓。儒家在“仁爱”基础上提炼出“超越自然”的人文思想。孟子道：“尽其心者知其性，知其性者则知天矣。”即说用人心体察天心，以人道体现天道，达到以人合天、天道与人德合二为一的思想境界，反映在文艺创作上就是重视道德教育，“经夫妇，成孝敬，厚人伦，美教化，移风俗”，追求个人品格的修养，强调用文学创作抒发人内心的情感，用道德伦理对自身进行约束，这就是我国古代的“诗言志”的文学传统，这与西方的“模仿说”是不同的。“模仿说”提倡的是用文学创作模仿自然，而我国古代的“诗言志”则是对人的思想的表述。

李密的《陈情表》、曹植的《送白马王彪》、韩愈的《祭十二郎文》、元稹的《遣悲怀》、曹雪芹的《红楼梦》，这些都是中国古代文人追求理想与抱负的体现。道教追求的是“天地与我同生，而万物与我为一”的思想，提倡打破礼教的枷锁，尊重自然，追求无拘无束、充满人情味的人生。区别于儒学“天人合一”的思想，道家的这一精神观点强调的是一种空灵飘逸的境界，这种意境之美体现为“无为无不为”的道德理论和“无为而治”的政治智慧。在这一思想的引领下，中国古代文学创作开始重视意境与神韵的营造，文人雅士开始复兴魏晋时期的个人思想，徜徉于优美的山水风光之中，感受天地万物的灵气，体会世间百态，如金谷赋诗和兰亭集会、陶渊明的田园诗和谢灵运的山水诗以及唐代的王孟诗派。苏轼在《水调歌头·中秋》问：“明月几时有？把酒问青天，不知天上宫阙，今夕是何年？”陈子昂在《登幽州台歌》感叹：“前不见古人，后不见来者。念天地之悠悠，独怆然而涕下。”他们对生命短暂的感叹，对人生无常的思索和缅怀，使他们的思想与被封建礼教和道德规范所束缚的儒家思想区分开来。这种追求自由、强调个性化的人文精神与中国传统儒家思想观念共同构成了我国传统文化既强调礼法又注重人文精神的特质。中国古代文学中所蕴含的丰富的人生哲理能够调节人的心灵与精神、抚平人们的心灵创伤、洗涤人们的心灵，使人们树立全新的伦理观念，能为人们提供最简单的生存与生活法则，让人们维持善良的本性。

（三）内在精神中的审美维度

我国的传统审美强调内在美，我国的古代文学创作体现出一种内在情感的变化之美。老子曾言“五色令人目盲，五音令人耳聋，五味令人口爽，驰骋畋猎令人心发狂，难得之货令人行妨”（《老子·第十二章》），这是一种对外部感官审美方式的否定，眼睛所见、耳朵所闻很容易扰乱人的思绪，人必须学会克制，知道自己应该追求什么。孔子对于他的学生颜回的赞扬，最能体现儒家对于内在精神世界的重视和追求人生境界的审美思想。子曰：“贤哉，回也！一箪食，一瓢饮，在陋巷，人不堪其忧，回也不改其乐。贤哉！回也！”（《论语·雍也》）庄子用“心斋”“坐忘”“虚室生白，吉祥止止”（《庄子·人间世》）来表达对内在精神的审美追求。到南北朝时期，内在精神的审美提升为宗炳的“澄怀观道”“澄怀味象”，到宋代时演变成郭熙的“林泉之心”、元朝郝经的“内游”等。这些思想逐渐构建了中华民族内在精神的传统审美观。内在精神的审美观较为注重中和之美，即中国人一贯奉行的中庸之道。孔子曾说：“哀而不伤，乐而不淫。”《礼记·中庸》有云：“喜怒哀乐之未发，谓之中；发而皆中节，谓之和。”这些思想都在告诫人们，喜怒哀乐的情感表达不应太过分，要有所节制，保持和谐的规范。刘勰在《文心雕龙·风骨》中说道：“若风骨乏采，则鸷集翰林，采乏风骨，则雉窜文囿，唯藻耀而高翔，固文笔之鸣凤也。”这体现着互相对立的两个事物之间的相互补充和关联。中国古代诗词中也蕴含着中和之美，如五言、七言诗强调对仗工整、平仄协调，注重整体与部分的和谐统一。古代小说和戏剧也能体现出由中和之美通过节制、对立融合等观念构建出来的内在的精神美学，这都是作者在现实中对自身情感进行调整的结果。如《汉宫秋》里的梦中重逢、《牡丹亭》里的“回魂”、《长生殿》里的团圆、《梁山伯和祝英台》里的双双化蝶等，这些文学作品的“大团圆”

结局也体现着中和之美。在日常生活中，我们要坚持遵守节制、谦和、友善、和谐等传统的伦理准则。

中国古代文学创作中所蕴含的人文精神是培育“和谐”人格的关键所在。中国在建设社会主义和谐社会、加强社会主义精神文明建设、提升国民人文素质方面做出了很大的努力。

我国应加强对优秀传统文化的传播，倡导人们自觉学习中国优秀传统文化，体会中国古代诗词歌赋的内在意境之美，了解中国古代文学创作的审美内涵；利用当今社会飞速发展的计算机技术以及各种传播媒介积极传播中国优秀传统文化，加强人们对中国优秀传统文化的重视，促进中国优秀传统文化的传承与弘扬。

二、古代文学审美特征

（一）诗词形式和独有的韵律

中国历史源远流长，古代诗词闪耀着耀眼的光芒。在中国古代文学创作中，诗词歌赋浩如烟海。诗、词都具有一种整齐的形式和平仄相合的音律之美。中国古代文学的许多创作形式都具有固定的格式和音韵的审美要求，具有一种独特的韵律之美。

从唐诗宋词中，我们可以看出，我国古代文学作品中普遍蕴含着一种抑扬的节律和铿锵的音韵美感。例如，以不同的平仄韵律为基础的近体诗就是中国古代文学创作中一种典型的形式。而这一文体，就其形态而言，具有鲜明的韵律节奏，这是中国古代诗歌独有的一种审美特点。中国古代诗歌的这种独特的音韵之美可营造一种易于抒情的文学创作形式。诗句的平仄节奏能使诗歌呈现出婉转、优美的风格。在诗歌最为繁荣发展的唐朝，不断涌现的诗人以他们风格各异的作品为后世的人们呈现出大唐盛世的壮丽图景。唐代优秀的诗人不胜枚举，众多诗人以其作品的风格分为不同的派别。其中，最为著名的李白，他的作品的风格清新俊逸，他洒脱的性格使其作品具有一种自然、浪漫的美感；唐代初期的陈子昂提倡“骨气端翔，音情顿挫，光英朗练”，他的作品具有俊爽之风；盛唐时期的王维和孟浩然的作品恬静、秀丽，杜甫的作品具有一种悲天悯人之感，能营造出一种令人潸然泪下的沉郁、顿挫之美，王昌龄和崔颢则发扬刚劲爽朗之风，高适和岑参又是另一种风格，其边塞诗具有一种悲壮之美；中唐时期的韩愈和孟郊等人的作品新奇明秀，白居易和元稹的作品强调写实，李商隐的作品风格偏向凄美感伤。

在中国古代文学作品中，不只是诗歌具有音韵节奏之美，同样具有这种韵律之美的还有词、赋、骈文等形式。如果说诗歌是盛唐文学的代表，那么汉代的代表作品形式就是汉赋，汉朝大一统的思想在汉赋中体现得淋漓尽致，此外，还有“究天人之际，通古今之变，成一家之言”的《史记》。在晚唐兴起的词于宋朝得到繁荣发展，宋词将这种音韵之美发挥到了极致。元、明、清时期，戏曲、杂剧等形式也同样具有令人回味无穷的韵味。中国古代文学在内容上受古诗的影响较大，诗歌多用于抒情，单纯叙事的诗歌比较少，后来的中国文学作品也具有这种特点。《诗经》是我国最早的诗歌总集，在众多诗歌之中，我们可以发现，抒情诗要比叙事诗多得多，著名的抒情诗不胜枚举，但比较著名的叙事诗只有《木兰诗》和《孔雀东南飞》。中国古代文学创作的这一特点使得中国古代文学作品具有一种独特之美，中国人喜欢抒情言志的特点也来源于此。“赋诗言志”中的“志”指的就是个人的志向、抱负和思想等，唐代的许多诗人都认同和发扬了这一观点，这既是对“以诗言志”的传统的继承，也是对古代诗歌艺术特点的总结。以诗抒情的现象在元明清时期的戏曲创作方面也有体现，如有“诗剧”之称的《西厢记》《牡丹亭》，其中有许多具有抒情意味的唱词、唱段基本上都是抒情诗的形式。在舞台表演方面，其对于表演空间和时机的运用也充分体现着我国古代文学的写意之美，所谓“三五步，行经千里；面对面，如隔重山”“四个龙套，千军万马；几下更锣，长夜即逝”等。这些戏曲唱词的诗意也体现着我国古代文学之美，是一种中国古代文学审美的模式。

（二）追逐独特的审美风尚

中国古代文学的审美是一种包含着“韵”“味”“气”的中和之美，这种美是多层次的、含蓄的美，可基于历朝历代的文学艺术风格和审美追求而呈现出不同的特点。“韵”即音调，最初更多地被用于音乐中，后来“韵”被引入诗歌，指代诗歌所具有的节奏和音律。在魏晋时期，“韵”是一种美的评价标准，主要用于对人的精神状态和性格特征的刻画和描写，后来又在绘画评价领域得到了应用。“韵”被用于评价文学作品起源于唐朝，到了清代，王士祯又将“韵”在诗歌创作和评价方面的运用进行了丰富，在“神韵”的基础上结合人们的审美经验，使“韵”成为我国诗歌创作的重要影响因素之一。在我国最早的诗集《诗经》之中，有许多诗作都体现着“韵”“味”“气”所构成的和谐中和之美，对我国古代文学创作产生了深远的影响，使我国的古代文学作品具有一种独特的审美特点。“韵”“味”“气”是在我国古代文学创作中得到普遍肯定与应用的审美观念，在中国古代文学史上具有重要意义。

曹丕说：“文以气为主。”庄子说：“通天下一气耳。”（《庄子·知北游》）刘勰《文心雕龙·体性》中说：“气以实志，志以定言。吐纳英华，莫非情性。”陈子昂在《与东方左史虬修竹篇序》中提倡“骨气端翔，音情顿挫，光英朗练，有金石声”。这可以说是一种风格论的认识。皎然在《诗式》中说：“诗有四不：气高而不怒，怒则失于风……诗有四深：气象氤氲，由深于体势……”这可以说是一种鉴赏论对“气”的认识。

第四节　古代文学审美的主体意识与审美理想

一、古代文学审美的主体意识

本节从文本、读者、作者及其所知觉的对象等方面探讨中国古代文学审美的主体意识。文学文本是一种具有想象性、情感性、可感性、社会性的文本。读者主体意识的主要表现是因人变形、自作多情、超越作者。“误读”也是主体意识的一种表现，虽似在同古人开玩笑，但从中也能获得美感。文学创作与审美是太极中的两仪，相依相约，相辅相成，缺一不可。[①]

文学文本指的是诗歌、散文、小说、剧本等形式的文学作品的构成语言体系以及传达作者思想情感的独特语言系统。对文学文本的解读即对一般的文学进行反映和实现的过程、对文学接受和鉴赏活动的深入探究的过程，也是一个对文本加以改变、丰富的过程。

根据美国现代学者艾布拉姆“文学四要素理论”（生活—作家—作品—读者），我们可以把它理解为文学是以作品为中心展开的艺术活动。作家的“文学文本”

① 朱堂锦．古代文学审美的主体意识 [J]. 曲靖师范学院学报，2005（2）：18–23.

再好，如果没有经过读者的欣赏、接受的检验，充其量就只是一个“文学文本”。只有得到广大读者的接受，才能算真正的文学作品。但是，要得到广大读者的接受，这个“文学文本”就必须是从生活中来的，也就是说，必须得是从生活中提炼出来的精华。严格地说，“文学文本”还需要有一个“大众化”的媒介来向接受者传播。因此，从当前文学发展现状的角度来说，艾布拉姆的“文学四要素理论”似乎应该说是“五要素”，应该增加“传播媒介”这一关键要素。因为传播媒介的作用直接决定着作家的“文学文本”是否能够成为广大读者接受的文学作品。

如今，我们提倡“以优秀的作品鼓舞人”，那么，“优秀作品”应该是广大的受众能够接受的作品。广大的受众难以接受的作品不能算是优秀作品，如果“优秀作品”不能让广大的受众接受，那么它就很难说是优秀的作品。因此，这就牵涉一个文学的“传播媒介”的问题。

中国古代文学的审美体系来源主要分为儒家和道家两个派系。儒家思想追求的是秩序之美，因入世而关注现实之美，推崇刚毅的气质；道家思想追求自由逍遥之美，又因佛学东渐与道家融合而追求自我超脱，关注自然之美，崇尚自由清净之美。

儒家思想追求的入世的审美理想与百姓和社会联系紧密，其审美客体与对百姓生活的考察和对社会秩序的关注有机结合，杜甫的“乾坤含疮痍，忧虞何时毕”（《北征》）是一种典型。陶渊明的“久在樊笼里，复得返自然”（《归园田居》）显然又是一种类型。他要求真我复归“唯我”，与“忘我”高度统一。中国古代文学强调对审美的本源进行探索，要调整社会秩序、抚平人们内心的创伤，就要将审美观念与对社会规范遵守与否的价值评判进行结合，以对社会秩序的调整和对无所求境界的追求为出发点。中国古代文学创作中很早就体现出“诗”与“怨”的密切联系。从屈原的发愤以抒情（《九章·抽思》）到司马迁的发愤著书，再到钟嵘强调“诗”和“怨”的密切联系，以至于韩愈的“物不得其平则鸣”和欧阳修的“诗穷而后工”，这一系列观点无不表现出忧患意识是文学美的社会渊源的一个核心。审美之源与“世积乱离，风衰俗怨”（《文心雕龙·时序》）有关，这是一个方面。另一方面，无所求一派的审美意识，它对审美对象的撷取则又显然与此相反。所谓无所求，当然不是绝对一无所求，“这只是指敝屣功名、忘怀得失、不计毁誉。他们徜徉于山水之间，啸傲于幽栖之地”。这是陶渊明悠然一瞥的南山或者是司空图所说的呼吸着冲和之气，与幽独的白鹤展羽齐飞。这种审美意识的本源不是什么戎马关山、风尘鸿洞，而是能反映饶有虚静和冲淡特点的山川灵气。凡水天之朦胧，云岚之隐约，大音希声，淡而若无，从有限中引出无限，于一刹那中包孕永恒。

文学家虽然不将社会和自然作为审美意识的渊源，但其作品在中国古代正统派文学中也具有一定的影响力。本文认为，“道”“社会”“自然”都是审美意识的本源。如果没有人对这个世界进行改造，那么，不管是社会还是自然界，都不可能具有美的特质。只有抓住了社会实践这个机会，我们才能从事物的本质特征出发，抓住它所蕴含的特殊的社会意蕴，从而抓住它的真实本源。这也是从现代的视角来看，中国古代文学的审美本源具有一定局限性的原因所在。如果没有抓住改造世界的社会实践这一机遇，我们就没有其他把握美的根源的方法了。因此，如果没有对古人审美客体的认知意蕴进行研究，而只从表面上对古代文学的审美客体进行探寻，我们就不能清楚地看到古人对美的本体的双重结合。审美客体绝对不是孤立存在的。

对于文学审美主体的认识，古代文人一般从两个角度进行观察。一是从文学美与人品的关系加以分析，二是从文学美与感情的关系加以分析。前者侧重于“言志”，后者侧重于“缘情”。既然要言志，就必须吐其心声，因而首先要注意“修辞立其诚”（《易・乾文言》），并由此而涉及审美主体的审美感受、审美判断、审美创造诸功能。比较有系统的论述似乎莫过于叶燮《原诗》所谈的“才、胆、识、力”了。其他提高审美能力的办法，有孟子的“养气”说、韩愈的“气盛言宜”说、严羽的“别材”说等。既然要缘情，就必然提倡感情的自然流露，从而强调感情的条畅宣泄和对心灵历程的深微探索，以及强调想象、灵感等在艺术中的决定性作用。陆机的“浮藻联翩”说（《文赋》）、司空图的“离形得似”说（《二十四诗品・形容》）、严羽的“妙悟”说、汤显祖的“灵气”说、金圣叹的“别眼”说，这些观点实际上都服务于审美意象思维的深化、作品情感感染力的增强以及审美主体艺术感受的提高。在中国古代文学作品的审美体系中，审美感知是一项重要的审美因素，一方面，它作为审美的中介，源于审美客体；另一方面，它是主体化的客体，也是建构由审美客体转化为审美主体的心灵网络的前提。审美感知反映着中国古代文人雅士的审美鉴赏能力和审美创造能力。

文学作品的审美客体只能通过审美感知发挥的中介作用将审美意象转化为艺术形象，借此来体会作者在文学作品中蕴含的思想，并体会作者的性格和品质。社会和自然是审美的客体，文学作品的作者是审美的主体，审美的主体要意识到审美客体的美感，这样才能将审美客体转化为审美主体。审美主体和审美客体之间的转化是时刻进行的，二者也是同时存在的，要建构中国古代文学作品的审美体系，就要先清楚古人对于审美主体和审美客体之间的关系的界定。古人也十分重视审美感知的中介作用，由于重视构思的虚静和观照的人神，诗的“四义”首先突出“兴观”。严羽主张“妙悟”，王渔洋主张抓住刹那间的感受，郑板桥主张先擎眼中之竹、“胸中之竹”，然后才有手中之竹，这都说明并非只要表现内心而不要把握外物，只要写神而不讲究写形。审美感知中既有“表现”也有“再现当然”，光有“表现”的“象内之象”还不够凝练为卓越的文学美，跻于“象外之象”，才是古典文学美学的最高境界。这就是中国民族审美观的主流。作为中华民族思维模式之一的“中”，恰恰可以说明“中介”问题。其最早表现为“中和之美”，在《文心雕龙》表现为“折中”说。在现代文学作品的审美中，这些古代文学作品所蕴含的审美思想就体现为对审美感知的重视，审美主体与审美客体之间是通过审美感知的中介作用而构成审美表象，审美表象同时具有审美主体和审美客体的特征。通过对审美表象的加工和处理，我们能够将引起审美体验的形象世界和引起人的心灵感悟的事件、事物联系起来，也就是将审美主体和审美客体进行有机结合。从客观方面来看，审美意象的诞生会受到时代和社会的审美倾向的约束，艺术的构思方式也要随之发生改变。从主观上来说，审美意象的形成取决于作者的审美趣味水平的高低以及审美经验积累的程度，作者在进行艺术构思时，其头脑中所进行的记忆和想象活动是审美意象的形成过程。在这一过程中，审美主体、审美客体以及二者的结合体是同时存在的。

二、古代文学审美的理想

中国哲学思想追求的最高境界是“天人合一”，因此，在美学方面，中国哲学思想更注重文学作品的艺术感染力。“美”与“善”的和谐统一和交融是中国哲学思想在美学方面的取向，且二者相比，中国古代哲学思想更注重“善”。孔子在《论语》中，曾经多次提到“善”与“美”，尤其是在《八佾》中记载“子谓《韶》‘尽美矣，又尽善也’，谓《武》‘尽美矣，未尽善也’”这句话是孔子对于音乐的态度，但实际上这句话也反映了孔子的艺术审美观念和思想。孔子对“美”与“善”的概念进行了明确区分，将二者作为不同的审美观念应用于不同的审美维度。在孔子看来，“美”与“善”都是礼乐实现的途径，但是，二者的概念并不是完全相通的，二者既有统一之处，也有不同之处，二者既能共同构成“尽善尽美”的美学思想和审美观念，也是相互独立存在的。

（一）“善”

“善”在《说文解字》中解释为：“吉也，从誩，从羊，此与义美同意。”“善”在《辞源》中有如下含义：美好，与恶相反；亲善、友好；喜好；爱惜；大、多；擅长、善于；改善；揩拭；熟悉。在《论语》中，“善”字共出现了 42 次。其中，“善”可以指好人，如“举善而教不能，则劝”；也可以指善于做某事，如“晏平仲善与人交，久而敬之”（《公冶长篇》）；还可以指好处和优点，如“愿无伐善，无施劳”（《公冶长篇》）。“善”还可以表示好好地去做事，如“善为我辞焉”（《雍也篇》）。“工欲善其事，必先利其器。”（《卫灵公篇》）“善”又可以指善良和善意，如“人之将死，其言也善”（《泰伯篇》）。“善”还能表示完整、全面，或者保全，使完整，如“笃信好学，守死善道”（《泰伯篇》）。

另外，“善”还可表达出一种良好的道德取向的意义，“善”字表达的“好”主要在于内在的好。比如，在“善人，吾不得而见之矣”（《述而篇》）、“子张问善人之道”（《先进篇》）中，善人是一种有操守、德行高的好人。更重要的是，孔子所言的“善”在某些时候能够在某种程度上与“仁”相通。在“子欲善而民善矣”（《颜渊篇》）中，就表达了孔子所提倡的“仁政”思想，这里说统治者要为民众带头向“善”，就是说统治者要忠行于仁道。又如：“知及之，仁能守之，庄以莅之，动之不以礼，未善也。”（《卫灵公篇》）这句话说明“仁”可以维持人的智慧，行动守礼是“善”的前提。可以看出，“仁”“礼”“善”之间在美学方面是存在一定联系的，“善”是“仁”和“礼”的最终结果，“礼”是“仁”的外在体现和形式规范，“仁”是精神上的追求。孔子在对《韶》和《武》的评价上就体现出他对于“善”的评价标准的界定。在他看来，《韶》是歌颂舜的美好品质的音乐，因而它是“尽善”的；《武》描写的是以武征伐天下的场面，在孔子看来它是未“尽善”的。由此可见，孔子重视的是文学作品的道德伦理之美，孔子所说的“善”取决于文学作品中伦理道德的体现、价值取向的体现以及对于大道的追求。孔子推崇仁道，仁道尚文，所以，表现“武”的文学作品就不符合孔子对于“善”的判断标准。“善”与“不善”都取决于孔子的仁道思想所体现的价值判断。

（二）“美”

“美”在《说文》中释为：“美，甘也。从羊，从大。”徐铉等曰：“羊大为美。”李定《甲骨文字集释》：“疑象人饰羊首之形。”在《辞源》中，“美”的含义有：指“甘美”，引申为凡事物美好者皆称美；指“美好”，特指容貌、声色、才德或品质的好；指向“善”的含义，与恶对称；指赞美。在《论语》中，“美”字一共出现了 14 次。

在篇章中，“美”的含义主要有以下几种：首先，“美”代表外观好看、外形美丽。其中，美丽可以指人的形貌美好，如“巧笑倩兮，美目盼兮，素以为绚兮”（《八佾篇》）、“不有祝鮀之佞，而有宋朝之美”（《雍也篇》）；也可以指衣服的华美，如“恶衣服，而致美乎黻冕”（《泰伯篇》）；还可以指建筑好看，堂皇壮美，“不见宗庙之美”（《子张篇》）。其次，“美”又能表达一种内在美，指的是人的品质或者才能优秀、出众，或者是物的质量、成色出类拔萃。比如“如有周公之才之美，使骄且吝，其余不足观也已”（《泰伯篇》），指的是周公才能出众；“有美玉于斯，韫椟而藏诸”（《子罕篇》）中的美玉除了好看，其质地和成色也可谓优秀、出色。再次，“美”也常被用作“美善”的意思，这种情况下的“美”与“善”的意义是十分接近甚至是相通的，表示“恶”的相对一面。比如“君子成人之美，不成人之恶”（《颜渊篇》）中的“美”是好事，与恶相对。孔子还讲“尊五美，屏四恶，斯可以从政矣”（《尧曰篇》），这里的“五美”就是指五种美德，它们是“君子惠而不费，劳而不怨，欲而不贪，泰而不骄，威而不猛”（《尧曰篇》）。这“五美”可以说与儒家“仁、义、礼、智、信”的“五常”是相通的。

“美德”与“善德”是相互联系的，“美”在孔子的仁道观念中指的是一种中和之美，是与“和”“礼”具有密切关联的。在孔子看来，真正的美应是合乎中庸之道和礼乐传统的美，如“礼之用，和为贵。先王之道，斯为美”（《学而篇》）。

在孔子的美学观念中，我们可以看出，孔子对美的评价是以一种同时注重道德伦理和美学价值的审美观为基础的，真正的美既要拥有美的外在形式，又要有美的内在本质，但是，在《八佾篇》中，“子谓《韶》‘尽美矣，又尽善也’，谓《武》‘尽美矣，未尽善也’”这句话又将“美”与“善”这两个概念明确区分开来。孔子对《韶》和《武》的评价将他对美的道德伦理方面的要求弱化，转而关注乐曲给人带来的感官上的享受，虽然在孔子的观念中，“善”和“美”都是乐曲应具有的，但二者在审美层面又有不同的意义。

（三）“善”和“美”间的联系

1.“美”与“善”相和

从远古时代开始说起，“美”最初是用来形容事物的色、味、声，即对人的感官体验进行描述。因此，最初审美的对象单纯是能为人类提供美的感官体验的事物，这时的“美”和“善”是没有相互交融的，但是，随着历史的发展，“美”开始与“善”逐渐混淆。实际上，“美”与“善”一直在某些方面有统一的部分。“美”与“善”在字形上都与“羊”有关，在古代，羊是统治阶级的食物，也是富裕的代表，在满足社会功利的观念基础上，“羊大”就是“美”的、“善”的。此外，还有一种“羊人为美”的观点，传说远古时代的人们在祭祀或进行图腾舞蹈时常常戴着羊脸形象的头饰或面具，这在当时的人们看来是很美的，而一般戴羊面具进行的活动都带有很强的功利色彩，所以，此时的“美”也带有一种功利性。对于“善”，通过对古代文献资料的考察，我们可以看出上述两种“美”的审美观念中都蕴含着“善”，“美”与“善”一直是相互联系、共同出现的，这体现着中国古代审美的“美善同义”的观念。在春秋以及春秋以前，人们说的“美”并不仅是单纯指形式美，从孔子《论语》中“礼之用，和为贵。先王之道，斯为美”（《学而篇》），我们也可以看出，当时人们将“美”与“和”“善”等字联系在一起理解的思路。“美”与“善”的这种统一，可以说就是一种“和”。“和”这一美学范畴包含着浓厚的政治、道德观念。在《论语》中也曾8次出现“和”的概念，如“礼之用，和为贵”（《学而篇》）、“君子和而不同，小人同而不和”（《子路篇》）“和无寡”（《季氏篇》）等。孔子对于审美问题的探讨总是带有一种政治和道德色彩，对于审美主体和审美客体总是以道德进行约束和规范，并且，许多论述都基于礼乐展开。孔子在评论另一部音乐作品时说“郑声淫”（《卫灵公篇》）。孔子评价“淫”是由于“郑声”过于情绪饱满，让人沉醉其中，不符合“和”的审美观，因此，在孔子看来其未“尽善”。

孔子“和”的审美观念是基于仁而建立的，是围绕礼乐形成的。审美和艺术对于人的修身养性有重要的帮助，在追求“仁”的境界的过程中扮演着重要角色。此外，审美与艺术也与政治社会以及民间风俗有很大关联，因此，要实现对“仁”的追求，就要用“仁”的要求来对艺术进行规范，使其发挥积极作用。在孔子看来，“仁”是成人的本性，仁使人成为人。而要追求“仁”，就要向“善”，因为“苟志于仁臭，无恶也”(《里仁篇》)。孔子所言“里仁为美。择不处仁，焉得知”，这就是要求人要居住在仁之中，因为仁是善的，所以这种居住是善的；因为美善合一，所以这种居住是美好的；因为里仁是合于真理的选择，所以这种居住也是智慧的。

2.“美”与“善”独立

孔子具有渊博的学识，不仅在哲学方面颇有建树，在艺术评价方面也有独特的看法和标准。孔子对于音乐的评价有独到的见解，他将“美”与“善”的概念进行了明确的区分。针对孔子对于音乐的评价的相关论述，我们可以对其关于“美”与“善”的评价标准进行简单的划分，即尽善尽美、尽善不尽美和尽美不尽善三种。“美”与“善”在这里是评价中的两种因素，这两种因素是两个审美维度上的审美衡量标准，一部文学作品可能既满足“美”又满足“善”，也可能只满足二者之中的一个。在评价一部文学作品时，这两个标准是各自独立的，“美”是对音乐的旋律、节奏、音色等方面的评价，“善”是对音乐的主题和内涵情感进行的评价，前者关注的是作品的形式，后者关注的是作品的内容。

《韶》《武》是宗庙祭祀中的重要仪式性乐舞，规模宏大、节奏平缓、音色柔和，是古代的两种重要的纪功乐舞，极富感染力与震慑力，它们在孔子看来都是“美”的。其中，《韶》在具有“美”的同时还因为内容中蕴含的道德因素而符合孔子对于“善”的标准。二者因在思想内涵上存在差异，因而它们在“善”的层次上也就有了差异。孔子的“忠君尊王”的政治理念与人道主义思想蕴含了其对“美”与“善”标准的判定。然而，从纯艺术的角度来看，孔子认为这两支乐舞都是具有美感的。但这里所说的美感是基于一种外在的、可以引发感官愉悦的、不带功利色彩的审美观念，所评判的是乐舞的外在之美，更接近于对乐舞实质性的美感的评价。孔子对《韶》《武》的“美”取向十分明确，真正的“美”不是供人享受和满足的低级物质感受，而是一种不受道德和政治约束的、不受道德伦理标准制约的、绝对自由的审美享受。这是一种十分鲜明的观念，它将孔子和儒家弟子们的“美善同意”的观念彻底粉碎了，使“美”成为艺术自身的存在之美，并转向了真正的审美对象。

孔子不只对音乐与舞蹈进行过“美”的评价，对于建筑之美、文学之美和人的外貌之美均有过美的肯定。这些美都是由审美主体用一种不带任何功利色彩的审美形式，并把自己的意识投入审美对象本身来进行审视和欣赏而获得的审美感受。那些让人感觉到愉悦的审美对象所具有的美感在审美体验中所体现的是一种自由独立的艺术形态。孔子并不是最早对“美”的审美价值进行研究与发掘的思想家，在孔子之前，就已经有许多关于“美”的论述。“美”能带给人精神上的愉悦感，能陶冶人的身心，孔子对其的审美价值的肯定是基于一种不具有任何功利性的、超越世俗与道德伦理的审美观念所提出的。孔子的审美思想将“美”与“善”的概念清楚地界定出来，使审美中的“美”与“善”在更高层次实现了和谐统一。孔子及儒家的审美思想观念作为儒家艺术精神的主要体现为我国古代的艺术审美做出了很大贡献。

（四）审美理想的“尽善尽美”

在孔子的审美观念中，“美”与“善”是和谐统一、相互交融的两个美学概念，单纯的“美”或单纯的“善”都不符合孔子“尽善尽美”的艺术境界标准。“尽善尽美”即“美”与“善”的统一，是一种更高层次的审美境界。体现在艺术作品中，“尽善尽美”代表着作品不仅要具有外在的形式美，在内容上也要具有道德伦理精神以及对“善”的美学观念的追求，即道德伦理与审美自觉的共同体现。这种“美中有善，善中有美”的审美境界有利于人们建立兼具道德伦理之美和审美感性之美的精神世界，能够帮助人们正确看待个人与社会、人生价值与审美感受的关系。

在孔子的“仁”道观念中，道德之“美”应凌驾于纯粹的形式之美之上，音乐之美应以“仁”为核心，传递以“礼”为核心的礼乐精神。换言之，“美”不仅仅是感性之美，在“善”与“美”不可兼得的情况下，与其一味追求“尽美”而不顾“尽善”，还不如只做到“尽善”。

在孔子的艺术审美思想中，音乐是一种与生命意义相通的艺术形式，是一种对生命意义的有效展现。正因为如此，孔子才会把音乐之美融入自己的生命之中，在艺术世界里忘我地投入和沉醉，这恐怕并不仅仅是因为音乐本身的形式美所带来的感官享受和满足，更多的可能是因为音乐引发了其在精神上、情感上的强烈共鸣。“尽善尽美”的事物能给人一种情感上的愉悦与心灵层面的享受相结合的“乐”，这一审美体验来源于审美主体在不受任何外界影响的情况下对审美客体进行的深入体验。美的艺术作品能够让人真正体验到内心的快乐，既包含情感层面的快乐，也包括心灵层面的快乐。在孔子看来，这种心灵层面的快乐即一种与大道同在的快乐，具体来说也就是儒家思想中的仁道，体现的是一种仁者之乐。孔子所提倡的“为己”思想有两层含义，一是不断提高自身的思想境界，实现仁的抱负，塑造理想的人格；二是使自身获得快乐，获得美的享受。实现仁的抱负就能获得美的享受和心灵层面的快乐，要实现仁的抱负，就要同时具有高尚的道德品质以及基本的言行举止和外貌仪态方面的文化教养，这些要求即儒家思想中所提出的“文质彬彬”的审美理想的体现。

儒家“文质彬彬”“尽善尽美”的审美理想是由外在美和内在美结合形成的道德之美和艺术之美的同构集合体，“美”与“善”的结合体现着人的精神境界向更高层次的发展。

第五节　古代文学在当代的美学价值

一、古代文学中蕴含的当代价值

（一）教育价值

阅读经典文学对个人来说有着重要的意义，人们通过阅读文学经典可以实现自身修养的综合提升。人们在阅读文学经典的过程中，可以让自己在优秀文化的熏陶下，实现自身价值观念的提升。而且，在这个过程中，人们的思想境界也会得到一定的升华。人们的审美与品位追求会在阅读优秀的古代文学作品中得到最大限度的提升。这样一来，人们的内心世界会变得更加充盈。在阅读古代经典的文学作品的过程中，人们的人格会不断得到构建。人们在阅读优秀古代文学作品的过程中，假如能时刻抱以一种赏析的态度，那么就能使自身的文化精神得到唤醒。在今天，社会的现代化进程不断推进，人们阅读和学习那些闪烁着智慧光芒的古代文学作品，就会使自身的心态得到调整，从而实现将自身的价值追求与古代先贤保持一致。优秀的古代文学作品有着很高的教育价值，如果人们都积极地学习这些作品，那么就能够形成良好的社会风尚。

（二）文化价值

一个民族经过漫长的历史发展形成了独属于这个民族的文学经典，这些文学作品是这个民族所积累的财富。这些文学经典作品体现了这个民族独特的价值观念与精神追求。中华民族对世界的认识与理解都体现在一部又一部经典的古代文学作品之中，也正是这些古代文学作品才使中华民族精神被充分弘扬。中华民族有着五千年的历史，经过数千年的发展，中华民族依然屹立在世界之林，中华优秀传统文化直到今天依然在传承，这就是因为中华传统文化有着显著的优越性。在中国古代文学作品中，中华民族精神被体现得淋漓尽致，这些民族精神所显示出来的艺术魅力是任何事物也无法取代的。

二、古代文学的当代美学价值

古代文学作为人类文化遗产的重要组成部分，具有独特的历史、文化和美学价值。在今天，人们仍然可以从古代文学中汲取营养，凸显其特有的审美和精神内涵。

（一）古诗词在书名中应用的当代美学价值

将古诗中的字词作为书名的现象早在古代就已经出现了，如文天祥就在“臣心一片磁针石，不指南方不肯休”中选取了“指南”作为自己诗集的名称。在当代文学中，很多作品的书名也出自古代诗词，如《山月不知心里事：倾听宋代词人的浅歌低吟》，就选自古代词人温庭筠的《梦江南》。还有一些作者根据李延年的“北方有佳人，绝世而独立。一顾倾人城，再顾倾人国。宁不知倾城与倾国，佳人难再得”制定了书名，如《倾城之恋》。还有很多书名也是选取了这种复古句式，进行意象的再造，进而表达作者的情感。

（二）《文心雕龙·原道》中道的当代美学价值

《文心雕龙》作为一部“笼罩群言”“体大而虑周”的中国古代文学理论著作，近年来深得学术界重视。针对《文心雕龙》的学术研究也逐渐成为一门显学——“龙学”。谭献在其《复堂日记》中评价《文心雕龙》：“并世则《诗品》让能，后来则《史通》失隽；文苑之学，寡二少双。”而《原道》作为这本著作的开篇之目，是文之枢纽，可起到统而论之的重要作用。本文旨在从“道”的内涵和思想渊源入手，把“道”的哲思融入当代文学观念，赋予“道”新的理解和表现形式。

刘勰论述的“道”，从审美的角度挖掘了文的本质。首先，《原道》最后一句指出“辞之所以能鼓动天下者，乃道之文也”，能够与天下人产生共鸣的文章是体现“道”的，他主张作文章要体现“道”，要把明道作为文章写作的根本。其次，刘勰强调“自然之道”，是指文章的写作要遵循自然规律，以自然为原则，哪怕经过人工的雕琢后，也要保持自然。刘勰所强调的“自然”不是那种毫无美感、信笔涂鸦的随性之笔，而是强调创作要出于自然之心，文章要有发乎真情实感的内容，在此基础上加以形式上的修饰。因此，刘勰提出的文学本质论基于当时社会的文坛背景，对于当时文学的发展指出了很有意义的方向，对我们当下文学的发展和美学研究同样意义深远。

（三）论“诗中有画”的当代美学价值

“诗中有画”在中国美学中是一个十分重要的境界，这种境界对于后世的诗歌、绘画创作有着极为重要的影响，古往今来，无数的文人都对其给予了巨大的关注与探讨。在当今时代，“诗中有画”有着十分特别的艺术魅力，为此我们需要对古人的艺术理论进行延续，充分挖掘这个概念在当今的全新价值。

诗与画的结合实际上在背后体现的是情与景的统一。境界就是诗与画充分结合的产物。在当前，我们为了使文学能够有更大的发展，就需要把更多的注意放在文学发展的具体问题上。在探索艺术理论的过程中，只有站在古人的审美思考的脉络上去体会其中的审美意蕴，并且进一步深入地挖掘，才能使我们的人生变得更加充满魅力。

第五章　古代文学的跨学科研究

本章阐述了古代文学的跨学科研究，主要包括四个方面的内容，依次是古代文学观念的教育基础、古代文学研究的跨学科探索、古代文学的教育价值、古代文学研究与比较文学探索。

第一节　古代文学观念的教育基础

中国古代文学观念的发展与中国早期文化主体的变迁相呼应，文学因素的文化教育活动十分丰富。这些发展变化都通过文化主体的变迁而体现出来。没有文学主体，自然就不会有文学活动。文学主体包括文学接受主体。接受是指对文学活动的欣赏。《墨子》曰：“……古有无文者得之矣，……而务在于完坚。”商代继承了“致孝于鬼神”的传统，其政治的特点在于神权与政权的合一。人类在社会早期，对自然充满着畏惧，认为万物有灵。他们想方设法地让这个主宰者高兴。创作主体是宗教祭祀活动的主持者和参与者。

周代统治者将注意力转向世俗政治。《国语·晋语》曰：“古之言王者，……使勿兜，风听胪言于市，辨祆祥于谣，……尽戒之术也。”祭祀用的“诗”，成了“听政”的一种工具。其创作主体是公卿列士，接受主体是天子。

南宋朱熹在《诗集传序》中却说：“吾闻之，凡诗之所谓风者，……各言其情者也。……若夫雅颂之篇，则皆成周之世，……固所以为万世法程而不可易者也。”

因为朱熹之说影响巨大，所以后人多认为《诗经》中的“雅”“颂”是统治阶级所作。朱东润通过考订分析得出结论：其言未可信也。

“国风”中有许多作品确实为贵族所作，如《王风·黍离》的作者为周大夫，《秦·风·权舆》的作者为秦国旧臣等，都有案可查。“国风”和“小雅”的部分诗歌大概是贵族用来发泄胸中情感的。

“国风”出于民间论主要受汉人采诗之说影响。《汉书·艺文志》：“《书》曰：诗言志，……诵其言谓之诗，咏其声谓之歌。……知得失，自考正也。”采诗本是天子职官的工作，创作主体仍然是公卿大夫列士之流。孔子主张“放郑声，远佞人”，《诗》是不可能保留《郑风》和《卫风》的。《毛诗序》：“是以一国之一雅者，正也，言王政之所由废兴也。……以其成功告于神明者也。”“风”诗和“雅”诗都与政治相关，“颂”诗则是庙堂乐诗。

“诗”所注重的只是一种仪式，当它只是祭祀之乐的附庸时，也不会体现什么人文精神。诗从宗教祭祀活动中独立出来，社会有了对于诗的本质的深入认识，

“文学”观念在“诗”的发展演化中慢慢成熟起来。

“诗”从春秋时期开始，在社会生活中有了新的作用。“古者诸侯卿大夫交接邻国，……盖以别贤不肖而观盛衰焉。”“诗”是士大夫共同享用的财产。

从《左传》记载的实例看，诗在国家政治生活中发挥着积极的作用。“诗”变为天子的专利，标志着向世俗文化的转移；“诗”从天子专利变为诸侯卿大夫共享的财产，标志着文化消费成为日常生活的组成部分，促进着文学艺术的发展。

其他文化的生产和消费在春秋中期以前也是如此。例如，在春秋中期多无铭文，在春秋后期出现了有几十字铭文的礼器。商代后期的礼器造型生动，反映了社会生产力显著提高。

西周留传下来的其他文字作品也是由贵族垄断并且为贵族服务的。例如，《周礼》记载的周代礼乐制度，说明它是贵族的行为准则；《周易》在《连山》和《归藏》的基础上发展而来，为贵族服务。

西周贵族对文化和文学的垄断局面与社会文化资源短缺相适应。贵族垄断教育和文化资源的现状随着社会的发展被打破。士人文化在春秋中期迅速发展，私人办学在春秋末期出现。士人文化与平民教育相结合，预示着中国文化来到“轴心时代”。

卡尔·雅斯贝尔斯提出“轴心时代”的概念：在世界范围内出现了最不寻常的历史事迹的时期。

据历史文献与出土文物相互印证，“大学不仅是贵族子弟学习之处，……奏乐之处”，到了春秋中期以后，士人在社会政治生活中的作用越来越重要，社会对他们的文化要求也随之提高。在社会生活中，《诗》《书》被广泛应用，“乐正崇四术，立四教，……冬夏教以《诗》《书》”，私人教育在春秋末期诞生。孔子办学，明确将《诗》《乐》等作为教育基础。

孔子的文学观念成为中国最早明确出现的文学观念。例如，《墨子·非命下》：“今天下之君子之为文学出言谈也，……中实将欲为其国家邑里万民刑政者也。”

士人阶层到了春秋中后期登上历史舞台是与社会发展的变化直接相关的。沈长云、杨善群指出：春秋末期以来，宗族组织纷纷趋于解体。

礼乐文化衰微而道德文化兴起之际，是文学观念的诞生之时。道德文化从礼乐文化脱胎而来，提倡通过个人努力实现人生价值。从一开始，中国文学观念的诞生就是历史舞台上的早期中国知识分子的价值体现。儒家是中国早期知识分子的杰出代表。

第二节　古代文学研究的跨学科探索

一、古代文学和史学关系探索

（一）文学史的双重属性探索

文学史由“文学”与“史”组合而成，有文学与史学的双重属性。

《大英百科全书》中对“历史”的释义：“构成人类往事和行动；对此种往事的记述与研究模式。”《文学史学：世纪之交的回顾与反思》中有如下描述：文学史观的本质是历史观；文学史观应当解决文学观问题；文学史应当是文学与历史的交叉学科，文学史构成现实的层面，文学史构成审美的层面。也有四种不同意见：文学史规律只能体现于历史规律之中；文学史的意义在于展示了一个世界；从个体作家审美创造角度，文学史的二律背反是其独具的特性；历史、文学本身存在着多种二律背反。

文学史这门学科的性质是复杂的，其研究内容属于文学理论的范畴。文学史从整体上说是历史学的一个分支。文学史强调客观描述与主观评价相统一的原则；文学史应从文学原理的认知结构出发建立理论模型；文学史的基本性质还包括它的理论性与实践性。

（二）历代史书的文学性探索

历代史书的文学性受到了史学界的高度关注。《中国通史》重点讨论：“史学和文学”问题，论述了“文”与“史”二者的关系、历程；“历史文学的优良传统”问题，对历代历史文学的经典之作给予了高度评价；“历史表述的基本要求”问题，提出了历史表述的基本要求：确切、凝练和生动。《论刘知几、章学诚关于历史文学的理论》形成了一套完整的历史文学理论，并通过对两人的文学思想理论研究，建立了立体的中国古代历史文学理论体系。

二、古代文学和哲学关系探索

（一）古代文学的哲学精神探索

古代文学的哲学精神研究是对古代作家作品的哲学精神和思想所进行的综合研究。

例如，《走向文学与哲学的跨文化对话》："哲学是民族智慧的眼睛与大脑；文学是民族之感觉与直觉的表现。文学与哲学的关系：哲学指导文学，文学表现哲学。不论是孔子、孟子，还是柏拉图与亚里士多德，对文学都产生了巨大的影响。所谓'文以载道'，就是要求文学以哲学为灵魂且表现哲学。"

进入文学与哲学的关系研究领域，我们就会发现实际情形要更复杂。作为文学、哲学共同之源的神话，可帮助人们寻找学术支点。文学随着文明步伐的迈进走向了世俗、走向了感性，但是，文学、宗教、哲学却从未停止过同构互渗的努力。

近代以来有关古代文学哲学精神的通论性研究力度远远不够，如《文学史中的哲学与文学》论述一个时代的文学总是反映着那个时代的哲学精神。更多的论著集中于一些专题性的综合研究，如哲理诗研究：

许总《中国古代哲理诗的文化内涵与表现形态》、李俊彬《中国古代哲理诗的特点及其诗论》等。

张梅的《论"儒道互补"现象对中国文学的几点影响》探讨了其与中国文学的内在关系。汉代文人也揭示了人生命运比较确定的规律。汉代文学展现的是自谦与自污。

张丰乾的《〈诗经〉与先秦哲学》考察了《诗经》对孔子、思孟学派等先秦思想流派的影响。

其中，一个重要方面是个案性的综合研究。如文学家的哲学思想研究，文学作品的哲学精神研究。前者如蔡靖泉《论屈原的哲学思想》、冷成金《苏轼的哲学观与文艺观》等。《苏轼的哲学观与文艺观》对苏轼的哲学观等方面进行了深入分析。《白居易生存哲学综论》指出白居易的生命哲学是："中人"与"中隐"观；"世间""超世间""出世间"的不即不离等。

另一个重要方面是文学作品哲学精神研究，其中当推《红楼梦》，代表性论著有张兴德《文学的哲学：红楼梦的第三种读法》等。《红楼梦哲学精神》是第一部系统研究《红楼梦》的学术专著，其具体演绎为思凡、悟道、游仙三重模式，有助于人们对《红楼梦》的文本结构等获得更加系统的认识。《红楼梦哲学论纲》提出《红楼梦》具有最深广的精神内涵。它的艺术产生经历了一个“空”的升华。《红楼梦》具有自身的哲学主体特色。

涉及其他经典名著哲学精神的有熊飞《〈水浒传〉主题的哲学反思》等。《〈儒林外史〉里的儒道互补》认为《儒林外史》反映了儒道互补的思想潮流。儒家主张在社会中确立个体的价值，道家主张在超逸社会中确立个体的价值。该小说人物形象地体现了儒道互补协调的中国传统文化的趋势。

（二）古代文学和《周易》关系探索

《周易》是我国传统文化的重要著作。《周易》与古代文学关系的研究在1949年以前就开始了。例如，郭沫若《〈周易〉的时代背景与精神生产》，此后叶华的《古代文学起源新探》等都重点论述了古代文学与诗歌的关系。《周易》的美学研究开始嫁接起《周易》的哲学思想与古代文学的关系。

第一，进行《周易》本身的文学性研究，如王纯庵《〈易传〉与先秦散文》等论文陆续问世，重要论文有谢选骏《〈周易〉与民间文学》、黄玉顺《〈易经〉古歌的发现和开掘》、李炳海《〈诗经〉的比、兴与〈周易〉卦、爻辞的象征》等。另外，出现了一些探讨《周易》文学性的专著，如《〈易经〉古歌考释》对《易经》进行了系统、全面的诠释。《周易》与古代文学关系研究，包括专题性与整体性的研究，如王弋丁《〈文心雕龙〉与〈周易〉关于文学的发生和发展》等。

第二，《周易》与古代文学的整体性研究，以《〈周易〉与中国文学》为代表。内篇涉及《周易》的创造之道、文学思维等；外篇探讨《周易》的思想观念与古代文学之间的关系，涉及《周易》与文学的人文精神、“立象以尽意”和艺术转变等之间的关系。这是《周易》哲学批评在古代文学研究中最突出的著作。作者探讨了《周易》本身的文学精神；还从《周易》的哲学精神出发，研究了《周易》与整个中国古代文学的关系，揭示了中国文学具有源远流长的精神传承。

第三节　古代文学的教育价值

“对于现代教育来说，对学生进行古代文学的教育是十分有必要的，能够促进学生文学素养的提升，同时传承和发扬优秀的传统文化。”[①]

一、传承文化

一代代的教育将中国古代文化传播开来。“传道、授业、解惑”是整个教育的任务。“道”的内容实际就是我们民族的思想和文化。孔子开创的私学把文化典籍当作教科书使用。汉代的文学教育与经学紧密相连，《后汉书・儒林传》：“自光武中年以后……其服儒衣，称先王，游庠序，聚横塾者，……编不下万人。”唐代也是如此，《旧唐书・儒学传上》：“是时四方儒士，……亦遣子弟请入于国学之内。”宋元讲史小说、历史演义小说层出不穷，用文学的手段进行历史的教育。明代林瀚认为小说是正史之补。清代《东周列国志读法》有言“《列国志》与别本小说不同”，这代表了明清时代许多人的思想。

二、树立经典

文学教育通过教材给受教者进行教育，具有一定的权威性。《汉书・匡衡传》：“臣闻六经者，圣人所以统天地之心，……使不悖于其本性者也。故审六艺之指，……此永不易之道也。”《潜夫论・赞学》：“索道于当世者，莫良于典。……欲贤人自勉以入于道。……譬犹巧锤之为规矩准绳以遗后工也。……是故圣人以其心来造经典，……德近于圣矣。”再加上科举考试的文化制度，“四书”“五经”深入人心。经书还影响文学的风格，《文心雕龙・宗经》：“故文能宗经，体六义：……六则文丽而不淫。”“性灵熔匠，……群言之祖。”其夸大了经的作用，但也提出了较有意义的话题。这些经书本身其实具有文学特征，《诗经》文学价值更高。文学教育读本经过不同层次、范围的传播，人们会对它们进行经典化选择。通过杜牧《冬至日寄小侄阿宜诗》，我们能够看出文学家是怎么创作人们心

① 杜思娴．浅谈古代文学教育价值及其教学的生活化 [J]. 科学大众（科学教育），2019（2）：172.

目中的经典："经书括根本，……与古争强梁。"这给文学教育树立了典范。

三、服务现实

古代的文学教育与现实紧密结合。从文学的教育功能来说，移风易俗能达到潜移默化的效果。例如，戏剧将许多历史故事搬上舞台，起到了积极的教育作用。李贽评点《水浒传》是一部张扬"忠义"的好书。闲斋老人在《儒林外史序》中说《儒林外史》"无不可取以自镜"。社会舆论方面，"戏文诲淫""造小说者必有奇祸"之类的言论不绝于耳。

四、塑造人格

古代的文学教育以德育为先。《大学》："大学之道……在止于至善。"明确提出：格物、致知、修身、齐家、平天下。教育目标渗透在文学教育之中。

《世说新语》这样的小说故事集把"德行"放在开篇。明代茅坤在《茅鹿门集》中道："读《游侠传》即欲轻生，……读《李广传》即欲力斗，……读《平原君传》即欲养士。"文学教育就是要使受教育者从文学文本中感受力量。

五、发展学术

文学教育与经学等结合，促进了学说的进一步发展。《文选》的学习和研究形成了一门"文选学"。在宋代以后，书院教育有大的发展，如白鹿洞书院为朱熹讲学之所等。书院讲学有较大的学术自由，体现了一种开放的精神。

六、促进创作

文学教育是指文学知识的传播，可创作出有价值的文学作品。文学教育对某些文学文体的生成具有重要作用。

第四节　古代文学研究与比较文学探索

一、古代比较文学的引入和发展

（一）古代比较文学的兴起和发展

20 世纪初，产生了中国比较文学研究的萌芽。马君武、伍光建等人以译书为实业，翻译出版了一系列西方文学作品。

五四运动推动了中西文化与文学的交流。20 世纪 20—40 年代，中国比较文学得到了重要发展。胡适《西游记考证》、查士之《中日神话之比较》、沈雁冰《中国神话研究 ABC》、朱光潜《中西诗情趣上的比较》、陈铨《中德文学研究》等是这一时期中外文学比较研究的重要论著。

中华人民共和国成立后，比较文学研究有着较浓的意识形态倾向性，如范存忠的《〈赵氏孤儿〉杂剧在启蒙时期的英国》等。

1980—1985 年，比较文学学科建设和学术研究重新走上了正轨。比较文学课程建设取得了重要进展。很多高校开设了比较文学课程。比较文学研究的学术机构纷纷成立，出版了专门的学术刊物。中国比较文学学会于 1985 年在深圳大学成立。

20 世纪 80 年代中期，“文化热”高涨。《中国比较文学百年书目》收录了有关比较文学图书 1200 余种，展示了比较文学研究的空前盛况。这必然带动古代文学研究比较视野的开拓和深化，古代文学研究朝着纵深方向发展。

（二）古代比较文学的启示和借鉴

比较文学的比较理念和方法论给予了古代文学研究以重要借鉴，主要有渊源研究和平行研究。

渊源研究从当下文学文本着手，可揭示彼此之间的因果关系。渊源研究是对主题题材等外来源头进行考证和分析，如《西游记考证》作出“大胆假设”，《〈西游记〉玄奘弟子故事之演变》则“小心求证”。

古代文学的影响研究是遭遇之影响以及接受的历史境况之研究。如《中德文学研究》是研究中国古代文学对德国文学的影响。杨宪益认为，中国唐代诗歌很可能影响到了欧亚地区的诗歌形式。

渊源研究和影响研究探讨中外文学之间的影响与被影响的关系；平行研究强调的是研究对象之间的异同关系，在“拉郎配”的表象下寻找内在的异同本质。

《李白与歌德》指出李白和歌德的宇宙意识同样是直接的，平行研究实质上就是在无规律的表象下寻找有规律的本质。

古代文学研究的深化就是方法论的多样化和丰富化，其拓宽了古代文学研究的世界视野。比较文学研究视野的引入，使中国古代文学研究可以比较其与外国文学的异同性，延伸了古代文学研究的当代意义。

二、由古代比较文学到比较文化

对于比较文化的发展趋势及其利弊得失，有的人持肯定态度，有的人持批评态度，有的人则持辩证态度。

《跨文化之桥》《比较文学与比较文化十讲》收录了多篇论文，认为比较文学的根本任务是树立全球意识。有“洞见”的比较文学研究自然是比较文化。比较文学研究应被视为比较文学之大幸。

从比较文学到比较文化的批评实践有：结合文化比较来研究文学比较、比较文学成为比较文化研究。

《中西美学与文化精神》以文化精神的比较贯穿中西方美学，谈到了中西文化的基本精神。通过对“和谐”等概念的探讨，该作品指出中国比较文化研究色彩极为浓厚。

余虹《中国文论与西方诗学》对中国古代文论和西方诗学进行了比较：中西主流文论诗学分别是儒家文论和柏拉图主义诗学。道家文论入思的模式是“自然与人为”的二元对立关系。

《中西诗学源头辨》探讨了西方和中国诗学的源头，从本体论和方法论对中西诗学源头及其各自的影响进行了研究。“天人合一”的思维方式是中国历史上有关于人性的形而上学，西方是神人二分思维。

近年来，比较文化研究范围更为宽广。例如，王前《中西文化比较概论》、邓晓芒《中西文化比较十一讲》等著作都属于比较文化研究。

比较文学走向比较文化是研究的新态势，有利于文学比较研究的延展。

第六章　优秀传统文化精神的传承

本章主要介绍优秀传统文化精神的传承，主要从五个方面进行阐述，分别是在文化事业与产业发展中弘扬和传承优秀传统文化精神、推进人的综合发展与弘扬传承优秀传统文化精神的有机结合、古代文学教学对优秀传统文化精神传承的意义与进展、古代文学教学中优秀传统文化精神传承的策略、古代文学在当代的教育价值和文学价值传承。

第一节　在文化事业与产业发展中弘扬和传承优秀传统文化精神

一、注重文化教育事业在当代建设中的地位与作用

对于一个国家和民族而言，它们要想真正获得独立，就需要发展先进的文化。思想文化与政治、经济之间存在着十分紧密的联系，显然，政治与经济对思想文化有统摄与支配作用。但是，思想文化并不是完全处于被动，它也会对政治与经济产生反作用。对一个国家而言，要想获得政治与经济上的独立地位，那么其思想文化处于依附状态是不行的。对于当前，世界整体呈现出多极化趋势，世界经济的发展也呈现出全球化的态势，那么在这种背景下，一个国家、民族要想在世界上获得真正的独立，更需要确立思想文化的独立地位。发展中国家要想实现更大的发展，首先要保持本民族的优秀传统文化，确立独属于本民族的精神特质，还要充分吸收来自世界上其他国家的优秀文化，不仅国家的经济发展要与时俱进，思想文化也要与时俱进。一个国家的文化也是这个国家综合国力的重要体现，综合国力的组成要素，如科技水平、经济发展水平、国防建设情况，都在不同程度上渗透着文化的因素。先进的文化对于促进中华儿女形成更大的凝聚力有着重要意义。对于我国而言，优良的民族精神是我们的先进文化，这种精神对我们的国家发展、民族兴旺有着重要的支柱性作用。

民族精神对于中华儿女来说，是要继承和发展的精神财富。随着国家和社会的发展，我们要不断在民族精神中注入符合时代特点的因素。我们在发展民族精神的过程中，要立足于中国特色社会主义的发展方向。

当前，我国进入新的发展阶段，我们更要把全国各族人民的意志凝聚起来，持续推进中国特色社会主义现代化建设。为此，我们要大力发展中国特色社会主义文化事业，使中国特色社会主义文化成为中国改革开放与现代化建设的强大精神力量，为我们的发展提供更强大的智力支撑。

二、促进教育创新，深化教育改革

对于教育领域的创新，我们要保持其持续性；对于教育结构的优化、教育领域的改革，我们要持续推进。当前，我国教育资源要确保教育质量与教育管理水平持续提高。要想培养具备高素质的人才，就需要全面推进素质教育。对于教师队伍，我们要进一步改善队伍的结构，提升队伍的整体质量。为此，我们不仅要提升教师的业务能力，还要对教师开展师德建设工作。

要继续普及九年义务教育，加强职业教育和培训，发展继续教育，构建终身教育体系。要加大对教育的投入和对农村教育的支持，鼓励社会力量办学。从培育和弘扬民族精神的角度看，教育的作用举足轻重。没有良好的教育体制，国民就无法受到良好的教育，思想道德素质和科学文化素质就无法得到切实提高，培育和弘扬民族精神就无从谈起。因此，在实施“科教兴国”和“人才强国”战略时，必须下大力气加强对国民的教育，并将培育和弘扬民族精神作为教育的重要内容和根本目标之一。

“高等学校教学质量与教学改革工程”是我国教育领域的重要工程，该工程的推进，对于我国教育质量的改善与提高有着积极的促进作用。同时，通过该工程持续推进我国高校教育教学体制改革，更有利于我国人才培养质量的提高。对于高水平大学与重点学科的建设工作，我们要持续加大投入力度，以“985”“211”工程为依托，使全国范围内的重点学科体系布局更为合理。对我国而言，不仅高水平的大学建设是我们努力的方向，与此同时，我们还要加强重点学科建设，对于重点工程要持续推进，比如研究生教育创新工程、高层次创造人才工程等。创新是国家的发展动力，要努力将我国高校建设成人才培养的高地，使得高校促进国家创新体系的发展与建设。只有这样，我们才能让高校不断为国家的综合国力提升提供源源不断的人才。

要使民办教育的发展更加健康化，在民办教育中应倾注更多的社会资源。今后我们要努力实现民办教育与公办教育的兼顾，只有这样，才能更进一步地促进我国整体教育的发展。我国为了全面推进素质教育，开展了“新世纪素质教育工程”，该工程为学生的综合、全面发展奠定了坚实的基础。

要努力实现学习型社会服务构建的全民化与终身化。随着国家与社会的发展，实现全民基本素质的提升是十分有必要的。这些素质主要表现为科学文化素质、思想道德素质等，为此，我们要实现国民教育体系的现代化。要在教育领域不断推进“教育信息化建设工程”，还要在该工程的推进、各项基本要求落实中，转变我国教育基础设施的状况，实现其现代化与信息化发展。此外，教师队伍建设对于我国文化事业、教育事业的发展尤为重要，因此，我们要加快推进“高素质教师和管理队伍建设工程”的实施，增强教师的终身学习意识，构建教师综合发展的培养体系。对于教师的职称评估、人事管理，要进一步落实现代化的要求，全面推进教师队伍高素质建设进程。

在毕业生就业方面，要在政策层面进一步细化、强化政策落实。要对现有的毕业生的基本就业制度按照当前经济发展状况进行调整与改革，对于毕业生就业市场的管理机制要进一步完善，使就业信息变得更为公开与透明，并规范企业对毕业生的招聘工作。在高校层面，注重培养高层次的人才，要对人才培养的相关工作给予更多政策性倾斜。

要进一步扩大教育对外开放，加强教育国际合作和交流。党和政府高度重视教育事业的改革和发展，科教兴国和人才强国战略的实施为中国教育事业的改革和发展带来了难得的历史机遇。我们相信，在中国政府和全国各族人民的共同努力下，中国教育的改革和发展将实现新的历史性跨越，也必将进一步提高全民族的思想道德素质和科学文化素质，为培育和弘扬民族精神打下坚实的基础、创造优良的环境。

三、大力拓展文化事业与产业

在大力发展文化产业的过程中，千万不能忽视文化产业对培育和弘扬民族精神的影响，因为健康的文化产业会对培育和弘扬民族精神产生有力的促进作用。在发展文化产业的过程中，要积极宣传科学的、先进的思想与文化，努力让文化产业的发展推动社会良好风气的形成。在发展文化产业的过程中，要坚持实事求是、解放思想的原则，同时要对当前的经济社会的发展形势深入审视，全面推进中国特色社会主义文化事业的建设与发展，不断在国际上提升我国文化产业的竞争优势。

（一）对文化经济发展与可持续发展意义有充分认识

随着文化产业的飞速发展，经济性会逐渐成为文化产业最为重要的性质之一。文化产业与其他产业有着巨大的差异。文化产业因为具备精神属性，有着巨大的增值潜力。推进文化走产业化道路是发挥文化经济潜力的必然结果，也是我们实现良好经济发展的必然选择。

（二）推进我国文化融入世界，借鉴国外先进经验

在当今世界，传媒技术、传媒产业不断发展，国家与国家之间的文化交流逐渐常态化、频繁化。在这种背景下，我们应该破除封闭的思想与观念，积极学习其他国家的先进经验，进一步分析我国当前文化产业的发展状况，构建中国特色社会主义市场化文化产业发展模式。

（三）变革管理体制，对经营性、公益性生产分类管理

文化产业具有两种属性。文化产业毕竟是一种产业形态，因此，它必然有着经济属性。在我国市场经济的影响下，我国的文化产业必然会注重经济效益的提升，在产业的管理方式上也会与市场经济模式相协调。文化产业又不同于其他产业，这主要是因为该产业具有明显的社会精神属性，它是意识形态的外化。尤其对于我国的文化产业来说，它肩负着重要的历史使命。此外，文化产业所创造的文化产品属于精神产品、艺术产品，因此，它的形成要符合艺术产品形成的内在规律。在当前社会，文化产品主要分为两大类，一类是经营性文化产品，这类产品的主要目的是营利，往往通过文化演出、影视制作、出版发行等方式获取经济收益；另一类是公益性文化产品，这类产品的营利目的与经营性文化产品相比，相对不强。这类产品的主要发行主体是政府，政府主要通过该产品为人们提供文化艺术服务。

总之，文化事业和文化产业对促进经济增长、增强综合国力、参与国际竞争、培育民族精神、提高人的素质、推动社会全面进步具有基础性、战略性作用。我们要以转换机制、增强活力、改善服务为重点，抓好公益文体事业的改革和发展；以创新体制、面向市场为重点，抓好经营性文化产业的改革和发展，推动我国文化事业和文化产业走上良性循环、健康发展的道路。文化发展必须适应社会主义市场经济的要求，与时俱进，开拓创新。

要充分发挥社会主义市场经济体制的作用，调动全社会的力量，发挥广大文艺工作者的积极性与创造性，创作和生产更多群众喜闻乐见的精神文化产品，以满足群众日益增长的精神文化需求，促进伟大的中华民族精神的培育和弘扬。

第二节　推进人的综合发展与弘扬传承优秀传统文化精神的有机结合

一、促进人的综合发展的意义

马克思主义人的全面发展学说深刻地揭示了未来社会是人的全面发展的社会，阐释了人的全面发展在整个社会发展过程中的重要意义。社会主义初级阶段的根本任务和总体目标就是要以经济建设为中心，大力发展生产力，努力建设高度的物质文明、政治文明和精神文明，促进人的全面发展。培育和弘扬中华民族精神，要求我们塑造有理想、有道德、有文化、有纪律的“四有”新人，为建设高度的精神文明创造条件，全面提升人的素质。因此，培育和弘扬中华民族精神，要以人的全面发展为尺度和根本目的。

培育和弘扬中华民族精神，从根本意义上讲，就是要促进人的全面发展，努力实现人的现代化。人的全面发展既是未来共产主义社会的总体目标，也是社会主义初级阶段的一项重大任务。它是目的和过程的统一。

人的素质是一个人、一个家庭、一个民族、一个国家最根本的发展条件。它是文化传统的积淀，同时又可对一个国家、民族的文化精神产生深刻的影响。我们要把提高国民素质作为一项重要任务常抓不懈，这也是我们培育、弘扬中华民族精神的根本意义之所在。

人的素质建设是一个复杂的社会系统工程。人的素质建设和培养主要包括三个方面：一是身体素质的稳步提升，二是科学文化素质的提高，三是心理素质（包括思想道德品质和情感意志因素）的培育形成。这三个方面的素质构成了完整的素质系统。在这三个方面中，人的身体素质的发展是人的素质建设的基本前提，人的科学文化素质的提高是人的素质建设的基本内容，人的心理素质的培育是人的素质建设的核心。这三个方面互相联系、互相作用，不可偏废。只有这三个方面共同提高，才是人的全面发展。在人的心理素质培育过程中，人的思想道德素质的建设是极为关键的内容。思想道德素质的建设，直接影响着改革开放和社会主义现代化建设的进程，影响着人的全面发展。思想道德素质上不去，人的素质就无法提高，也谈不上人的全面发展。

经济和社会发展的主体和载体都是人，离开了人的发展就不可能有经济和社会的发展，离开了人的现代化也不可能有真正意义上的现代化。这就说明，经济和社会现代化的基础是人的现代化。在整个社会发展中，无论是发挥生产力的作用，还是发挥生产关系的作用，都要通过人才能实现。因此，中国实现全面现代化，既要重视实现工业现代化、农业现代化、国防现代化、科学技术现代化，也要重视政治现代化、教育现代化、文化现代化，特别是要重视人的现代化。这样才能符合全面建设现代化中国的基本要求。从世界各国现代化发展的历史进程来看，现代化的实现是一个从物质现代化、制度现代化到人的精神现代化的循序渐进的过程。在中国全面实现现代化是一场深刻的革命，必然要涉及人的精神思想，涉及人的理想、信念、观念和思维方式。

在我国社会主义初级阶段，人的现代化与社会主义市场经济的发展进程是一致的。社会主义市场经济体制建设是我国改革开放和社会主义现代化建设的伟大实践。人作为这一实践的主体和承担者，与这一过程是紧密地联系在一起的。人的素质如何、人的现代化的程度怎样，直接影响着社会主义市场经济的发展。同时，社会主义市场经济也对人的现代化产生着重要的影响，可对人的塑造产生重要的作用。当今，我们培育和弘扬中华民族精神，是在完善社会主义市场经济体制过程中进行的，从根本上讲，我们要在这一过程中塑造适应社会主义市场经济体制发展的“新人”。培育和弘扬中华民族精神，要与在社会主义市场经济条件下塑造和培育“新人”的任务结合起来。

二、优秀传统文化传承与当代大学生人格培养的融合

（一）优秀传统文化传承对大学生人格培养的意义

1. 中华优秀传统文化对大学生非智力因素培养的意义

非智力因素包含的内容是十分广泛的，其中有兴趣、动机、情感等方面，这

些内容作为心理因素在人的智慧活动中并不会直接参与人的认知活动。对于大学生的非智力因素的培养，主要是让学生在大学学习期间，获得意志品质、道德修养、强大的心理素质的培养。

中华优秀传统文化在我国经历了几千年的发展与演变，因此，这些博大精深的精神财富有着鲜明的中国特质，体现着我们的民族风貌。中华优秀传统文化包含着中华民族的思想文化、道德传承等，是各种精神属性的集合。中华优秀传统文化对我们的作用主要体现在以下几个方面：实现我们品德情操的提升、开拓我们的精神境界、让我们在为人处世中确立责任意识。自古以来，我们有“修身、齐家、治国、平天下”的实践准则，各种中国经典著作都对我们的道德修养建设提供了良好的示范，如《论语》中有“士不可以不弘毅，任重而道远”。

2. 中华优秀传统文化对高校育人环境的促进作用

在高校中，中华优秀传统文化的传播能实现家国情感、爱国主义氛围的构建。我国经过漫长的历史发展，我们当前对国家命运的关注，在很大程度上来源于传统文化中的民族精神。中国人在爱国主义的指引下，要不断为了祖国的繁荣富强投身国家建设，不断奉献自我。

高校良好、和谐的校园环境与气氛，在很大程度上是来自中华优秀传统文化的促进。大学生在这种文化的指引下，遵纪守礼。整个社会和谐氛围的营造，离不开礼仪教育。礼仪教育可以极大地促进高校学生人格品质的构建。中国古代经典作品中就有很多关于礼的论述，如《论语》中有“礼之用，和为贵”。在高校中，弘扬中华优秀传统文化，可以极大地强化大学生的礼仪教育，使他们在学习与生活中始终能够以礼待人。

（二）中华优秀传统文化传承与当代大学生人格培养的融合建议

1. 学科课程相结合

高校与高校教师可以就课程要求进行分析，开展包含中华优秀传统文化的特色课程。所开设的特色课程不仅要体现高校现实需要，还要体现当前时代发展的要求，要在课程中实现德育、人格教育、传统教育的有机融合。在这些课程中，教师除了要将中华优秀传统文化的讲述作为课程的主要教学内容，还要始终坚持德育的基本主线，不仅要在课程上开展研究性学习，还要让学生在具体实践中体验所学知识。

2. 学科教法创新研究

中华优秀传统文化具有深厚的文化内涵，为此，在教学方法的选用上，教师要进行特别设计。

第一，可以充分借助当前时代的科技手段进行学习方法的创新，比如运用互联网与大数据技术。要在现代数字平台上对中国经典著作加以呈现，这样一来，学生就可以在数字平台上感受中华优秀传统文化。此外，经典著作的数字平台也能为教师的教学工作提供便利，可以让教师更清楚地把握学生的学习状况、发掘学生的潜力与特长。

第二，要进行更加充分的、深入的教学调研，在教学调研中注重优秀传统文化的渗透。

3. 将中华优秀传统文化传承融入大学生活

对于中华民族来说，传统习俗是我们重要的财富。很多传统习俗作为中国非物质文化遗产在世界范围内享有极高的声誉。对于高校学生而言，他们在学习与生活中会经历各种节日，比如中秋、端午等，而这些节日具有各自的特色习俗。让学生在节日中体验这些习俗，对于他们形成良好的民族自豪感、培养他们的爱国主义情操有至关重要的意义。

中央广播电视总台的节目《中国诗词大会》一经播出，便赢得了广大观众的喜爱。这个节目也为教师的诗词教学提供了良好的示范。《中国诗词大会》在讲解诗词的时候，往往通过专家的趣味讲解、选手的热情表达，将传统诗词的丰富内涵展现出来。这就启示教师要在教学中，对现有教学方法进行创新。教师只有创新传播手段、讲解方式，才能展示这些经典文化的丰富意蕴，才能使优秀传统文化深入学生的内心。

在组织活动的时候，教师要注重设计的合理性，同样，人格教育也不能流于表面。设计一些具有特色的品牌活动时要注重活动的可持续发展。一些品牌活动的设计要符合大学生在大学不同时期的特点，充分考虑他们学习的阶段性，有计划、分阶段地将中华优秀传统文化融入大学生的人格教育。

大学生的人格教育与中华优秀传统文化的继承之间存在着十分紧密的关系，有效地将中华优秀传统文化融入大学生的人格教育，对于高校开展思想道德教育工作有着极为重要的价值。大学生的人格教育要具有鲜明的中国特点与民族特色，这项教育工作的开展要秉持为社会主义现代化建设服务的基本理念。在高校教育教学改革的持续深化过程中，要融入中华优秀传统文化的基本内容，这样一来可以更好地实现高校立德树人的教育目标。

第三节　古代文学教学对优秀传统文化精神传承的意义与进展

一、古代文学教学中传承中华优秀传统文化精神的意义

（一）有助于塑造学生健全的人格

国家、社会的发展离不开人才，中华民族的繁荣复兴也离不开人才，可见人才对于国家与民族发展的战略性意义。在高校中，青年学生是国家未来建设的重要人才储备，对青年学生进行的教育工作在一定程度上是一项关系国家、民族未来的重要工程。对青年学生的教育要注重“素质化”，要在素质教育中全面提升学生的基本素质与道德人格水平。中国古代文学是中国文化的瑰宝，这些作品有着丰富的思想精神价值，可以使学生的价值观念、人格品质等得到全面的提升。在中国古代文学中，涌现了许许多多具有高尚人格的人物，他们也将其人格注入创作之中，比如，杜甫为表现自己忧国忧民的情怀，写下了“安得广厦千万间，大庇天下寒士俱欢颜”，屈原则在《离骚》中以“虽九死其犹未悔”表达自己强烈的爱国之心。大学生学习这些优秀的古代文学作品，可以使人格、思想得到良好的构建与熏陶。

（二）有助于学生文化素养的积淀

中国古代文学作品经历了成百上千年的岁月洗礼，在这些文本之中，都深深镌刻了独属于中华民族的思想文化印记。在不同的历史时期，身份不一、性格迥异的创作者都将自己的时代特点、人生感悟注入了这些古代文学作品中。学生对

这些文学作品进行学习，除了可以对文学作品本身进行艺术赏析，还能够透过这些作品去感受不同时代的历史兴衰，使自己的灵魂与伟大的先贤进行交流，在时空的巨大跨越中提升自己的文化感悟。

中国古代文学作品对于中国文化领域的建设工作具有重要的价值。青年学生要在学习中感受中国古代文学的魅力，把握隐藏在这些文学作品背后的丰富精神内涵，体会中华民族独具特色的精神，不断实现自身文化知识水平的提高，从而使自己的视野变得更加广阔。

（三）有助于培养学生的爱国精神

中华优秀传统文化是无数中国人在漫长的历史中不断进行实践的产物，这些优秀传统文化体现着中华儿女的丰富思想精神。一代又一代的学生阅读了这些文化作品，使得自身的思想文化观念得到完善。中国古代文学作品可体现丰富的中华优秀传统文化，其中最为引人注目的便是爱国主义，无论是更早时期的楚辞、唐诗，还是离我们时间稍近的明清小说，都有着丰富的爱国主义思想。作家在作品中注入了自己的仁政爱民理念。学生在学习这些优秀的古代文学作品时，能从中受到精神教育与价值指引，形成强烈的爱国主义思想。

二、古代文学作品教学对优秀传统文化精神传承的意义

（一）古代文学作品内容对优秀传统文化精神传承的文化意义

先秦时期，在一般文论中，“诗”有特定的含义，是指《诗经》或者诗歌创作，而“文”所包含的含义便更为广泛，是指一切文化知识与典籍文章。在中国古代，文学与文章之间一直没有鲜明的区分标准。因此，我们所指的古代文学作品属于广义上的文学作品。最明显的就是被誉为“史家之绝唱，无韵之《离骚》”的《史记》，史学和文学不分，因而有“史传文学”的称谓。

正是这种“海纳百川”的文体特性，使得古代文学作品所展现的内容是多方面的。我们对文学的范围设定一直以来都是十分广泛的，有很多哲学经典被我们归入了文学范围之内，比如《论语》《庄子》等，还有很多史学著作也可以被看作文学作品，比如《战国策》《史记》等，甚至有很多游记、科学著作也被人们奉为文学典范，比如《水经注》《本草纲目》等。

几千年来，经过一代代人的创造和积累，我们的祖先在哲学、政治、历史、文学、军事等各个领域，都取得了令人瞩目的成果。如此辉煌的文化成就得到完整而有序的保存，靠的就是古代文学作品。这座文学作品宝库展示着中华文明，记载了中华民族的历史掌故，反映了历朝历代的风土人情，渗透着中国人的世界观、人生观、价值观、审美观。可以说，它是五光十色、无所不包的。我们要想开启中国文化宝库，就需要汉语这把钥匙。而古代文学作品可以让学生们超越时空的局限，去与千年以前的祖先对话，从而在学习中对中国古代的历史进行深刻思考，对中国优秀的传统文化进行传承。

（二）古代文学作品对优秀传统文化精神传承的教育意义

一个民族的优秀传统文化精神源于这个民族长时间的生活与实践。中华民族精神是对中华民族所具有的性格与价值取向的生动诠释与反映。中华民族传统文化精神有着生长的土壤，这便是中华民族在漫长的历史中所形成优秀传统文化，这些优秀传统文化作为精神属性是需要有物质载体的，而这种载体便是中国古代文学作品。

很多古代经典文学作品之所以能够长时间地传颂，恰恰是因为这些作品中蕴含着优秀传统文化精神。比如，在屈原创作的《离骚》中，我们能够感受到屈原对国家强烈的忧患意识，以及他个人高洁傲岸的人格；在《梦游天姥吟留别》中，诗人那种蔑视权贵的豪情跃然纸上；在《廉颇蔺相如列传》中，我们所看到的是廉颇与蔺相如面对国家大事所展现的强烈的责任意识；在《勾践灭吴》中，我们能看到勾践卧薪尝胆、自强不息的优良品质；李白的《将近酒》把诗人那种傲世嫉俗的气度展现得淋漓尽致;《劝学》体现的是一种锲而不舍的学习精神；陶渊明在《归园田居》中表达的是远离世俗、种豆南山的怡然。还有很多优秀的古代文学作品都体现了十分丰富的中华民族优秀文化精神。自先秦时期开始，无数仁人志士为了国家的理想、个人的理想而不断努力，他们尊贤尚功、仁政爱民，无论是秦汉时期的屈原、司马迁，还是唐宋时期的杜甫、陆游、苏东坡，还是明清时期的于谦、龚自珍，都有着高洁的精神品格。更有无数个像这些人物一样的古代先贤，他们也都在不同时代的文学作品中显示了自己丰富的思想内涵。当阅读一篇文学作品的时候，我们从作品中所学到的除了基本的文学知识，还有更深层次的精神内涵，这些精神内涵能使我们的人格得到深化。在大学生的教学工作中，添加古代文学作品的教学，就能让学生在感受祖先智慧的同时，实现自我心灵与精神的净化。

（三）古代文学作品对优秀传统文化精神传承的审美意义

每个民族所拥有的文化心态都不是相同的，而且，不同民族在审美趣味上也有显著的差异。诗人流沙河曾经在诗歌中写道："中国人有中国人的心态，中国人有中国人的耳朵。"一个人在祖国的土地上成长起来，他们心里面都存在一根"琴弦"，只要在恰当的时间拨动这根琴弦，潜藏在人们内心的民族情感、故土情结就会被触动。

很多古代文学作品之所以能流传下来，在很大程度上是因为历史的选择。这些优秀的文学作品在结构上十分严谨，有着浓郁文采，在意蕴上也极为悠远。比如，唐朝诗人王维以写山水诗著称，他所创作的《山居秋暝》历来被人们所称颂。在诗歌中，王维描绘了一幅"雨后秋山图"。我们在阅读诗歌时，能感受到那种明月清泉、竹喧莲动的优美景色。王维的诗歌向来以动静结合、有强烈的画面感著称，这首诗歌也不例外，我们在阅读之后能十分清晰地感受到诗歌鲜明的层次性、生动怡然的生活场景。王维之所以能够把景色描绘得这般明净，并展现出令人沉醉的寂静，正是因为诗人的内心世界没有杂念。在一片诗情画意的景色中，有着诗人的情怀与理想追求，这种情景交融之感正是中国古代文学作品所蕴含的意境之美。

《归去来兮辞》是陶渊明所创作的辞赋。这篇作品显示了远离世俗的精神品质，更显示了诗人追求自然的浪漫情怀。在这篇辞赋中，陶渊明描绘了一幅十分朴实的生活画面，他运用自己高超的文学手法，使一个个寻常景物变得十分动人。无论是文章的细节还是文章的整体都显示了诗人厌恶官场、追求自然的情感。古往今来的评论家在对《归去来兮辞》进行评价的时候，往往对陶渊明表达的田园之乐大加赞赏。但是，如果我们深入分析这篇作品，却总是能隐约地在一些细枝末节中，感受到诗人所传达的隐痛与苦闷。像《归去来兮辞》这样的作品就生动地显示了中国古代文学作品的情感美。

中国古代文学作品体现了带有鲜明中国特色的人格美。比如，很多作品表达了中国人正直善良、勤劳淳朴、机智勇敢的品质，还有一些古代作品则展现了很多英雄式的人物所具有的除暴安良、顾全大局、抵御外敌等品质。在中国古代文学作品中，很多人物形象是崇高的人格美的化身，比如蔺相如、诸葛亮、鲁仲连、苏武等。此外，女性角色在中国古代文学作品中占有重要的地位，她们有的有着不输男儿的气度，有的显示着中国女性的伟大人格，如花木兰、崔莺莺、刘兰芝等。当学生在阅读中国古代文学作品的时候，他们首先看到的是一个个品性高洁的人物形象，他们会为这些人物的事迹所动容，也会跟随着这些人物在与丑恶的斗争中，体会善良与美给人带来的强烈震撼。在这个过程中，学生的灵魂会受到强烈的震动，会受到强大的精神洗礼。古代文学作品的美还在于它的凝练、它的优雅、它的音韵、它的回环有致，它能给人无尽的遐想、无尽的思考；它是中国人心中无法忘却的情怀，是中国人血液里流动的“一点红”。

三、古代文学教学中优秀传统文化精神传承的进展

在古代文学教学中，古代文学作品教学具有典型特征。中国古代文学作品种类繁多，内容丰富，中国的传统精神在其中有着十分生动的体现。对于教师而言，他们要对古代文学作品进行全面而深入的研究，以在教学活动中让学生感受中国古代优秀文学作品，只有这样才能促进中华优秀传统文化精神的传承。

第四节　古代文学教学中优秀传统文化精神传承的策略

一、建立传承中华优秀传统文化的教学理念

教师在教授中国古代文学课程的过程中，要以传承中华优秀传统文化为重要目标。国家对传承中华优秀传统文化有着明确的指导文件，此外，教育部对中国古代文学课程的教学也有明确的要求。教师在开展教学工作之前，要对这些指导文件、教学要求进行研究。要想让学生重视传承中华优秀传统文化，教师先要明确这项传承工作的重要性。教师在教学过程中要借助计算机与互联网的相关技术，运用网络广泛搜集与中国古代文学课程相关的教学信息，对于网络上一些优秀教师讲解中国古代文学课程的教学经验，教师要在教学中充分吸收。高校是人才培

养的摇篮，各个高校在开展古代文学的教学工作时，要充分结合本校具体的教学目标。要通过中国古代文学课程的教学，让学生传承中华优秀传统文化，并且使学生的个人发展与当前时代的发展相符合。

二、提升任课教师中华优秀传统文化的教学能力

任课教师在中国古代文学课程中所扮演的角色是引领者、指导者。在课堂上，学生面对古代文学作品，其中有些内容会让他们感到比较陌生，这就需要教师帮助学生对这些内容进行解读。任课教师要明确中华优秀传统文化传承的教学目的，并且详细分析中国古代文学课程的相关教学任务。在教学中，教师不仅要注重教授学生文学作品表面的语言知识，还要带领学生深入文学作品内部，感受其中丰富而深刻的文化精神。任课教师还要注意将社会主义核心价值观与古代文学作品中的精神内涵相融通。一些古代文学作品有着特殊的创作背景，创作这些作品的作者也注入了带有时代色彩的思想内涵，因此，教师要帮助学生了解具体作品的时代背景。

三、发掘中国古代文学中优秀传统文化的思想精华

中国古代文学的很多作品都经历了千百年历史风霜的洗礼，而且经历了不同朝代的更迭。在这个过程中，很多作品的内容不仅包含某一个流派的思想，而且是多个流派的思想相互碰撞的产物。很多古代文学作品既有积极的一面，可能也会存在一些不合时宜的内容，因此，任课教师在教学过程中要进行一定的取舍。只有在教学中始终以辩证的眼光审视古代文学作品，教师才能带领学生们真正感悟那些优秀的思想内容。在爱国情感的孕育方面，教师可以带领学生去感受顾炎武在面对国家危难发出的“天下兴亡，匹夫有责”的呼声；感受辛弃疾豪迈的抱负与情感，高声喊出“了却君王天下事，赢得生前身后名”。人的一生必然会经历各种困境与挫折，对于如何以一种更加平和的心态去与世界相处，教师可以让学生进入苏轼的世界，在“一蓑烟雨任平生”的感悟中实现人生的自洽。任课教师要在教学活动中，不断挖掘文学作品中所蕴含的文化精神，让学生在学习这些作品的时候，真正体会到中华优秀传统文化的精神内涵与艺术魅力。

总而言之，中华民族经历了漫长的历史发展，在岁月的洗礼中，为我们积累

了光彩夺目的文化财富。在文学作品中，我们可以直观而深切地感受到其中蕴含的文化精神。如今，党和政府不断推进我国的文化建设。在这个背景下，教师开展古代文学教学工作对于文化繁荣具有重要意义。随着时代的发展，更多全新的教育理念不断涌现，古代文学教师要将这些先进的理念引入古代文学相关课程的教学之中。在古代文学的教学之中，教师不断实现教学方面的理念创新与方法创新，一方面能使学生们对我国独有的文化精神产生情感共鸣，另一方面也能使古代文学的教学工作符合时代的发展。当前国家与社会的变革是与广大学生紧密联系在一起的，可以说，国家命运与个人命运是具有一致性的，因此，只有培养广大学生健康的价值观念，才能促进国家与民族的繁荣，才能更好地实现文化强国与人才强国的目标。

第五节　古代文学在当代的教育价值和文学价值传承

一、古代文学对当代的教育价值

中国古代文学显示了中国的历史，蕴含着中国的文化传统，因此，民族性与传承性是中国古代文学的显著特征。中国古代文学不是由某一个民族所创作的，是大家的共同努力。中国古代文学体裁多样，无论是诗歌、散文还是小说、戏曲，都有着十分深厚的文化底蕴，并且，它们都经历了漫长的历史发展，在创作上不断精益的同时，也在理论上不断成熟。任何一种体裁的发展都有着清晰的脉络，这些体裁发展的历史悠久性，也从侧面显示了中国古代文学的丰富内容与历史内涵。这些优秀的民族文化对当代人来说，是一笔宝贵的财富，能在一定范围内极大地提高人们的综合素质。“古代文学中蕴含着多种多样的文化机制，对于社会文化发展具有十分重要的作用，所以弘扬并传承古代文学，积极探索其中蕴藏的当代价值，可为当代文学发展注入新的生命力。”①

（一）对人文素质的教育价值

对于任何一个人来说，要想拥有更好的人生，都需要具备良好的人文素质。

① 李利，王奕琳．中国古代文学在当代的价值探讨 [J]. 戏剧之家，2021（2）：185-186.

这种人文素质包含多个方面的因素，比如理智、情感、意志等方面。人文素质一方面可以显示个体在知识层面积累与应用的能力，另一方面也可以显示他们对于人生的定位。可以说，人文素质是人们追求更美好境界的重要保障。

人文素质有着许多主题，其中民族精神、理想信念占据着至关重要的地位。人文素质往往要通过文学作品进行培育，而古代文学作品便是良好的途径。在历史上，无数文人墨客、作家学者将自己的理想和艺术追求注入古代文学作品之中。经过成百上千年的历史演变，这些古代文学作品中的精华部分被保存了下来。在阅读这些作品的时候，我们的心灵便会受到强烈的震撼。

古代人和现代人一样，也经历了各种各样的人生，他们所创作的文学作品是他们对当时所处时代生活的反映，也是他们自己人生的写照。无论是古代社会还是现代社会，很多社会感悟与人生哲理都有很强的适用性。对于人生而言，每个人所经历的事情千差万别，但是人们所遇到的人生境遇大同小异，无外乎顺境、逆境等。我们作为现代人，总是不断地在生活中追寻我们想要的东西，也不懈地追求着更有意义的人生，古人也是一样的。在古代文学作品中，有很多具有典型性的事情，这些古人所经历的事件对于我们的人格教育有着十分重要的意义与价值。

很多古代作家在创作文学作品的时候，往往要对生活中种种美的事物进行细致的观察，并且努力在文学作品中注入这种美感，从而通过这种方式来实现自己对美的鉴赏能力的提高。我们在看到作家在古代文学作品中所创造的种种美的事物时，我们的心灵也会受到触动，在文学审美趣味得到提升的同时，我们的生命激情也会得到触发。由此可见，阅读古代文学作品对于我们提升人文素质有巨大价值。很多时候，这种人文素质的教育活动是在潜移默化中进行的，就有一种“随风潜入夜，润物细无声”之感。

（二）对德育素质的教育价值

中华民族的道德伦理是中华民族在长期发展过程中形成的一个民族的重要精神力量之一。

儒家学说认为，一个人只有不断地提高自己的道德境界，才能真正做到修身、齐家、治国、平天下，也才能真正完成道德修养，成为一个“圣人”。我们不祈求成为一个“圣人”，作为大学生，我们只希望能保持自己一颗澄澈的心。我们吸收儒家文化中很重要的一点就是要继承这种人文精神。它在待人处世方面能给我们很好的启发，能增强我们的责任心和同情心，完善我们的人格。

总之，古代文学对我们来说意义非凡。我们不仅要单纯地学习一种文化、一种宝贵的文化遗产，也要学习更好地做人，更好地做一个对社会有用的人。在古代文学学习的过程中，我们要不断完善自己，不管是在人文素质方面，还是在德育素质或是其他方面；我们要不断地吸收知识，不断地提升自己的综合素质，进而更好地挖掘自我价值。

二、古代文学对当代的文学价值

任何文学的发展既需要继承，也需要创新，而创新是以继承为基础的。只有建立在继承的基础之上，创新才能更加具有生命力。中国传统文学是中华民族、中华儿女数千年历史积累的产物。因此，在进行任何文学创作的时候，我们都要以传统文学为基本的土壤。当代文学也是如此，当代文学的突破性成果必须以中华民族传统文学为重要的基础。只有对古代文学中的一些优秀精神内涵进行继承，才能使当代文学在创作过程中有丰富的源泉。

在古代文学中，许多作家把自己对国家与民族的情感注入作品之中。这些作家对自己所处时代的状况十分关注，他们在文学创作中，不断对真善美的事物进行追求。古代作家这种创作的理念是当代作家在创作时需要继承的。司马迁在创作《史记》的过程中，对社会历史、天地自然进行了深入的分析、体悟，并且以“究天人之际，通古今之变，成一家之言”为自己的创作宗旨，这使《史记》这部历史与文学巨著展现出巨大的艺术魅力。中国古代文学作品很多都具有强烈的现实性，这些作品都是有为而作、有感而发的，比如白居易的诗歌。当代文学要学习古代文学所蕴含的入世精神，要在对社会生活进行观察与体悟中，不断进行真善美的追求。

屈原在《离骚》中宣泄着自己内心的痛苦，也表达着自己的忠心：“长太息以掩涕兮，哀民生之多艰。”大唐时期的伟大诗人杜甫经历了安史之乱的巨大变动，他看着国家经历战火，也目睹着百姓流离失所，他写道：“战血流依旧，军声动至今。”杜甫一生都把自己的关注点放在民生社稷之上，他在诗中也表现着崇高的政治理想：“致君尧舜上，再使风俗淳。”

刘勰在著作中不断阐释自己对文学本体的理解，他写道："言之文也，天地之心哉。"他认为文学家肩负着重大的使命，那便是传播哲人的思想，对人们进行教化，启迪他们的心智。这也反映了传统文学对社会真善美的不懈追求。古代文学对文学本体性的传播、对人民心智的教化，是当代文学所要充分继承的。

传统文学要言之有物，孔子曾经说："欲载之空言，不如见之行事之深切著明也。"这就是说，在创作的时候，我们的叙述不能空洞，而是要借助具体的形象，并且要在这些形象中蕴含自己对某些事物的褒贬。要想真正感染读者，就要表达出生动、真切的中心思想。"材料"是文学内容的支撑，而这些材料是在长时间的历史发展中，中国人民智慧的产物、中华民族文化的积淀。在刘勰的《文心雕龙》中有"事类者，盖文章之外，据事以类义，援古以证今者也"的说法，对于其中的事类，我们可能会将其与典故画上等号，但是，两者并不完全等同。所谓事类是一种泛指，它更强调历史文化的延续性，是前代历史文化的积累。对历史文化的知识进行熟悉，并在创作中进行运用，这是古代文学留给当代文学的启示。很多古代诗词中蕴含着作者强烈的情感，但是，这些情感往往与历史文化交织在一起。比如，杜甫在表达自己的志向的时候，写道："会当凌绝顶，一览众山小。"这种情感表达就是继承了孔子的"登东山而小鲁，登泰山而小天下"。可见，杜甫在表达自己的情感的时候，虽然有直率之感，但是也能让人感受到一种含蓄。通过对前代历史文化的继承，杜甫在诗歌创作中显示了巨大的艺术魅力。除了诗词，很多其他的文学体裁在创作的过程中也对前代进行了继承，在显示出丰富的思想内蕴的同时，也呈现出一种历史的延续性。当代文学在创造的时候，要充分借鉴古代文学这种创作的方式。

在中国文学历史上有很多无比优秀的文学作品，它们都是对之前文学作品进行创造性继承的产物。历史演义和英雄传奇小说便是在宋元话本的基础上进行创造的产物，如《三国演义》《水浒传》。魏晋南北朝时期的志人志怪小说有着极大的艺术魅力，所以在清朝，蒲松龄对这些前代的文学作品进行了充分吸收，才创作了以鬼怪写人情的《聊斋志异》。在戏曲方面，这种继承性则更为明显，如《西厢记》《长生殿》中的故事，其中很多创作手法与《莺莺传》《梧桐雨》一脉相承。这些作品在对前代文学进行充分继承的基础上，结合创作者高超的艺术技巧，焕发了巨大的艺术魅力。

传统文学经典的辞章之美，理应由当代文学继承与借鉴。汉字乃形、音、义构成的复合体，汉语天然地具有形文、声文、情文之美。《文心雕龙·情采》说："立文之道，其理有三：一曰形文，五色是也；二曰声文，五音是也；三曰情文，五性是也。五色杂而成黼黻，五音比而成《韶》《夏》，五性发而为辞章，神理之数也。"形文，指语言文字的色彩之美；声文，指声律之美；五性，乃情感之美。在刘勰看来，讲求形文、声文之美，是为了更确切而生动地表达情文之美；此乃自然而然，符合"为情而造文"的主旨——语言文字乃表达思想情感之需要。自白话文运动以来，社会广泛追求语言的通俗化。情感思想的表达，需要形文、声文之间的确切配合，达到韩愈所说"气盛则言之短长与声之高下者皆宜"的境界。而骈俪与散行的交错运用可以使句式整齐而富于变化。"凝重多出于偶，流美多出于奇。体虽骈必有奇以振其气势，虽散必有偶以植其骨。"骈散结合，要善于熔铸古今语言，简约精辟，使文章气势恢宏。"文者，皆人之言书之纸上者尔，在乎当理切事，而不在乎华辞。"语言的典雅或简洁是文学经典留给后世的丰厚馈赠。

辞章，不仅指语言文字，还包括结构篇章。结构篇章乃为文之关键，应注意首尾圆合，条贯统序，即讲求思维的一致性与周密性。刘勰论篇章结构，有曰："何谓附会？谓总文理，统首尾，定与夺，合涯际，弥纶一篇，使杂而不越者也。"要求"首尾周密，表里一体"，因为此乃"命篇之经略"。清代桐城派讲求义法，方苞说："《春秋》之制义法，自太史公发之，而后之深于文者亦具焉。'义'即《易》之所谓'言有物'也，'法'即《易》之所谓'言有序也'。'义'以为经而法纬之，然后为成体之文。"显然，他强调思想情感内容与艺术形式是并重的。而"法"则指文章的结构布局之先后与层次之衔接，还包括对所写人、事的确切剪裁，以突出其特质，"所载之事，必与其人之规模相称"。如若忽略篇章结构之经营，则如刘勰所说"若术不素定，而委心逐辞，异端丛至，骈赘必多"。就辞章而言，经典文学，无论长篇或短制，都很重视篇章结构的布局经略，或体制宏大，气势恢宏；或精约简要，有尺幅千里之势，颇值得学习借鉴。而且，即使是实用文体，传统文学亦颇注意其篇章结构、材料运用、语言艺术的文学性。

姚鼐是清朝桐城派的代表人物，他曾经说："天下学问之事，有义理、文章、考证三者之分，异趋而同为不可废。"假如我们将姚鼐所表述的内涵进行充分拓展，而不是把目光仅仅局限在桐城派的理论层面，那么我们也能得出以义理为承载，对人的精神品质进行提升的含义。在考证的时候，要特别注重保持历史的延续性。我们在阅读经典文学的过程中，能够很清晰地看到其中所蕴含的历史文化积淀，也能感受作家运用一些无比优美的语句所传达的民族文化精神。一些艺术成就不高的文学作品，割裂了文学创作与历史文化之间的紧密联系，而且其中文学本体性也没有充分显现。这就使得这些作品在语言上缺乏艺术魅力，其精神层面的内涵也没有智慧的光彩，这些状况无不制约着当代文学的创作与发展。

哈罗德·布鲁姆是美国文学评论家，他在《西方正典：伟大作家和不朽作品》中，对西方文学的经典作品进行了点评，他指出："传统不仅是传承或善意的传递过程，它还是过去的天才与今日的雄心之间的冲突，其有利的结局就是文学的延续或经典的扩容。"这也给我们的当代文学创作提供了启示，只有对传统文学中的优秀文学充分继承，使其中的艺术性与思想性内容不断得到延续，才能创造出伟大的作品。当今的文学作品也要立足于传统文学，把握传统文学中的经典元素，以中华民族优秀的传统文化作为开展当代文学创新的土壤，在对古代文学进行批判的继承中实现融会贯通，这样才能真正创作出超越时代、具有长久生命力的伟大作品。

参考文献

[1] 蓝嫦，苏雄辉，吴倩 . 中国古代文学发展与文化传承研究 [M]. 北京：现代出版社，2021.

[2] 王小盾 . 起源与传承：中国古代文学与文化论集 [M]. 南京：凤凰出版社，2010.

[3] 费君清 . 媒介融合与文化传承 [M]. 杭州：浙江大学出版社，2016.

[4] 刘明华 . 文化视野下的中国古代文学阐释 [M]. 北京：中华书局，2008.

[5] 刘德清，邓声国 . 文化视野下的古代文学研究 [M]. 北京：国家图书馆出版社，2009.

[6] 周仲强 . 文化的传承与变革 [M]. 杭州：浙江大学出版社，2013.

[7] 苏智良，陈恒 . 中国历史与传承文化讲演录 [M]. 北京：商务印书馆，2013.

[8] 马俊平 . 中国古代文学与优秀传统文化精神的传承 [M]. 长春：吉林出版集团股份有限公司，2019.

[9] 常鹏 . 中国古代文学小史 [M]. 厦门：厦门大学出版社，2022.

[10] 赵逵夫 . 滋兰斋序跋（古代文学与文献卷）[M]. 北京：商务印书馆，2020.

[11] 李彦华，王娜 . 中国古代文学教学中传承中华优秀传统文化策略研究 [J]. 辽宁师专学报：社会科学版，2023（3）：55–57.

[12] 刘巍巍 . 以古代文学为载体的中国饮食文化传承探析——评《中国饮食文化（第 3 版）》[J]. 食品安全质量检测学报，2023，14（7）：327–328.

[13] 王敬博 . 铸就民族灵魂 传承优秀文化——中国古代文学研究的时代价值 [J]. 语文教学通讯，2022（16）：3.

[14] 肖虹 . 新媒体背景下中国古代文学传承与发展的探究 [J]. 江西电力职业技术学院学报，2023，36（7）：157–159.

[15] 王波平 . 文化传承视野下的中国古代文学教学践行理念谈 [J]. 大众文艺，2023（2）：171–173.
[16] 张宁 . 信息化潮流下中国古代文学研究的创新性发展——评《媒介融合与文化传承》[J]. 新闻爱好者，2022（10）：116–117.
[17] 刘城，刘丽冰 . 基于文化传承的古代文学混合式教学模式的建构 [J]. 内蒙古电大学刊，2023（2）：88–93.
[18] 申杰，王云 . 优秀传统文化传承视域下的中国古代文学教学 [J]. 教育教学论坛，2021（31）：49–51.
[19] 赵海霞 . 古代文学作品中的文化传承研究——评《中国古代文学作品选注》[J]. 语文建设，2022（9）：86.
[20] 张森 .“短视频 +”背景下红色文化的传承与传播研究 [D]. 成都：成都大学，2023.
[21] 彭薇 . 关注古代文学作品教学中优秀传统文化精神的传承 [D]. 长沙：湖南师范大学，2007.
[22] 胡朝阳 . 面向留学生的中国古代文学教学研究 [D]. 哈尔滨：黑龙江大学，2019.
[23] 王慧 . 中国古代的文学教育与中国古代文学经典化研究 [D]. 南充：西华师范大学，2018.
[24] 李新潮 . 中华传统文化“创造性转化、创新性发展”思想研究 [D]. 兰州：兰州大学，2021.
[25] 余欣遥 . 中国古代文学山喻意研究 [D]. 恩施：湖北民族大学，2023.
[26] 李娇娆 . 论废名古代文学研究的三个角度 [D]. 成都：四川师范大学，2016.
[27] 石中华 . 作者身份与中国古代文学活动 [D]. 武汉：华中师范大学，2012.
[28] 梁海 . 中国古代文学中的技术观研究 [D]. 大连：大连理工大学，2011.
[29] 俞明 . 历史名胜与中国古代文学 [D]. 南京：南京师范大学，2003.